Neandertal
Düssel
Striepen
Wildgehege
HOCHDAHL
Parkfriedhof
P+R
Hp. Millrath
Millrath

Oliver Buslau, 1962 geboren, lebt in Bergisch Gladbach und ist seit 1994 freier Autor, Redakteur und Journalist. Im Emons Verlag erschienen bisher fünf Kriminalromane um den Privatdetektiv Remigius Rott: »Die Tote vom Johannisberg«, »Flammentod«, »Rott sieht Rot«, »Bergisch Samba« und »Bei Interview Mord«. Außerdem erschienen die Rheintal-Krimis »Schängels Schatten« und »Das Gift der Engel«. Darüber hinaus arbeitet Oliver Buslau als Musikjournalist, und er ist Gründer, Chefredakteur und Mitherausgeber der Zeitschrift »TextArt – Magazin für Kreatives Schreiben«.
www.oliverbuslau.de
www.remigiusrott.de

Dieses Buch ist ein Roman. Die Handlung und die handelnden Personen sind frei erfunden. Übereinstimmungen mit der Wirklichkeit wären Zufall und sind nicht beabsichtigt.

OLIVER BUSLAU

NEANDERMORD

DER BERGISCHE KRIMI

Emons Verlag

Umschlagzeichnung: Heribert Stragholz
Druck und Bindung: CPI – Clausen & Bosse, Leck
Printed in Germany 2009
Erstausgabe 2008
ISBN 978-3-89705-565-0
Der Bergische Krimi 11
Originalausgabe

1

Ich drückte auf den Auslöser. Einmal, zweimal, dreimal, viermal. Die Digitalkamera schoss die Bilder völlig geräuschlos.

Marianne Kleiber und der Mann, der neben ihr auf der Wiese saß, redeten ungezwungen miteinander. Was sie sagten, konnte ich nicht verstehen, denn uns trennten etwa zwanzig, dreißig Meter grüner Schwimmbadrasen.

Womöglich sprachen sie über das Wetter. Seit drei Tagen schmorten Wuppertal, NRW und ganz Deutschland unter Temperaturen von fast vierzig Grad. Keine Klimaerwärmung, sondern Hochsommer.

Das reicht nicht, dachte ich. Lass den Small Talk. Zeig mir was, womit ich was anfangen kann.

Marianne Kleiber versuchte nicht, auf Abstand zu gehen. Dabei war der Mann nicht gerade attraktiv. Anfang vierzig, leichter Schmerbauch. Hautfarbe eher blass. Nichts auf den Armen.

Jetzt blitzte etwas in der Sonne.

Marianne Kleiber hatte ein Feuerzeug aus ihren Sachen gekramt und zündete sich eine Zigarette an. Der Mann redete weiter auf sie ein. Langweilte er sie? Wahrscheinlich. Sie rauchte, und ihr Blick schweifte umher. Ganz kurz fasste sie auch mich ins Auge. Die Kamera konnte sie nicht sehen, sie lag in mein T-Shirt eingewickelt auf meiner Sporttasche, und ich mimte den entspannten Schwimmbadbesucher.

Der Mann quatschte weiter.

Mach schon, dachte ich. Du willst doch sicher auch eine rauchen, oder? Und du hast kein Feuer …

Als hätte der Mann meine Gedanken gelesen, griff er hinüber zu seinem Badetuch und holte sich eine Zigarettenpackung. Langsam, aber dabei immer noch redend, zog er eine der Zigaretten heraus.

Jetzt kam der Moment!

Er beugte sich zu Marianne Kleiber hinüber. Betont langsam, damit ich auch ja alles aufs Bild bekam. Sie bewegte den Oberkörper ein Stück in seine Richtung und kam ihm dabei mit ihrem üppigen Busen ziemlich nahe.

Sehr gut!

Ich drückte wieder auf den Auslöser. Als sie die Position wechselte und sich das Höschen ihres grünen Bikinis zurechtzupfte, hatte ich das Beste im Kasten.

Da drüben wurde es jetzt richtig gemütlich. Marianne Kleibers rötliches Haar leuchtete im hellen Licht. Entspannt schob sie die Sonnenbrille auf die Stirn. Der Mann ließ sie jetzt auch mal zu Wort kommen. Wieder schoss ich zwei, drei Fotos. Jetzt war ihr Gesicht viel besser zu erkennen.

Ein paar Minuten redeten sie noch, dann kam dem Mann wohl endlich eine Idee, wie man die Sache etwas prickelnder gestalten könnte. Er beugte sich vor und streckte den Arm aus. Er sagte etwas. Ich synchronisierte innerlich.

Sie haben da ein Tier an der Schulter, darf ich …

Sie drehte sich um – ganz offensichtlich erschrocken wegen des vermeintlichen Insekts, aber nicht, weil sie ein Unbekannter berührte. Dafür lächelte sie ihn zu eindeutig an.

Schon weg, sagte der Mann jetzt wahrscheinlich, und Marianne Kleiber lachte so hell auf, dass ich es sogar hier hinten hören konnte.

Wieder ließ ich die Kamera arbeiten.

»Schau mal den Spanner.«

Eine kesse Mädchenstimme.

Ich sah zur Seite. Ein Stück weiter am Hang lagen drei Grazien nebeneinander. Höchstens siebzehn. Interessierte Gesichter.

Sie mussten gerade erst gekommen sein. Ich hatte mich extra nach hier oben an den Rand der Liegewiese verkrochen. Die Digicam hatte vernünftigen Zoom.

»Der macht Fotos.«

»Echt?«

Pubertäres Giggeln.

Verdammt. Was machte ich, wenn sie den Bademeister riefen? Obwohl ich schon so lange in der Sonne brutzelte, brach mir der Schweiß aus.

Sie lachten nur, aber sie unternahmen nichts. Kein Wunder, seitdem selbst die Jugendzeitschriften vor Pornos nicht haltmachten. Trotzdem war es wohl besser, die Kamera erst mal verschwinden zu lassen. Ehe Marianne Kleiber noch bemerkte, dass sie fotografiert wurde …

Ich wollte die Sony gerade in die Tasche schieben, da passierte es.

Der E-Gitarrenriff von Abbas »Waterloo«. Die drei Mädels glotzten mich an, als hätte ich keinen guten Oldie, sondern Heino als Klingelton. Ich kramte nach dem Handy und ließ die Kamera in die Tasche rutschen.

»Rott.«

Es knackte in der Leitung. Schlechte Verbindung. Vielleicht, weil das Schwimmbad so tief im Tal lag.

»Hallo?«, rief ich.

»Spreche ich mit Herrn Remigius Rott?«

»Am Apparat.«

Eine Männerstimme. Ein Kunde. Das hörte ich sofort.

»Ich brauche Ihre Hilfe, Herr Rott.«

Ich bin gefragt, dachte ich. Gefragt und erfolgreich. Wäre es nicht sowieso schon so heiß gewesen, hätte ich das warme Gefühl, das mich durchrieselte, genossen.

Die drei jungen Schönen sahen wieder woandershin. Trotzdem waren sie so nah, dass sie das Gespräch mitbekommen würden.

»Geht es um einen Auftrag?«

»Das meinte ich. Kann ich Sie treffen?«

»Ich bin gerade mit einem anderen Fall beschäftigt. Ich bin allerdings morgen im Büro.«

»Das ist zu spät. Geht es nicht heute noch?«

»Hören Sie, ich …«

»Heute Abend?«

Ich überlegte. Ich brauchte noch ein paar bessere Fotos und musste deshalb erst mal im Schwimmbad bleiben. Aber ewig würde das nicht mehr dauern. »Gut«, sagte ich. »So gegen sieben?«

»In Ordnung.«

»Haben Sie meine Adresse?«

»Ja. Bis dann.« Er legte auf.

So liebte ich es! Klare Ansagen. Kein Drumherum. Um sieben ein neuer Klient. Zack, zack, zack! Ich hörte schon die Kasse klingeln.

Ich verstaute das Telefon und blickte in die Runde. Die drei Mädels waren beschäftigt. Die eine hatte weiße Stöpsel in den Ohren und tippte auf einem MP3-Player herum. Die zweite döste, und die dritte guckte auf den Rasen und drehte nachdenklich eine Strähne ihres blonden Haares um den Zeigefinger.

Was machte unser flirtendes Paar?

Marianne Kleiber rauchte, der Mann rauchte. Ein Stück Silberfolie glänzte. Es stammte aus der Zigarettenpackung und diente als Aschenbecher.

Sie schwiegen.

Ich musste auf neue Aktionen warten.

Wohlig streckte ich mich auf dem Rücken aus, starrte in den märchenhaft blauen, wolkenlosen Himmel und versuchte gleichzeitig, die beiden Turteltauben nicht ganz aus den Augen zu verlieren. Ein Zitronenfalter torkelte durch mein Gesichtsfeld. Ich drehte den Kopf, um seinen Weg zu verfolgen, und betrachtete die hohen, mit dichtem Grün belaubten Bäume am Hang, wo sich der kleine Schmetterling in den Schatten verlor. Eine Brise kam aus dem Wald und brachte die Kühle des Vogelsangbachs mit. Aus der Richtung der blauen Schwimmbecken kamen platschende Geräusche. Kinder schrien von ferne.

Ich schloss die Augen und tat das, was mir Jutta immer wieder geraten hatte: das Leben genießen. Sekunde für Sekunde, Atemzug für Atemzug. Lange genug hatte mir das nicht gelingen wollen. Jahrelang war ich Auftrag um Auftrag hinterher gehechtet, immer nahe am finanziellen Abgrund. Aber einmal musste sich das ja ändern. Und einmal musste es ja wieder einen märchenhaften Sommer geben.

Was war ich zufrieden! Ich war mit einem Superauftrag versorgt, der mir den dienstlichen Aufenthalt im Schwimmbad ermöglichte. Sogar den Eintrittspreis konnte ich als Spesen geltend machen.

Endlich, dachte ich. Endlich komme ich auch mal zum Zuge. Endlich kann ich arbeiten, und es fühlt sich gar nicht wie Arbeit an.

Na gut, es ging natürlich auch anders.

Jutta zum Beispiel verbrachte ihren Urlaub am liebsten in der Karibik, fuhr im Winter einen ganzen Monat zum Skifahren, und ihr Konto quoll trotzdem über wie alle drei Tage bei mir zu Hause der Mülleimer.

Nur kein Neid jetzt, sagte ich mir. Du musst zufrieden sein. Das Schwimmbad »In der Mirke« in Wuppertal ist eben deine Karibik.

Ich atmete ein paarmal tief durch und öffnete die Augen. Die gute Nachricht: Die drei Grazien waren verschwunden. Sie hatten nur ihre Badelaken liegen gelassen. Die schlechte Nachricht: Marianne Kleiber hatte die männliche Versuchung zwei Meter weiter noch immer nicht als solche erkannt. Keine wirkliche Berührung. Geschweige denn Geknutsche. Oder hatte ich was verpasst?

Auf dem Bauch liegend, die Ellbogen aufgestützt, blätterte Madame in einer Zeitschrift. Die Sonnenbrille war wieder auf ihrer Nase. Der Mann hatte sich auf sein eigenes Badelaken zurückgezogen und betrachtete sie. Nach ein paar Minuten drehte er den Kopf zu mir. Ich erwiderte seinen Blick.

Ich weiß auch nicht, was du jetzt tun sollst, dachte ich.

Wieder das Handy. Diesmal ein rhythmisches Summen. Ich sollte das Ding bei der Arbeit ausschalten, dachte ich.

Ich seufzte, zog das Telefon wieder heraus. Eine SMS: *Nachricht für Sie auf Ihrem AB. Melde mich wieder. Krüger.*

Was sollte das jetzt? Krüger? War das der Mann, der eben angerufen hatte? Er hatte seinen Namen nicht genannt. Die Nachricht wirkte, als wüsste dieser Krüger, dass ich mit seinem Namen etwas anfangen konnte.

Es fiel mir nur ein einziger Krüger ein, auf den das zutraf. Der schickte aber keine SMS, wenn er etwas von mir wollte, sondern er rief an. Oder schickte seinen grünen Trachtenverein mit den Schirmmützen.

Das muss ein Irrtum sein, dachte ich. Abgesehen davon ist es sicher kein Fehler, zu Hause mal den AB abzuhören.

Ich sah auf die Uhr. Halb sechs durch. In knapp anderthalb Stunden würde das Freibad schließen. Als ob sie denselben Gedanken gehabt hätte, stand weiter unten Marianne Kleiber auf, faltete ihr Tuch zusammen und steckte es mitsamt der Zeitschrift in eine Ibizatasche. Sie holte ein T-Shirt und eine dreiviertellange Jeans heraus, zog beides über den grünen Bikini und machte Anstalten zu gehen.

Ein Gruß an den Mann auf dem Badelaken.
Die Show war zu Ende.

Eine halbe Stunde später hatte ich mich durch den Feierabendverkehr gequält, einen Parkplatz in der Luisenstraße gefunden und die Treppen zu meiner Kombination aus Wohnung und Büro hinter mich gebracht.

Der Schweiß brannte mir in den Augen. Als ich meine Wohnungstür öffnete, schlug mir Mief entgegen. Ich hielt die Luft an und riss die Fenster auf. Das im Schlafzimmer war die ganze Zeit gekippt gewesen. Völlig sinnlos: Die Hitze, vermischt mit Abgasen und Dreck, stand felsenfest in der Stadt. Kein Lüftchen regte sich.

Ich ließ mich in meinen Bürostuhl fallen und fummelte die Flashcard aus der Kamera. Während der Computer hochfuhr, zündete ich mir reflexartig eine Zigarette an. Der Qualm blieb bewegungslos im Raum stehen, als hätte jemand einen Film angehalten. Ich drückte die Kippe wieder aus.

Drei der Fotos waren mit Ach und Krach zu gebrauchen. Vor allem die Szene mit dem vermeintlichen Insekt wirkte mit ein bisschen Fantasie wie eine kleine ausgetauschte Zärtlichkeit. Immerhin.

Ansonsten hatte ich noch trauliches Beisammensein mit geteiltem Aschenbecherprovisorium und Feuer geben. Wenn das nicht reichte, konnte ich es auch nicht ändern.

Ich klickte auf den Druckbefehl und beobachtete, wie sich die Fotos vom Bildschirm auf das Papier übertrugen. Dabei fiel mein Blick auf den Anrufbeantworter.

Er blinkte.

Krüger.

Ich drückte auf den Knopf.

»He, Remi, von dir hört man ja gar nichts mehr.«

Das war Jutta.

»Schwer im Einsatz, was? Du arbeitest zu viel. Ruf mich mal an. Ich zeige dir, womit du wieder zur Ruhe kommst.«

Ich musste mich zusammenreißen, um nicht laut loszulachen. In der Ruhe war ich lange genug gewesen. Jetzt gab es nur noch Unruhe – kreative Unruhe. Arbeit. Kohle. Jutta konnte machen, was sie wollte; sie saß mit ihrem Geld in ihrem noblen Eigenheim auf dem Brill und frönte ihren Marotten.

Die nächste Nachricht. Sie war kurz. Sehr kurz. Aber ich erkannte die Stimme sofort.

»Wir sollten uns heute Abend treffen.«

Das war alles.

Ich hatte die Stimme schon so oft gehört, dass ich sie aus Millionen heraus erkennen würde. Was hatte es nicht alles gegeben: Telefonate, Verhöre, Gespräche, Drohungen, Vernehmungen ...

Krüger war Hauptkommissar bei der Wuppertaler Mordkommission. In vielen meiner Fälle war er mir über den Weg gelaufen. Mal arbeiteten wir gegeneinander, mal miteinander. Keine Ahnung, wie man so ein Verhältnis nannte. Kollegen waren wir nicht, aber wir hatten in derselben Branche zu tun. Das war es wohl.

Ich hatte mir die Nachricht gerade ein drittes Mal angehört, da meldete sich mein Handy wieder – summend, nicht mit Abbas E-Gitarren. Wieder eine Kurznachricht. Wie auf Kommando.

Treffen heute Abend. Genaueres folgt. Bitte rufen Sie mich nicht an. K.

Ich versuchte, mir einen Reim darauf zu machen, aber das führte nur dazu, dass die Fantasie mit mir durchging. Befand sich Krüger in einer extrem geheimen Polizeioperation und wollte mich dabeihaben? War er endlich von meinen ermittlerischen Fähigkeiten überzeugt? War ich der Rettungsanker für die Wuppertaler Polizei? Oder hatte er ein privates Problem? Dasselbe wie Kleiber? Verdächtigte er seine Frau, fremdzugehen?

Der Gedanke erinnerte mich an etwas. Ich holte die Fotos aus dem Drucker und steckte sie in einen braunen Umschlag.

Warum konnte Krüger nicht das Telefon benutzen wie jeder normale Mensch?

Die Uhr zeigte kurz nach sieben. Wo blieb der neue Klient eigentlich? Hatte er es sich anders überlegt?

Ohne die Fernsehzeitschrift zu konsultieren, wusste ich, dass meine Anti-Lieblingssendung seit einer guten halben Stunde zu Ende war. Sie lief auf Sat.1, und ich nannte sie für mich selbst immer »Ingo und die Detektive«: Ein zwirbelbärtiger Anwalt beschäftigte Kollegen von mir – junge Leute, die im Auftrag von

Mandanten verschwundene Töchter, missratene Söhne, zwielichtige Verlobte oder kriminelle Geschäftspartner überwachen, aufspüren oder irgendeines Verbrechens überführen sollten. Die Ermittler hatten es gut: Ohne aufzufallen, latschten sie mit wuchtigen Videokameras herum und filmten Verdächtige. Sie gaben am Tatort eintreffenden Polizisten Befehle, die auch prompt befolgt wurden, und hatten in null Komma nichts jede Information, die sie brauchten. Wenn sie jemanden belauschen wollten, hatten sie meist das Glück, eine offene Tür oder ein Fenster zu finden. Die Bösewichter zogen auch niemals die Vorhänge zu, sodass man von draußen schön sehen konnte, wer gerade bei ihnen gefangen gehalten wurde. Dass die Gangster meist Erdgeschosswohnungen bewohnten, verstand sich von selbst. Kein Wunder, dass Ingos Leute immer nur eine halbe Stunde brauchten, um einen Fall zu lösen.

Immerhin bekam ich noch ein gutes Stück »King of Queens« mit: die schöne Folge, in der Doug und Carrie die Hochzeit eines alten Freundes vermasseln, weil just auf der Feier rauskommt, dass Carrie was mit dem Bräutigam hatte, während Arthur vergeblich versucht, sein Essen umzutauschen.

Apropos Essen.

Ich ging in die Küche, schob eine Pizza in die Mikro und holte mir etwas zu trinken aus dem Kühlschrank. Nichts Alkoholisches. Ich musste schließlich noch als seriöser Detektiv auftreten.

Als um Viertel nach das Quiztaxi anfing und der unbekannte Klient immer noch nicht aufgetaucht war, aß ich meine Pizza. Bis halb acht sah ich noch zu, wie zwei Jungs von knapp siebzehn Jahren, von denen man sich fragte, wie sie sich ein Taxi leisten konnten, Telefon- und Passantenjoker verplemperten. Die Frage war: Wie heißt der Urmensch, der nach einem Flusstal bei Düsseldorf benannt ist? Als sie schließlich »Ötzi« sagten, war das erste Leben weg.

Ich verlor die Geduld, packte die Fotos und machte mich auf den Weg zum Auto.

Ich hätte das, was ich gerade im Fernsehen erlebt hatte, als Warnung nehmen müssen. Genau betrachtet, warnt uns das Leben ja andauernd. Aber wer ist schon in der Lage, die richtigen Signale aus dem Wust von Input um uns herum herauszulesen?

2

Der Asphalt von Leverkusen glühte genauso wie der Straßenbelag in Wuppertal. Ich spürte die Hitze durch die Sohlen meiner Turnschuhe.

Ich hielt an der Tankstelle etwas abseits der Zapfsäulen und drückte die Zentralverriegelung meines Golfs.

Die großen Spritverkaufshäuser hatten Klimaanlagen. Das hier war eine sogenannte freie Tankstelle, die sich so was nicht leisten konnte. Dafür war der Diesel billiger. Im Verkaufsraum zerteilte ein müder Ventilator mit einer Geschwindigkeit von einer Umdrehung pro Herzschlag die dicke Luft. Ein dunkelhaariger Typ in Netzhemd und Jogginghose war vor mir und bezahlte gerade. Ich hatte es nicht eilig, griff mir im Vorbeigehen eine Prinzenrolle und ließ meinen Blick über die Auslagen der angebotenen Presse schweifen. In Sichtweite hauptsächlich Tittenmagazine und Schärferes – eingeschweißt und mit Deckblatt versehen.

Endlich trampelte der Vorstadtheini nach draußen, und ich war mit dem Mann in der Tankstelle allein.

»Welche Säule?« Erst jetzt blickte er auf. »Ach Sie sind's, Herr …«

Kleiber wirkte wie eine Maus, die in eine Lebendfalle geraten war und in ständiger Bewegung ihren Käfig abschnupperte, um doch noch einen Ausgang zu finden. Seine grauen Augen, die farblich genau zu seinen strähnigen Haaren passten, huschten unablässig hin und her, als habe er Mühe, seine Umgebung im Blickfeld zu halten. Als er mich vor vier Tagen zum ersten Mal in meinem Büro besucht hatte, glaubte ich ernsthaft, irgendjemand sei hinter ihm her – die Tankstellenmafia oder sonst wer, aber es war nur ein Tick von ihm, an den man sich gewöhnen musste.

Sein Alter war schwer zu schätzen. Er konnte fünfunddreißig oder auch fünfzig sein. Trotz der Hitze war auf seinem Gesicht kein einziger Schweißtropfen zu sehen. Dabei trug er eine dicke Jeans und ein Flanellhemd.

»Herr Rott … Rott.«

Ein weiterer Tick von ihm war, dass er manchmal Wörter wiederholte – als sei er beim ersten Mal nicht sicher gewesen, dass er sie richtig herausgebracht hatte. Stottern auf Wortebene.

»Guten Tag, Herr Kleiber«, sagte ich langsam. Bei diesem Menschen musste man gegenhalten, damit er einen mit seiner hektischen Art nicht ansteckte.

»Und? Wie sieht es aus … aus?«

In meiner Hose begann es in mehreren Stößen zu vibrieren. Das Handy. Wieder eine SMS.

Kleiber nahm das ungewohnte Geräusch zum Anlass, sich nervös umzusehen.

»Keine Sorge«, sagte ich. »Nur eine Nachricht. Darum kümmere ich mich später.« Ich wartete drei Umdrehungen des Ventilators ab und fügte hinzu: »Wollen wir hier reden? Ich meine, falls Kunden kommen …«

Er schüttelte den Kopf. »Kein Problem … Problem. Was haben Sie rausgefunden … gefunden?«

»Herr Kleiber«, sagte ich und kam mir vor wie ein Arzt, der Angehörigen eines Kranken eine traurige Mitteilung machen muss. »Herr Kleiber …« Meine Güte, jetzt fing ich auch schon damit an!

»Ja?« Sein Blick wanderte schneller.

»Es wird Ihnen möglicherweise nicht gefallen.«

Wupp, wupp, wupp, machte der Ventilator, und in dieser Zeit stand Kleiber vor mir, sah mich – ganz ungewohnt – starr an und hielt den Mund offen.

Du bist zu weit gegangen, dachte ich. Jetzt kriegt er vor Schreck einen Herzinfarkt.

»Ich wusste es!«, rief er aus, stützte die Hände auf die Tischplatte, senkte den Kopf und sah nach unten. »Sie geht fremd, oder? Sie haben den Beweis?«

Oha, dachte ich. Wenn er sich aufregt, ist der Sprachtick verschwunden. Sieh mal einer an.

Er hob den Blick wieder. »Wer ist es?«

»Das werde ich noch herausfinden. Aber ich habe Ihnen Fotos mitgebracht.« Ich legte den Umschlag auf den Tresen. »Das heißt – wenn Sie sie überhaupt sehen wollen.«

»Natürlich.« Er griff gierig danach und zog die drei Bilder heraus. Er legte sie nebeneinander wie die Wahrsagerinnen auf dem

Astrokanal ihre Karten. Und genau wie sie versuchte er mit gerunzelter Stirn darin zu lesen. Die Eifersucht in seinem Blick verwandelte sich in Skepsis.

»Was tun die da?«, fragte er.

»Wie meinen Sie das?«

»Ich dachte, Sie hätten sie beim ... Sie wissen schon erwischt ... erwischt.«

»Ja und?«

»Aber die tun ja gar nichts!« Er wirkte fast enttäuscht.

»Ihre Frau trifft sich im Schwimmbad mit einem anderen Mann. Das nennen Sie nichts?«

»Dass sie ins Schwimmbad wollte ... wollte, hat sie mir heute Morgen gesagt.«

Ich deutete auf das Bild, auf dem der Mann Marianne Kleiber etwas Imaginäres vom Rücken holte. »Würden Sie sagen, dass das nichts ist?«

»Na ja, so gesehen ... gesehen.« Er sah mich an. »Wie schätzen Sie das denn ein ... ein?«

»Ich denke, dass Sie recht hatten.«

»Recht womit ... womit?«

Kleiber wollte es nicht selbst sagen. Er wollte es aus meinem Mund hören. Was ihn antrieb, war nicht nur Eifersucht, wie ich sie schon so oft bei Ehemännern erlebt hatte, deren Frauen ich überwachen sollte.

Er *wollte*, dass seine Frau fremdging. Er *wollte* sie dabei ertappen.

Leider musste er zwölf Stunden am Tag hinter dem Tresen der Tankstelle stehen, sodass er selbst keine Gelegenheit dazu hatte.

»Dass Ihre Frau Sie betrügt«, sagte ich laut und deutlich, und Kleibers Blick verwandelte sich wieder. Die Skepsis wich Zufriedenheit. Nun leuchteten seine Augen wie die eines Gläubigen. Als plötzlich hinter mir die Tür aufging, dachte ich schon, der Papst wäre hereingekommen. Aber es war nur der Netzhemd-Macho von vorhin.

»Kippen vergessen«, brummelte er.

Mit einem Griff schob ich die Fotos zusammen und verdeckte sie mit dem Umschlag. Während Kleiber bediente, trat ich zur Seite und legte die Prinzenrolle, die ich die ganze Zeit in der Hand gehalten hatte, wieder ins Regal. Das war kein Wetter für Kekse. Das war ein Wetter für Eis.

Eine Kühlbox suchte ich in Kleibers Minimarkt vergeblich. Ich nutzte die Zeit, in der das Netzhemd sein Kleingeld zusammenklaubte, um die SMS zu lesen.

Treffen am BHF Erkrath-Hochdahl. K.

Woher wusste Krüger eigentlich so genau, dass ich Zeit, Lust und alle sonstigen Voraussetzungen hatte, auf seine Bitte einzugehen?

So lief das nicht! Ich musste mit ihm reden!

Ich tippte durch das Menü des Handys und suchte die Nummer, von der aus die Kurznachricht gesendet worden war. Als ich sie gerade gefunden hatte, verließ das Netzhemd mit einem gebrüllten »Tschö« den Laden.

»Handy ist hier verboten ... verboten«, sagte Kleiber.

Rufen Sie mich nicht an ...

Ich steckte das Telefon weg. »Wo waren wir stehen geblieben? Ach ja. Also, Herr Kleiber. Sie sehen hier doch den glasklaren Beweis, dass Sie recht hatten.« Ich fächerte die Bilder wieder vor ihm auf, sodass er sich bequem in die unabänderliche Wahrheit schicken konnte. Er betrachtete seine Frau im Bikini und den ihm unbekannten Mann und genoss den Anblick eine Weile.

»Wie geht es jetzt weiter?«, fragte er dann.

»Als Nächstes würde ich gern herausfinden, wer das ist. Und ob sich Ihre Frau regelmäßig mit ihm trifft.«

»Sie glauben wirklich, dass das kein Zufall war ... war? Dass sie nicht einfach nur so mit jemandem im Schwimmbad gesprochen hat?«

»Zufall?« Ich lachte. »Das soll ein Zufall sein?« Ich deutete wieder auf das wertvollste Dokument. »Immerhin hat er Ihre Frau angefasst. So was würde sie sich doch nicht gefallen lassen, oder?«

Er nickte zufrieden. Er zweifelte gar nicht. Er wollte es von mir hören. Der Mann war einfach besessen von dem Gedanken, dass seine Frau fremdging. So besessen wie überzeugt. Und wenn er mich nun fragte, ob das alles wirklich der Wahrheit entsprach, dann wollte er nur eines hören: dass er recht hatte. Ich konnte an seinem Blick sehen, wie ihn diese Nachricht befriedigte.

»Machen Sie weiter«, sagte er. »Bleiben Sie dran … dran. Was passiert mit den Bildern … Bildern?«

»Die gehören Ihnen. Sie haben sie ja bezahlt. Apropos bezahlt.«

»Schon verstanden … verstanden.« Mit einem Rasseln ging die Kasse auf. Er sah mich an. »Wie viel?«

Mein T-Shirt klebte, als ich die Tankstelle verließ, und ich war sogar dankbar für den staubigen Fahrtwind des vorbeidonnernden Verkehrs. Kleiber beobachtete mich sicher, wie ich zu Fuß ein Stück von seiner Tankstelle wegging und telefonierte. Das machte nichts, schließlich hatte ich ihm versprochen, direkt tätig zu werden.

Nach dem dritten Klingeln meldete sich Manni endlich.

»Hecking.«

»Da ist ja der Mann aus dem Schwimmbad. Na, wieder zu Hause?«

»Ah, endlich, Remi. Mensch, ich warte schon die ganze Zeit. Wann gibt's die nächste Kohle?«

»Bring ich dir vorbei. Und da ist noch mehr für dich drin.«

»Das heißt, wir machen weiter?«

»Ich hab den Auftrag für drei weitere Tage. Ich denke aber, du solltest endlich mal ein bisschen mehr aufdrehen. Hättest du heute schon machen sollen. Die Fotos sind nicht aussagekräftig genug.«

»Und wie soll das gehen? Im Schwimmbad? Bei einer wildfremden Frau? Die holt doch sofort den Bademeister … Obwohl …«

»Obwohl was?«

»Ich denke schon, dass ich bei ihr landen könnte. Ich glaub, die steht auf mich. Sie braucht nur ein bisschen. Wie ist denn der Mann so? Starke Konkurrenz? Ach, Ehemänner sind ja immer langweilig.«

Ich versuchte, mich gedanklich in eine Frau zu verwandeln, Manni und Herrn Kleiber nebeneinanderzustellen und dann zu entscheiden, wer attraktiver war. Unmöglich, eine Antwort zu finden.

»Du hast die besseren Möglichkeiten«, sagte ich diplomatisch. »Nutze sie. Hat sie dir wenigstens ihre Telefonnummer gegeben?«

»So weit kam's nicht. Aber du weißt doch, wo sie wohnt.«

»Hm. Das ist zwar ein bisschen riskant, aber wir inszenieren ein zufälliges Wiedersehen. Ich fange morgen Vormittag mit der Überwachung an, sobald ihr Mann aus dem Haus gegangen ist. Egal, wo sie hingeht, du wirst ihr über den Weg laufen. Am besten kommst du von Anfang an mit. Ich hol dich zu Hause ab. Dann kriegst du auch die Kohle.«

Wir verabschiedeten uns.

Vier Tage hatte ich Marianne Kleiber überwacht. Ich war ihr beim Einkaufen gefolgt, hatte ein paar Tische weiter neben ihr im Café gesessen und war hinter ihr durch die Straßen gebummelt. Jeden Abend hatte mich Kleiber angerufen und nach einer Nachricht gegiert. Dabei war da einfach nichts zu machen. Seine Frau ging nicht fremd, die machte sich einfach nur einen netten Tag.

Gestern Abend war ich endlich auf die Idee gekommen, mit Hilfe meines Kumpels Manni etwas nachzuhelfen. Er bekam einen Fuffi pro Einsatz, ich vierhundert am Tag. Auf die Dauer konnte das ein ganz guter Job werden. Und ich tat Kleiber im Grunde einen Gefallen. Er bekam für sein Geld das, was er wollte.

Als ich in den Golf einstieg, fiel mir ein, dass ich heute Abend sowieso nichts vorhatte. Warum also nicht Krüger in Hochdahl treffen? Er würde mich schon nicht verhaften, schließlich hatte ich nichts getan. Und von der kleinen Aktion mit Kleiber konnte er nichts wissen. Außerdem – war das etwa strafbar?

Ich startete den Motor und gab Gas.

3

Tüt-tüt-tüt-tüt-tüt.

Jedes Mal, bevor sich an einem der Züge, die von Hochdahl abfuhren, knallend die Türen schlossen, schallte das Getute über den heißen, menschenleeren Park-and-ride-Parkplatz. Dann erfolgte ein saugendes Rauschen, und die Bahn setzte sich in Bewegung. Zurück blieb ein ödes Vorstadtszenario, das auch jetzt, nach einundzwanzig Uhr, noch vor Hitze zitterte.

Ich saß im Golf, hatte sämtliche Scheiben heruntergekurbelt und vermied es, die schwarze Plastikverkleidung zu berühren.

Was sollte das alles? Warum diese seltsame Nachrichtenübermittlung per SMS? Warum Erkrath? Kam Krüger von irgendwoher mit dem Zug und brauchte jemanden, der ihn abholte? Sollte ich vielleicht lieber auf dem Bahnsteig auf ihn warten?

Die Stimme auf dem Anrufbeantworter kam mir wieder ins Gedächtnis: »Wir sollten uns heute Abend treffen.«

So knapp, so klar, so lapidar. Aber auch so unklar.

Etwas Eigenartiges hatte in der Stimme gelegen. Als ob Krüger unter Druck gestanden hätte. Oder in Eile gewesen wäre.

War da nicht auch so etwas wie Angst gewesen?

Warum gab es keine Begrüßungsfloskel wie sonst immer, wenn wir telefonierten? He, Rott, Möchtegerndetektiv. Was machen die Fälle? Irgend so etwas. Warum nur dieser eine Satz?

Mir wurde klar, dass mein Freundfeind wohl tatsächlich in Schwierigkeiten steckte. Und wenn er meine Hilfe brauchte, und wenn ich ihm dann half …

Die Hitze waberte durch die Windungen meines Gehirns, daher dauerte es einen Moment, bis ich den Gedanken zu Ende gedacht hatte und er mit allergrößter Klarheit vor mir stand.

Wenn ich Krüger half, hatte ich was gut bei ihm!

Keine schlechte Situation für mich. Endlich würde mir der Hauptkommissar ohne auf die Dienstvorschriften zu pochen mal den Halter des ein oder anderen Autos ermitteln. Oder mich gar in gewisse Akten schauen lassen. Zeugen benennen …

Ich würde es so leicht haben wie Ingos Detektive!

Wenn er nur endlich mal käme und mir sagen würde, worum es überhaupt ging.

Ich stieg aus, um das Terrain zu sondieren.

Der Park-and-ride-Platz schmiegte sich in seiner Breitseite an die hochgelegene Bahnstrecke. Auf der anderen Seite des Platzes verlief die Hauptstraße, die in der Verlängerung nach ungefähr dreihundert Metern den Ort verließ und hinunter ins Neandertal führte. Entlang der kurzen Seite des Parkplatzes ging es in den eigentlichen Ort, der jenseits der Bahnstrecke lag. Jedes Mal, wenn ein Zug kam, senkte sich eine Schranke.

Ich ließ meinen Blick über die Häuser entlang der Hauptstraße gleiten. Alles wirkte wie ausgestorben. Der Berufsverkehr war vorbei, und die Leute hatten wohl keine Lust, sich in der Stadt aufzuhalten, sondern grillten in ihren Gärten.

Ich spazierte ein bisschen herum. Kurz vor der Schranke sah ich ein paar Gestalten hinter den Scheiben eines Imbissladens. Ich suchte Krügers massige Statur vergeblich. Es waren nur ein paar Jugendliche da – genauso wie vor dem roten, klotzigen Haus an der Strecke ins Neandertal. Ein ovales Schild über dem Eingang verkündete: »CASINO«. Eine Spielgelegenheit für Kinder, die dem Sandkasten entwachsen waren.

Auf dem Weg zum Bahnsteig bewunderte ich ein seltsames Gebilde, das mich neugierig machte. Was die mehr oder weniger künstlerische Zusammensetzung aus einem Rad, einem Meter Schiene und Metallfüßen zu bedeuten hatte, sagte eine eiserne Plakette: Die Bahnlinie, auf der sich auch jetzt gerade wieder mit Tüt-tüt-tüt-tüt-tüt die Türen schlossen, war die steilste Eisenbahnhauptstrecke Europas.

Seltsam. Die hätte ich eher in der Schweiz vermutet.

Ich überprüfte die Fahrgäste, die aus dem gerade angekommenen Zug stiegen. Nur eine einzige Gestalt verließ die Bahn. Ein etwa fünfzehnjähriger Typ, der an einer schrecklichen Krankheit litt. Alle fünf Meter zwang ihn etwas, auf den Boden zu spucken. Rotzüberproduktion. Armer Kerl. Er sollte mal zum Arzt gehen.

Kein Krüger.

Langsam ließ die Hitze nach. Dort, wo die Straße ins Tal hinunterging, stand die Sonne schräg und tauchte den Parkplatz in rötliches Licht.

Ich schlenderte zurück und dachte, dass ich mir in Kleibers Kaschemme eine Zeitschrift oder etwas anderes zum Lesen hätte kaufen sollen. Die Zeit wurde mir lang. Man konnte an so einem Abend wirklich Schöneres unternehmen. Schließlich kannte auch ich Leute mit Gärten, die mich vielleicht zum Grillen eingeladen hätten. Wenn ich da nur an Juttas Nobelrasen auf dem Brill dachte. Wie angenehm musste es da oben jetzt sein. Eine kühle Brise vom nahen Wald. Der Duft von frisch gemähtem Gras und Blüten …

In meiner Hosentasche vibrierte es. Etwa schon wieder Krüger?

Ich fummelte das Handy raus. Tatsächlich.

Treffen Neandertal. Düssel. Hinter Steinzeitwerkstatt. Bitte sofort kommen.

Das konnte man nur als Hilferuf verstehen. Wenn Krüger nicht in der Klemme saß, hieß ich ab heute Ingo.

Ich lenkte den Golf auf die Hauptstraße, die in Kurven abwärts führte. Hier wurden die Schatten noch länger, die Sonne fand schon nicht mehr hinunter ins Tal, das außerdem auch noch dicht bewaldet war.

Das Neandertal, durch das die Düssel floss, war nicht nur die berühmte Fundstelle des noch berühmteren Vormenschen. Neben dem Museum zur Entwicklungsgeschichte der Krone der Schöpfung hatte es noch ein großes Naturschutzgebiet zu bieten.

Mich hätten sie heute mal im Quiztaxi haben sollen, dachte ich. Ich hätte alles gewusst und nicht mit der Antwort »Ötzi« gleich mein erstes Leben vermasselt.

Mein Wagen erreichte den Talgrund, und ich folgte der Beschilderung »Zentralparkplatz«. Hier unten war es fast schon dämmrig, und auch hier war nichts mehr los. Das Museum, das einen Steinwurf entfernt auf der anderen Seite der Straße liegen musste, hatte längst geschlossen.

Und dann erkannte ich, dass der Hauptkommissar tatsächlich hier war. Als einziges Auto stand ein dunkler Escort mit Wuppertaler Kennzeichen auf dem Parkplatz. Das war ganz sicher Krügers Wagen.

Ich stieg aus und sah mich um. Auf einem der Wege, die in Richtung Wald führten, gab es eine Bewegung. Ein helles Hemd. Graue Haare. Ein Mann, der sich schnell entfernte – auf dem Weg, der über die Düssel und dann am Fluss entlang in den Wald führte. Das musste Krüger sein.

Ob es was nützte, ihm hinterherzurufen? Vielleicht konnten wir uns den Weg in den Wald sparen? Quatsch, dachte ich. Krüger hat sich schon was dabei gedacht, als er dich dorthin bestellt hat. Auch wenn es rätselhaft aussieht. Vielleicht will er dir etwas zeigen.

Ich folgte ihm also. Es hätte ein romantischer Spaziergang werden können, wenn Krüger es nicht so eilig gehabt hätte. Zuerst kam ich an einem großen Spielplatz vorbei. Der helle Sand leuchtete in der Dämmerung. Große Holzfiguren starrten mir entgegen. Als es dann endgültig in den Wald und zum Pfad entlang der Düssel ging, bekam ich Krüger noch einmal kurz zu sehen. Er schien genau zu wissen, wo die Steinzeitwerkstatt war. Ich wusste es nämlich nicht. Ich hatte auch höchstens eine Ahnung, was sich dahinter verbarg. Wahrscheinlich ein Ort, an dem Kinder lernen konnten, nach Steinzeitmethoden Waffen und Werkzeug zu basteln. Nicht für die Schule, für das Leben lernen wir!

Es wurde noch dunkler, als ich in den Wald eintrat. Krüger musste schon weit voraus sein. Ich sah ihn jedenfalls nicht mehr.

Angenehme Kühle umfing mich. Rechts neben mir rauschte leise die flache Düssel, deren Tal seltsamerweise nur in Düsseldorf Düsseltal hieß. Hier nannte man es Neandertal. Warum eigentlich? Mist, dachte ich, während mir die ungewohnte Menge an Bewegung zu schaffen machte und Seitenstechen aufkeimte. Keine Ahnung. Hoffentlich geriet ich nicht irgendwann mal in ein Quiz, in dem ich das wissen musste. Ich würde nicht nur Passanten- und Telefonjoker, sondern gleich alle Leben verlieren. Es sei denn, ich rief Jutta an. Die wusste das bestimmt.

Ich lief weiter den Waldweg entlang. Bis auf meine eigenen Schritte, mein Keuchen und das gedämpfte Gemurmel des Wassers auf seinem langen Weg in Richtung Landeshauptstadt war es still.

Plötzlich schrak ich zusammen. Was war das?

Der Weg schmiegte sich in einer Kurve an einer Lichtung vorbei, und mitten auf der Wiese wuchs ein Baum, der wie ein großes Fragezeichen geformt war. Du irrst dich, dachte ich. Das ist ein Zufall, muss ein Zufall sein. Eine Laune der Natur. Oder ist das hier neuerdings ein Märchenwald?

Ich hetzte weiter Krüger hinterher, der hoffentlich irgendwo auf mich warten würde. Dann wieder etwas Seltsames: Eine Figur wie ein stilisierter Bär stand starr auf einem Podest und glänzte matt metallisch.

Mir ging ein Licht auf.

Kunst, dachte ich. Hier steht Kunst im Wald herum. Als eine helle Spirale aus Metall auf dem Waldboden auftauchte wie ein wundersames magisches Zeichen, wunderte ich mich nicht mehr.

Rechts wurde zwischen den Bäumen ein langgestrecktes Gebäude sichtbar. Ein modern wirkender Kasten, der weiß schimmerte. Eine Treppe führte zum Eingang. Daneben erhob sich eine viereckige beschriftete Säule. Man musste den Kopf schief halten, um lesen zu können, was draufstand: »STEINZEITWERKSTATT«.

Ich blieb stehen und sah mich um. Kein Krüger.

Was sollte ich tun? Rufen?

Nein. Irgendetwas sagte mir, dass es nicht der Sinn der Sache war, hier im Wald herumzuschreien. Als ich noch überlegte, meckerte irgendwo weiter hinten am Fluss ein Vogel und nahm hektisch Reißaus. Das Schlagen seiner Flügel vermischte sich mit Blättergeraschel irgendwo im Unterholz. Dahinten musste jemand sein.

Hätte ich nur eine Taschenlampe mitgenommen.

Ich folgte weiter dem Weg, bis sich auf der linken Seite, am Hang, eine große Einbuchtung öffnete. Ein Halbrund. Es sah aus wie ein alter Steinbruch und wurde auf der Rückseite von einem hohen Steilhang begrenzt.

Das Bild, das sich mir im letzten Licht des Tages bot, hätte aus einem surrealistischen Film stammen können. In der Ausbuchtung, die wie eine Naturbühne wirkte, standen seltsame Dinge herum, eingekreist von den haushohen dunklen Wänden. Das Erste, was mir auffiel, war ein gigantischer Pfeil, der aus Aluminium oder Chrom zu bestehen schien. Seine Spitze zeigte senkrecht nach unten in die Erde, als habe ein Riese ihn angebracht, um auf einen vergrabenen Schatz hinzuweisen. Als ich genauer hinsah, erkannte ich, dass der Pfeil in einem Felsblock steckte.

Ein anderes Kunstwerk ähnelte den grauen Felsen, die hier überall wie Spielzeug für Gigantenkinder herumlagen. Auf den zweiten Blick hob es sich deutlich durch seine abgerundete Form und seine eigentümliche Struktur ab. Da waren Rillen in den Stein gemeißelt, und der ganze Block war durch eine tiefe Furche in zwei Hälften geteilt.

Ein riesiges Gehirn, dachte ich. Jemand hat ein Gehirn aus Stein in den Wald gestellt!

Und gleich neben diesem gewaltigen Denkapparat stand Krüger und sah mich an.

Sein Hemd leuchtete. Seine Augen, von denen ich wusste, dass sie stahlblau waren und seinem Gegenüber nicht nur im Vernehmungsraum der Polizei Angst einjagen konnten, waren jetzt nichts als zwei schwarze Punkte. Trotzdem kam es mir vor, als würde ich einen Ausdruck von Erstaunen auf seinem Gesicht erkennen. Offenbar hatte er mich nicht kommen hören oder er hatte mich nicht so schnell erwartet.

Er öffnete den Mund. »Rott …!«

Jetzt, wusste ich, würden die typischen Bemerkungen von wegen Meisterdetektiv und die Anspielungen auf meine oft nicht gerade günstige finanzielle Lage und so weiter folgen.

Aber Krüger zögerte. Er starrte mich an, und ich ging langsam auf ihn zu. Als ich mich etwa auf drei Meter genähert hatte, knallte etwas im Wald, und ich glaubte in den Augenwinkeln irgendwo einen Blitz gesehen zu haben.

Mündungsfeuer. Das war ein Schuss.

Über mir ertönte lautes Rascheln, Äste und Steine rutschten herunter und prasselten vor der Steilwand in die Tiefe. Krüger stand immer noch da und stützte sich mit beiden Händen an dem gefurchten Felsen ab.

Er ist angeschossen worden, dachte ich und ging noch einen Schritt auf ihn zu. Im selben Moment knallte es noch einmal.

Der Hauptkommissar hob den Blick, dann fiel er vornüber auf das Gehirn. Ich taumelte ein Stück zurück und sah dadurch die Szene deutlicher: Krüger im hellen Hemd, über den Stein gebeugt, als wolle er ihn mit beiden Händen vor irgendetwas beschützen.

Krüger, der wahrscheinlich gerade starb.

Und irgendwo über dem Steinbruch hielt sich sein Mörder auf. Es raschelte wieder, weiter entfernt diesmal – zu weit, um die Verfolgung aufzunehmen. Wieder regnete es kurz Steine und Holz. Dann war es still im Wald.

Ich lief zu Krüger, tastete nach seinem Puls.

Dann zog ich mein Handy heraus und tippte den Notruf.

4

Nichts anfassen. Keinen Schritt gehen. Stehen bleiben. Abwarten. Der Düssel lauschen, die unentwegt hinter dem Gehölz vor sich hin plätscherte.

Allein im Wald bei einem Toten.

Meine Gedanken hüpften umher. Fetzen von Bildern. Erinnerungen.

Die erste Begegnung mit Krüger. Wie er die Treppe zu meiner Wohnung heraufkam, um mir Fragen über die Frau zu stellen, die von der Decke der Wuppertaler Stadthalle am Johannisberg in den großen Saal gestürzt war.

Wie er mich in Remscheid beinahe eingebuchtet hätte, weil ich mit Jutta die Wohnung einer Verdächtigen durchsuchte. Illegal, versteht sich, aber trotzdem hatte mir Krüger eine Chance gegeben, den Fall zu lösen, und die Verdächtige entpuppte sich als Täterin.

Noch ein Bild: Ein totes Kind auf einer Straße in Solingen. Niemand kannte es. Niemand vermisste es. Und als die Polizei alle Hoffnung aufgegeben hatte, das Geheimnis des Kindes jemals zu lösen, übernahm ich den Fall, und es war Krüger, der mir die nötigen Informationen besorgte. Natürlich ohne seine Kompetenzen zu überschreiten. Aber er hätte es auch lassen können.

Ein Kloß wuchs in meinem Hals, als ich den Hauptkommissar im allerletzten Licht des Abends als schwarzen Schemen dort auf dem Felsen liegen sah. Verdammt, Krüger, dachte ich. Was ist hier passiert?

Als sich irgendwann ein paar Gestalten, begleitet von hellen Taschenlampenkegeln, auf dem Waldweg näherten, spürte ich instinktiv Bedrohung. War das die Polizei? Oder kamen noch mehr Mörder?

»Hallo?«, rief einer von ihnen.

Ich riss mich zusammen. Die Schritte waren jetzt ganz dicht bei mir.

»Herr Rott?«

Der Beamte am Telefon hatte sich meinen Namen offenbar aufgeschrieben.

»Ja, hier drüben.« Da traf mich auch schon das Licht.

Der Taschenlampenstrahl des zweiten Uniformierten fiel auf Krüger, der wie eine Puppe auf dem Felsen hing. Das Bild war grotesk. Man hätte glauben können, der Hauptkommissar sei selbst Teil des Kunstwerkes geworden.

Das Licht schwenkte umher und riss den silbern glänzenden Pfeil aus der Dunkelheit, dann kam der Kegel wieder zu mir.

»Sie haben den Toten entdeckt?«

»Ja. Ich weiß, wer er ist. Ein Kollege von Ihnen.«

Ich erklärte, dass ich mit Krüger hier verabredet gewesen war, und berichtete von den beiden Schüssen.

»Ich glaube, der Täter hielt sich oben im Hang auf.«

Die Lichter tasteten die Ränder des Steinbruchs ab. Dann senkte der eine Polizist die Lampe und gab etwas über sein Funkgerät durch. »Moment noch«, sagte er und wandte sich dann an mich. »Herr Rott, wie lange ist das her?«

»Es passierte unmittelbar bevor ich die Notrufnummer gewählt habe.«

Der Polizist wandte sich wieder seinem Funkkollegen zu. Ich verstand, dass er den Standort erklärte und Mutmaßungen darüber abgab, welche Fluchtmöglichkeiten es oberhalb des Hangs gab. Ich hörte Vokabeln wie »Hochdahl«, »Hauptstraße« und »Thekhaus«.

Wahrscheinlich errichten sie jetzt Straßensperren, dachte ich. Wohl vergeblich. Wie lange brauchte man von hier zur Autobahn? Keine zehn Minuten. Wer auch immer das getan hatte, war längst in Düsseldorf und trank vielleicht an der angeblich längsten Theke der Welt ein Alt.

»Hier liegt was!« Der andere Uniformierte hatte sich mit seiner Lampe an die hintere Steilwand herangetastet und beleuchtete den Untergrund.

»Als der Täter geflohen ist, ist irgendwas runtergefallen«, rief ich. »Wahrscheinlich Steine. Oder Holz.«

Der Polizist schien mir nicht zuzuhören, sondern leuchtete bedächtig weiter. Ich ging ein paar Schritte an Krüger und dem Gehirn vorbei. Der Beamte bemerkte mich.

»Halt. Es reicht, wenn ich hier herumtrample. Wir sollten Sie ohnehin vom Tatort entfernen. Kurt, übernimm du das mal.«

Mir sollte es recht sein. Ich riss mich nicht darum, weiter hier im Wald herumzustehen. Der Abend würde eh noch lang genug werden. Die ganze Macht der Bürokratie würde auf mich einstürmen.

»Kommen Sie bitte mit«, sagte der Polizist, der offenbar Kurt hieß. »Am besten, Sie warten im Einsatzwagen. Die leitende Kommissarin wird gleich hier sein. Vorher können Sie mir schon mal alles ausführlich erzählen.«

Er beleuchtete den Weg zum Parkplatz. Dort stand immer noch Krügers Escort, ein Stück weiter mein Golf. »Das hier ist wohl Herrn Krügers Wagen«, informierte ich den Polizisten.

Wir hatten den ganzen Weg über geschwiegen. Mir waren allerlei Fragen im Kopf herumgegangen, aber ich hatte keine Lust gehabt, sie dem Uniformierten zu stellen. Wahrscheinlich kamen die Jungs gar nicht aus Wuppertal, kannten Krüger also nicht. Sicher würde ich mich mit der gerade anrückenden Chefin gleich besser unterhalten können. Von Ermittler zu Ermittlerin sozusagen. Auf Augenhöhe.

Der Polizist öffnete einen grün-silbernen Kombi, bat mich, auf dem Beifahrersitz Platz zu nehmen, und quetschte sich auf die andere Seite. Die Nähe brachte mit sich, dass ich mitten in seiner Schweißausdünstung saß. Die Tage waren heiß, die Schichten lang, die Uniformen zu warm – trotz kurzärmeliger Hemden.

Er zückte ein Klemmbrett, und es ging los.

Ich verschwieg meinen kleinen Auftrag von Kleiber. Man hat Klienten gegenüber ja diskret zu sein. So berichtete ich nur, wie mich Krügers erste SMS im Schwimmbad erreichte, wie ich dann zu Hause seine Nachricht auf dem AB vorfand. Wieder hatte ich innerlich seine Worte im Ohr: *»Wir sollten uns heute Abend treffen.«*

Ich schilderte nach und nach die Ereignisse bis zur letzten SMS, die ich auf dem Park-and-ride-Platz in Hochdahl erhielt.

Der Polizist sah auf. »Können Sie mir diese Nachrichten bitte mal zeigen?«

Ich zog mein Handy heraus, tippte ein bisschen darauf herum und führte sie ihm vor. Die Absendernummer war deutlich zu sehen. Der Beamte machte ein zufriedenes Gesicht und beschloss die Angelegenheit mit ein paar Notizen auf seinem Blatt.

»Was machen Sie beruflich, Herr Rott?«

Er nahm zur Kenntnis, dass ich Privatermittler war, ließ sich meine Lizenz zeigen und notierte sogar die Nummer des Ausweises.

In diesem Moment fanden zwei Autoscheinwerfer den Weg auf den Parkplatz. Ein Motor brummte, Kies knirschte unter Reifen.

»Warten Sie im Wagen«, sagte der Uniformierte und stieg aus. Ich drückte mich in das Sitzpolster und spürte, wie langsam die Müdigkeit von mir Besitz ergriff. Ich sah zur Uhr. Schon halb zwölf! Mich packte das Bedürfnis, mich zu strecken, die Beine zu vertreten. Nichts leichter als das. Das hier war ein Naherholungsgebiet.

Ich öffnete die Tür und stieg aus. Die sommerliche Nachtluft des Neandertals umfing mich. Bei einem anderen Anlass sicher sehr angenehm. Ich musste Manni unbedingt vorschlagen, sich hier mit Frau Kleiber zu treffen. Die Gegend war das ideale Ambiente für ein romantisches Stelldichein.

Ich reckte mich und lief ein wenig herum. Ein Stück weiter stand der Wagen, der eben angekommen war, mit Abblendlicht und offener Tür. Der Uniformierte, der mich befragt hatte, sprach leise mit einer anderen Person. Nach einer Weile entfernten sie sich in Richtung Tatort.

Ich zog eine Zigarette hervor, rauchte, starrte dabei in die nächtliche Natur, von der nichts als ein paar matt von den nahen Straßenlaternen beleuchtete Büsche zu sehen war, und dachte darüber nach, wer Krüger ins Jenseits befördert haben könnte.

Ein Hauptkommissar in der Mordkommission hatte Feinde, keine Frage. Und ebenso außer Frage stand für mich, dass Krüger in irgendeiner Klemme gesteckt hatte, aus der ich ihm hatte helfen sollen. Warum sonst diese Geheimnistuerei?

Ich ging um das Auto herum, sah zu, wie von der Durchgangsstraße her weitere Fahrzeuge auf das Gelände einbogen. Irgendwann näherte sich ein Uniformierter und schloss den Escort auf. Offensichtlich hatten sie bei Krüger den Wagenschlüssel gefunden. Der Beamte beugte sich in das Auto und schien etwas zu suchen.

Das war der Moment, in dem mir klar wurde, dass hier etwas

anders lief, als ich es erwartet hatte. Eigentlich müssten sie den Wagen, wie er ist, erst der Spurensicherung überlassen, dachte ich. Es konnte schließlich sein, dass Krüger seinen Mörder darin mitgenommen hatte und man seine Visitenkarten finden konnte – Fingerabdrücke oder Zigarettenkippen. Fand man woanders, zum Beispiel oben im Wald, Spuren, konnte man sie abgleichen. Stattdessen fummelte der Grüne in dem Wagen herum. So was machte man nur aus einem Grund: wenn Gefahr im Verzug war.

Ich war so in Gedanken versunken, dass ich nicht mitbekam, wie sich von hinten jemand näherte. Ich erwachte schockartig, als eine schneidende Stimme rief: »Hat Ihnen mein Kollege nicht befohlen, im Wagen zu warten?«

Ich drehte mich um und sah erst mal nichts. Dann neigte ich den Kopf etwas und peilte die Gegend an, die etwa vierzig Zentimeter tiefer lag.

»Steigen Sie gefälligst wieder ein«, sagte das Geschöpf. Es war ganz in Schwarz gekleidet – schwarzes T-Shirt, schwarze Jeans. Die Haare, eine ordentlich seitlich gescheitelte Herrenfrisur, glänzten silbergrau und glatt.

Mir dämmerte, dass es sich um eine Frau handeln musste. Die Ermittlerin.

»Nun machen Sie schon«, quäkte sie in hoher Oktave.

Ich gehorchte.

Als wir im Wagen saßen, fummelte sie etwas aus ihrer Jeans. Eine zerdrückte Rothändlepackung.

»Macht doch nichts, oder? Sie rauchen ja selber.«

Sie steckte sich eine an, und sofort füllte sich die Fahrerkabine mit grauen Schwaden.

»Vielleicht darf ich die Tür ein wenig öffnen?«, fragte ich eingeschüchtert, und die Ermittlerin, die sich gerade Kurts Klemmbrett vornahm, grummelte etwas. Es klang wie eine Zustimmung. Sie sichtete ihre Unterlagen und sah mich an.

»Hauptkommissarin Dorau«, stellte sie sich vor.

»Rott.«

»Ich weiß. Ich kenne Sie. Eberhard hat von Ihnen erzählt.«

Eberhard? Das musste der Vorname von Krüger sein. Ich hatte ihn noch nie gehört, aber ich zählte mal eins und eins zusammen.

»Eberhard und ich waren früher Kollegen. Ich war damals auch in Wuppertal tätig.«

»Verstehe.«

»Ich will diese Sauerei so schnell wie möglich aufklären, Herr Rott.«

»Verstehe.«

»Sie wiederholen sich. Und außerdem: Wir werden sehen, was Sie verstehen.«

Ein Blick auf das Klemmbrett. »Sie behaupten, Eberhard habe Sie herbestellt. Warum hat er das getan?«

»Das weiß ich nicht. Ich konnte nicht mit ihm sprechen. Ich hatte es gerade vor, da fiel der erste Schuss. Ich glaube, dass der Täter oben …«

»… im Hang gewartet hat. Ist schon klar. Wer wusste noch von diesem angeblichen Treffen?«

»Wieso angebliches Treffen?«

»Beantworten Sie meine Frage.«

»Niemand.«

»Niemand?«

»Ich meine, ich weiß es nicht. Krüger könnte es natürlich jemandem erzählt haben. Ich habe nur die Kurznachrichten …«

»Damit sind wir beim nächsten Punkt. Wo kamen diese Nachrichten her?«

»Na, von Krüger. Er hat ja auf meinem Anrufbeantworter angekündigt, dass er …«

»Sie haben also überhaupt nicht mit ihm gesprochen?«

In mir wuchs der Zorn. Konnte mich diese blöde Kuh nicht mal ausreden lassen?

»Ich habe nur die Nachricht auf dem AB gefunden, und er kündigte mir an, weitere Nachrichten würden folgen. Und dann …«

»Nachrichten auf dem AB oder per SMS?«

Himmelherrgott!

»Ich weiß nicht. Ich glaube, er schrieb nur ›Nachrichten‹. Aber da ich sowieso unterwegs war …«

»Wann haben Sie die letzte Nachricht von Eberhard bekommen?«

Ich schwieg und atmete tief durch. Nur nicht provozieren lassen, dachte ich. Ich zählte innerlich bis zehn.

»Und?«, quäkte Dorau. »Kommt da heute noch eine Antwort?«

»Es muss so um kurz vor zehn gewesen sein.« Ich bewegte mich, um mein Telefon hervorzukramen. »Wir könnten nachsehen. Wahrscheinlich steht die genaue Uhrzeit da. Und die Nummer natürlich …«

»Lassen Sie mal stecken, Herr Rott. Das haben wir schon geprüft. Die Handynummer, von der Ihre Meldungen da kamen, gehört Hauptkommissar Krüger. Ich kenne sie zufällig.«

»Dann stimmt ja auch, was ich sage.«

»Ich zweifle nicht daran. Ich denke nur, dass Sie mir etwas verschweigen.«

Mein Zorn erlebte eine rasante Erhitzung und kochte über. »Finden Sie, dass das, was Sie hier treiben, seriöse Polizeiarbeit ist?«

»Das lassen Sie mal meine Sorge sein.«

»Mit der Nummer ist es doch nicht getan. Müssen Sie nicht den Tatort untersuchen? Sich ein Bild über die Fluchtmöglichkeiten des Täters machen?«

Die Kommissarin öffnete die Fahrertür. Draußen sah ich einen Uniformierten stehen. Wahrscheinlich Kurt. Sie warf ihre Kippe raus, und der Uniformierte kam an den Wagen heran. Er trat sie aus.

»Fangen wir noch mal von vorn an«, sagte sie. Ihr Schleifer-Platzeck-Ton wirkte etwas gedämpfter. Was war passiert? Hatte ich mit meiner Bemerkung Eindruck auf sie gemacht?

»Sie kriegen also diese Nachrichten, die mein Kollege bereits überprüft hat. So viel zum Thema seriöse Polizeiarbeit. Sie warten oben auf dem Parkplatz am Bahnhof Hochdahl. Und dann fahren Sie hier runter, weil Sie dazu in der letzten Nachricht aufgefordert wurden.«

»Richtig.«

»Haben Sie etwas Außergewöhnliches bemerkt?«

»Ich sah den Escort mit dem Wuppertaler Kennzeichen auf dem Parkplatz. Und ich dachte, dass das Krügers Wagen sein müsste.«

»Damit lagen Sie richtig. Sonst noch was?«

»Nein.«

»Und nun verraten Sie mir doch bitte noch, Herr Rott: Als Sie diese Nachrichten von Eberhard bekamen – haben Sie versucht, ihn zurückzurufen? Um direkt mit ihm über dieses seltsame Treffen zu sprechen?«

»Nein.«

»Warum nicht?«

»Er wollte es nicht. Ich dachte, dass er sicher seine Gründe dafür hätte, auf diesem seltsamen Weg mit mir zu kommunizieren.«

»Was für Gründe zum Beispiel?«

»Keine Ahnung. Vielleicht musste er unseren Kontakt geheim halten. Ich dachte, dass er vielleicht irgendwelche Probleme hätte und den Rat eines Detektivs brauchte. Ich vertraute darauf, dass er mir schon erzählen würde, worum es ging.«

»Und dann kommen Sie hierher, laufen ihm nach, und er wird erschossen.«

»Genau.«

»Haben Sie – bei Ihrer Erfahrung als Privatdetektiv – vielleicht heraushören können, um was für eine Waffe es sich handelte?«

Mich streifte die Erinnerung an einen Aufsatz über Vernehmungstechnik, den ich mal in einer kriminologischen Zeitschrift gelesen hatte. Den Befragten in Sicherheit wiegen, hatte da eine Hauptregel gelautet. Ihn im Zusammenhang mit den Vorgängen über Dinge reden lassen, mit denen er sich auskennt, über die er gern spricht. Irgendwann wird er sich in Widersprüche verstricken. Nicht nur anzuwenden bei Verdächtigen, sondern auch bei Zeugen, die sich selbst zwar ganz sicher über ihre Beobachtungen zu sein glauben, sich aber irren.

Auf mich traf das nicht zu. Ich irrte mich nicht. Die Sache war glasklar. Und eine Meinung zur verwendeten Waffe hatte ich auch.

»Ich glaube, dass es eine Pistole war. Kein Gewehr. Irgendwas Handliches.«

»Neun Millimeter?«

»Zum Beispiel.«

Sie streckte den linken Arm aus, ohne mich aus den Augen zu lassen, und Kurt reichte ihr, als habe er nur auf das Signal gewartet, von draußen einen transparenten Plastikbeutel.

Die Kommissarin hielt ihn mir vor die Nase. In dem Beutel steckte eine Pistole.

»Sie haben die Tatwaffe gefunden?«, fragte ich.

»Wenn Sie das sagen. Sie lag jedenfalls in der Nähe des Toten.«

»Das könnte sie gewesen sein. Ich meine, wenn Sie sie am Tatort gefunden haben. Warum sollte eine andere Waffe als die Tatwaffe am Tatort herumliegen ... Das wäre doch ein großer Zufall ...«

»Dann sind wir ja einen Schritt weiter. Warum sollte auch sonst ausgerechnet am Tatort eine Pistole herumliegen? Wenn sie nicht die Tatwaffe ist. Oder hatte Eberhard etwa eine dabei?«

»Das wäre eine Möglichkeit«, sagte ich. »Das muss man überprüfen.«

»Passiert gerade. Jeden Moment muss der Anruf kommen. In der Zwischenzeit können wir ja schon mal versuchen, mehr über diese Pistole herauszufinden.«

»Wie meinen Sie das?«

»Schauen Sie sich das Ding doch mal an. Fällt Ihnen nichts daran auf?«

Sie gab mir den Beutel, und schwer und hart lag die Pistole in meiner Hand. Ich hatte sie mir noch nicht genau angesehen, aber jetzt kam sie mir bekannt vor – trotz der schlechten Beleuchtung im Wagen. Ich kannte das Modell. Es war eine Neun-Millimeter-Beretta. Ich hatte selbst so eine. Sie befand sich allerdings in meiner Wohnung, versteckt im Schlafzimmerschrank.

Ein piepsendes Signal. Frau Doraus Handy. Sie meldete sich.

»Ja, genau ... Darum geht es. Sagen Sie bitte ...«

Sie wartete, während am anderen Ende gesprochen wurde.

»Das ist ja interessant. Einen Moment ...«, rief sie. »Ich will Sie um einen Gefallen bitten. Bleiben Sie mal dran, ja?«

Sie nahm das Telefon vom Ohr, hielt das Mikro zu und sagte zu mir: »Das ist der Kollege, der die Seriennummer in der Datenbank gesucht und den Halter der Waffe ermittelt hat. Ich glaube, es wäre förderlich, wenn Sie mal Ihre Erfahrung mit einbringen und mit ihm reden. Vielleicht kennen Sie ja den Besitzer, den er Ihnen nennt.«

»Wenn Sie meinen ...«

»Tun Sie mir nur einen Gefallen. Sagen Sie Ihren Namen nicht. Sie sind ja kein Polizeibeamter.«

Wenn ihr so viel daran lag ... Was das sollte, wusste ich trotzdem nicht.

»Hallo?«, sagte sie ins Handy. »Ja, ich gebe Sie an einen Kollegen weiter. Nennen Sie ihm Namen und Adresse. Damit es keine Missverständnisse gibt.«

Sie zeigte ein komisches Lächeln, als sie mir das Telefon reichte. Und es wurde irgendwie tückisch, als ich dem Mann am anderen Ende zuhörte und er nur ein paar Worte sagte: »Der Besitzer wohnt in Wuppertal. Remigius Rott. Lustiger Vorname. Waffenschein wegen Beruf als Privatermittler.« Er nannte eine Straße und eine Hausnummer. Meine Adresse.

Irgendetwas in mir klumpte wie ein Stein zusammen.

Ich sah auf die Pistole. Ich sah auf Frau Doraus Grinsen. Das wird sich alles aufklären, dachte ich, keine Sorge, das kann nur ein Irrtum sein. Heiser fragte ich ins Telefon: »Ist das sicher?«

»Klar«, sagte der Beamte. »Kein Zweifel möglich. Natürlich nur, wenn ihr in der Lage seid, eine Nummer vorzulesen. Aber das kriegt ihr wohl gerade noch hin.«

Ich reichte der Kommissarin das Handy zurück. Meine Hand benetzte die Kunststoffoberfläche mit Schweiß.

»Danke, ihr seid super«, sagte sie leutselig ins Handy und drückte den roten Knopf. Und dann zu mir: »Haben Sie dafür eine Erklärung?«

Ich studierte die Waffe, als hätte ich sie noch nie gesehen.

»Wo haben Sie sie gefunden?«

»Gleich hinter dem Toten. An der Steilwand.«

»Da sind Sachen den Hang runtergekommen. Der Täter muss sie verloren haben.«

Nicht verloren, meldete sich meine innere Stimme. Er hat sie absichtlich runtergeworfen. Um dir die Schuld in die Schuhe zu schieben.

Die Kommissarin schwieg und streckte wieder die Hand aus dem Auto. Kurt war zur Stelle und legte ihr etwas hinein.

»Ihre Waffe ist nicht das einzige Interessante, was Sie am Tatort vergessen haben.«

»Ich? Am Tatort vergessen …?«

Mein Herzschlag beschleunigte sich. Es war, als würde sich eine unsichtbare Schlinge um mich herum zuziehen. Mein Mund war trocken. Irgendetwas verstopfte mir die Kehle. Ich räusperte mich.

»Kennen Sie das hier?«

Ein in Plastikfolie eingelegtes Foto – relativ groß, fast DIN A4.

Ich räusperte mich. »Das stammt vom Tatort?«

Sie sagte nichts, hielt mir nur das Blatt hin. Ich nahm es und betrachtete es eingehend in der spärlichen Beleuchtung.

»Sie tun so, als sähen Sie es zum ersten Mal«, hörte ich die Kommissarin sagen.

»So ist es ja auch.« Meine Stimme klang belegt.

Das Bild zeigte Krüger. Etwas jünger als heute. Er sah nicht in die Kamera. Das Bild war von der Seite aufgenommen worden, wahrscheinlich ohne dass der Hauptkommissar überhaupt gewusst hatte, dass er fotografiert wurde.

»Nun tun Sie doch nicht so, Herr Rott.«

Eine Person stand dem Hauptkommissar gegenüber, aber sie war nicht zu erkennen. Nur ihre Hände ragten von links ins Bild. Hände und Arme. Jemand reichte Krüger Geld. Bündel von Scheinen.

Krüger stand vor einer ockerfarbenen Wand mit Zeichnungen. Filmstars – schwarz-weiß stilisiert. Ich erkannte Humphrey Bogart, Marilyn Monroe, Romy Schneider, James Dean. Man hätte glauben können, dass sich die Szene in einem Kino abgespielt hatte. Aber der Billardtisch, der von rechts ins Bild kam, belehrte mich eines Besseren. Es war ein Spielclub.

Mir reichte es. Ich gab Frau Dorau das Bild zurück. Wenn sie sich mit mir anlegen wollte, konnte sie das haben.

»Ich habe damit nichts zu tun. Ich weiß auch nicht, wie meine Waffe an den Tatort kommt.«

Sie starrte mich an, als versuche sie, meine Gedanken zu lesen. Natürlich ohne Erfolg, denn sie bildete sich ja ein, sie zu kennen.

»Sieht nach einer Korruptionsgeschichte aus«, sagte ich.

»Ganz recht. Jemand gibt Eberhard Geld. Und dann in diesem Milieu. Das hätte Ärger für ihn bedeuten können. Wer so ein Bild besitzt, der hat ihn in der Hand.«

»Natürlich nur, wenn sich herausstellt, dass es sich nicht um einen harmlosen Schnappschuss aus dem Urlaub handelt«, sagte ich. »Außerdem ist der Hauptkommissar auf dem Bild ein paar Jahre jünger. Es ist also nicht gerade gestern aufgenommen worden.«

»Sie müssen es ja wissen.« Sie reichte Waffe und Bild ihrem Lakaien Kurt, der sich auch gleich in Richtung der anderen Fahrzeuge entfernte, die mittlerweile angekommen waren.

»Na, Herr Rott? Geht's Ihnen noch gut? Oder haben Sie die Ergebnisse unserer seriösen Polizeiarbeit sehr geschockt?«

»Lassen Sie diese Spielchen. Sie können eine Schmauchspurenanalyse meiner Hände vornehmen. Sie werden nichts finden.«

»Sie können Handschuhe getragen und sie irgendwo im Wald versteckt haben.«

»Ich habe Krüger nicht erschossen. Jemand muss in meine Wohnung eingebrochen sein und ...«

»Und hat Ihre Pistole für den Mord benutzt. Schon klar.«

»Aber warum hätte ich das tun sollen? Ich habe doch mit Herrn Krüger kaum etwas zu tun gehabt.«

»Das sehe ich anders. Sie sind bei der Polizei als notorischer Hungerleider bekannt, der sich ständig in Polizeiarbeit einmischt. Wenn ich mich recht erinnere, sind Sie Eberhard ziemlich oft in die Quere gekommen und haben sich sogar hin und wieder als Mitarbeiter der Staatsanwaltschaft ausgegeben. Das ist Amtsanmaßung.«

»Aber warum der Mord?«

»Weil Sie Geld brauchten. Und weil Ihnen irgendwie dieses Foto in die Hände fiel.«

»Sie meinen, ich wollte ihn erpressen?« Ich musste unwillkürlich lachen, so absurd fand ich diese Idee.

»Zum Beispiel.«

»Und ich soll dann die Kuh umgebracht haben, die ich melken wollte? Wenn Sie mich für so bescheuert halten ...«

»Eberhard hatte etwas gegen Sie in der Hand. Vielleicht arbeiten Sie ja gerade wieder mit Ihren krummen Methoden, und er wusste das. Er ging auf Ihre Erpressung nicht ein. Im Gegenteil – er machte Ihnen klar, dass er im Gegenzug Sie ans Messer liefern konnte. Und da verlief das Gespräch, das Sie sich eigentlich so gewinnversprechend ausgemalt hatten, plötzlich anders. Sie haben Eberhard mit der Pistole bedroht. Er hat sich davon nicht beeindrucken lassen. Und da ist Ihnen der Kragen geplatzt. Natürlich hatten sie nicht geplant, ihn zu erschießen. Es ist Ihnen eben entglitten. Geben Sie es zu.«

War die Frau nicht zu Verstand zu bringen?

»Und nachdem ich Krüger erschossen habe, wie Sie sagen, lasse ich die Tatwaffe und dieses Bild am Tatort zurück? Und rufe selbst die Polizei? So ein Unsinn!«

»Sie brauchten ganz schnell eine Idee. Und da fiel Ihnen ein, die Sache dem großen Unbekannten in die Schuhe zu schieben.«

Es hatte keinen Zweck. Egal, was ich jetzt sagte – die Frau drehte es mir im Munde herum.

»Ich rede jetzt nur noch, wenn mein Anwalt dabei ist«, erklärte ich.

»Das ist Ihr gutes Recht. Und Sie werden auch Gelegenheit haben, mit ihm zu sprechen. Aber erst mal kommen Sie mit.«

Das klingt immer so gut, dachte ich. Mein Anwalt. Als ob man einen Anwalt hatte wie einen Hausarzt. Bei manchen Leuten war das sicher so. Bei mir nicht.

»Ich schlage vor, wir fahren mit meinem Wagen«, sagte die Kommissarin. »Und dann machen wir uns mal auf eine lange Nacht gefasst. Ich bin eine große Freundin von ausführlichen Vernehmungen. Gleich nach der Tat. Wenn noch alles frisch ist und man sich an alles erinnert. Seriöse Polizeiarbeit, verstehen Sie?«

»Ich werde nichts sagen.«

»Ach? Schade. Dabei könnten Sie die Sache schön abkürzen.«

»Sie können mich nicht dazu zwingen. Kennen Sie nicht den alten Spruch? Sie haben das Recht zu schweigen.«

»Kommen Sie erst mal mit. Dann sehen wir weiter. Also – rüber in meinen Wagen.«

Ich musste einen total gebrochenen Eindruck auf sie machen. Sie stieg einfach aus und erwartete, dass ich ihr wie ein Schaf zu dem Zivilfahrzeug folgte, das neben dem Streifenwagen geparkt hatte.

Ich stand auf dem Parkplatz und atmete die frische, sommerliche Nachtluft ein. Leider würde ich diesen Duft in null Komma nichts gegen stinkenden Büromief unter Neonlampen tauschen müssen.

Doraus Schatten zeichnete sich vor dem Auto ab. Die Silhouette ähnelte Napoleon. Klein, dick. Runder Kopf.

Und dann wurde mir klar, dass ich keine Lust auf Büromief hatte. Dass ich dieser Frau vollkommen ausgeliefert sein würde, wenn sie mich erst mal in ihren Fängen hatte. Dass derjenige, der mir diese Suppe eingebrockt hatte, sicher noch ganz andere Möglichkeiten genutzt hatte, um den Verdacht pfeilgerade auf mich zu lenken. Mir blieb nur eins.

Ich drehte mich um und lief los.

5

Kurz vor der Düssel hatte es eine Abzweigung gegeben. Wenn man dort anders abbog als ich und Krüger, kam man weiter ins Neandertal hinein – vielen Möglichkeiten entgegen, sich zu verstecken.

Ich musste stehen bleiben, um in der Finsternis nicht unerwartet gegen einen Stamm zu laufen oder vom Weg abzukommen.

Ich lauschte. Stimmen. Sie kamen mir sicher nach, aber so lange sie keine Spürhunde einsetzten … Sicherlich forderte die Kommissarin gerade welche an.

Mit zitternder Hand holte ich mein Telefon heraus. Konnte ein Handy nicht geortet werden? Ich musste es ausschalten! Das kleine rechteckige Display strahlte noch einmal hell auf und sorgte für geisterhaftes Licht, dann verlöschte es. Ich sah mich um. Die hellen Lampen des mittlerweile beleuchteten Tatorts strahlten von weither durch den Wald.

Irgendwo platschte es. Die Stimmen wurden lauter. Ich wusste, was das hieß: Die Beamten wateten durch die flache Düssel und kamen mir jetzt nicht nur hinterher, sondern schnitten mir auch noch den Weg ab.

Ich rannte weiter – die Augen aufgerissen, die Arme nach vorn gestreckt als Schutz vor unerwarteten Hindernissen.

Endlich erreichte ich die Abzweigung. Der Wald trat hinter der Brücke zurück und machte einer großen Weide Platz, die als graue Fläche zu erkennen war. Darüber erstreckte sich der sternenübersäte Himmel. Sollte ich über die Weide auf die andere Seite des Tals flüchten oder lieber dem Waldrand folgen? Am Wald war ich besser verborgen.

Es ging eine Ewigkeit an der Wiese entlang. Was machte ich, wenn mir ein Suchtrupp entgegenkam? Ich konnte dann nur noch über die offene Fläche rennen. Oder auf der anderen Seite den bewaldeten Hang erklettern.

Keuchend und von Seitenstechen geplagt, erreichte ich eine Stelle, wo der Weg wieder in das Dunkel der Bäume eintauchte. Ich gönnte mir ein paar Sekunden Pause. Als sich das Hämmern in meinem Kopf und das Keuchen etwas gelegt hatten, lauschte ich wieder. Keine Stimmen mehr. Eine sanfte Brise kam aus dem Tal und trocknete meinen Schweiß. Sie brachte den Duft nach Gras mit.

Weiter!

Ich folgte dem Weg, stolperte fast, als er plötzlich über ein hölzernes Brückchen führte und bergauf ging. Fieberhaft versuchte ich zu rekonstruieren, wo ich landen würde. Vielleicht wartete am Ende dieses Marathons ja die Dorau auf mich – grinsend und mich mit einer Dienstpistole in Schach haltend. Oder mit meiner eigenen Beretta.

Steil, steiler, immer steiler. Wurzeln auf dem Weg. Gestolper. Langsam!, mahnte ich mich. Es hat keinen Sinn, wenn du dir hier ein Bein brichst!

Endlich erreichte ich die Höhe. Wieder eine Weide. Diesmal mit einem Zaun vom Weg abgetrennt. Weiter hinten zeichneten sich große Schatten ab. Ein dumpfes Grollen drang von dort zu mir. Es klang wie das warnende Knurren eines Höllenhundes.

Was war das jetzt? Lauerte da ein Monster auf mich?

Ganz ruhig, sagte ich mir. Im Neandertal gibt es keine Monster. Mörder schon, aber Monster nicht.

Wieder dieses Grollen. Es schien von den schwarzen Brocken da hinten auszugehen, die sich jetzt auch noch bewegten. Einer wurde größer, und er kam auf mich zu.

Das Wildgehege!

Das Neandertal war auch ein Wildpark. Soweit ich wusste, lebten hier Auerochsen und Wisente – Tiere, die es wohl auch zu Zeiten des Urmenschen gegeben hatte.

Die Ungetüme im Dunkeln vor mir schnaubten. Ein warmes Aroma nach verdautem Heu und Mist legte sich über den Grasgeruch. Ich folgte dem Weg, horchte hin und wieder auf meine Verfolger, aber die Nacht war so still, wie es eine romantische Nacht im Bergischen Land nur sein kann.

Bald war die Weide zu Ende. Neben mir rauschte ein Kornfeld. Irgendwo bellte ein Hund. Der Weg war jetzt asphaltiert, und weit hinten erschienen Straßenlaternen. In ihrem Lichtkegel waren Häuser zu erkennen. Eine Mauer. Dahinter vereinzelte rote Lichtpunkte. Ein Friedhof. Ein Stück Straße, schnurgerade, mit dichten Bäumen links und rechts.

Ich stoppte, denn ich wusste plötzlich, wo ich war. An einer weiteren Station der steilsten Hauptbahnstrecke Europas. Wie in Hochdahl war sie von einem Park-and-ride-Platz flankiert.

Ich blieb unter den Bäumen stehen. Wenn die Bullen nur einen Funken Verstand hatten, warteten sie auf dem Parkplatz auf mich. Ich durfte nicht auf der Straße weitergehen.

Aber was sollte ich tun? Irgendwo hinter den Bäumen den Morgen abwarten? Und den Autofahrern, die auf den Parkplatz kamen und dann in die Bahn stiegen, auffallen? Wahrscheinlich würden morgen früh im Radio Neandertal und sonst wo Fahndungsmeldungen laufen. Ich hörte sie schon: »Die Polizei bittet um Ihre Mithilfe. Gesucht wird der Wuppertaler Privatdetektiv Remigius Rott. Er ist etwa einen Meter fünfundachtzig groß, schlank und hat dunkles Haar. Keine Brille. Rott ist fünfundvierzig Jahre alt. Er wird verdächtigt …«

Ich verließ den Weg und arbeitete mich durchs Unterholz. Abseits des Parkplatzes gelangte ich an den hoch gelegenen Bahndamm. Auf der anderen Seite, das wusste ich, lag die Ausfallstraße, die in Richtung Wuppertal führte.

Ich tastete mich vor. Es ging durch Gestrüpp. Manchmal knisterte es unter meinen Sohlen. Weggeworfene Becher, Dosen. Chipstüten.

Vor dem Hügel zu den Bahnschienen hinauf überwand ich einen Graben, der von Büschen und kleinen Bäumen zugewachsen war. Äste zerrten an meinem T-Shirt, schürften mir über die Haut. Schließlich war ich oben auf den Schienen.

Zweihundert Meter weiter lag die gelb beleuchtete Haltestelle Millrath. Die beiden Bahnsteige waren menschenleer. Ich musste in die andere Richtung.

Ich hatte keine Ahnung, ob so spät noch Züge fuhren – es war aber auf keinen Fall ausgeschlossen. Mir blieb also nicht viel Zeit. Ich rannte los.

Die Schwellen waren nicht beleuchtet. Links und rechts des Dammes stand die Schwärze. Wald umgab die Bahnstrecke.

Ich rannte und versuchte gleichzeitig, die Ohren offen zu halten, damit mich kein Zug von hinten erwischte. Wenn ich erst mal in den Lichtkegel der Lokomotive geriet, war es zu spät.

Irgendwann überblickte ich ein freies Feld. Jenseits davon bahnten sich die einsamen Lichtstrahlen eines Autos ihren Weg.

Ich verließ die Schienen und machte mich gerade darauf gefasst, mich wieder durch Äste und Sträucher arbeiten zu müssen, da näherte sich hinter mir mit rasender Geschwindigkeit ein Geräusch. Von Millrath her donnerte ein Zug heran. Ich duckte mich, und keine anderthalb Meter vor mir rasselten die Räder aus Stahl. Ohrenbetäubender Lärm ging von ihnen aus.

Ich rannte dem Feld entgegen.

Mitten auf der großen Fläche blieb ich stehen. Wieder ein paar Autos auf der Straße – etwa hundert Meter weit weg.

Konnte ich es wagen, das Handy einzuschalten? Vielleicht warteten sie nur darauf, damit sie mich orten konnten.

War es besser, an eine öffentliche Telefonzelle zu gehen? Aber wo gab es eine? Wahrscheinlich an einem der Bahnhöfe in Hochdahl oder Millrath. Sicher hervorragend ausgeleuchtet, sodass mich jeder, der vorbeifuhr, kinderleicht entdecken und identifizieren konnte.

Ich musste es riskieren. Es musste eben schnell gehen.

Aber andererseits: Konnte man Handys nicht abhören? Wenn ich dann beschrieb, wo ich war …

Mach schon, befahl ich mir.

Ich drückte den Knopf, gab den PIN ein und wartete nervös, bis das Ding endlich hochgefahren war. Niemals zuvor war mir dieser Vorgang so lang vorgekommen.

Ich tippte Juttas Nummer und wartete auf das Klingelzeichen. Es tutete zweimal, dreimal, viermal.

Verdammt, auch das noch. Der Anrufbeantworter. Juttas Stimme vom Band.

Sie sagte: »Der späte Abend / lässt viele Menschen wachen / doch Jutta ist fort.«

Dann piepste es, und die Verbindung war unterbrochen.

6

Ich starrte noch immer mein tutendes Handy an. Keine Ahnung, wie dämlich das Gesicht war, das ich in diesem Moment machte.

Ich drückte die Wahlwiederholung, weil ich an eine akustische Halluzination glaubte. Aber alles lief noch einmal genauso ab. Juttas seltsamer Spruch, danach Getute. Man konnte nichts auf dem AB hinterlassen.

Ich erwachte aus meinem Schock, sah mich um und bemerkte von Erkrath aus wieder herannahende Fahrzeuge. Gleich vier hintereinander. Ich blieb von der Straße weg. Kaum waren die Autos in der Ferne verschwunden, raste ein neues Geräusch heran. Es kam aus der Gegend hinter mir, von den Bahnschienen. Wieder ein Zug. Ich hatte bei meiner Flucht über die Schienen verdammtes Glück gehabt.

Mühsam blätterte ich durch das Nummernverzeichnis des Handys und suchte Juttas Mobilnummer. Was war mit ihr los?

Auf die grüne Taste drücken. Warten.

Ein Glück. Es klingelte. Das Handy war also an.

Ein kurzes Knacken, ein Rauschen, dann sagte Jutta: »Müdigkeit atmet / verbrauchte Stunden der Nacht / bis zur Erschöpfung.«

»Verdammte Scheiße!«, schrie ich auf das Feld hinaus und hätte mein Mobiltelefon am liebsten in die Landschaft geworfen. »Jutta, was soll der Mist?«

»Remi, bist du das?«

Ich kam zur Besinnung. »Jutta? ... Ist das nicht dein AB?«

»Ferne Gespräche / bringen durch weiten Äther / dir frohe Kunde.«

Ich war zu benommen, um dahinterzusteigen, was diese rätselhaften Sätze zu bedeuten hatten.

»Kannst du bitte normal mit mir reden?«

»Ich rede zu dir / wie der Wind zu den Blumen / zur Sonne das Licht.«

»Hör mal, ich stecke in großen Schwierigkeiten, und ich kann nicht lange sprechen. Ich stehe hier bei Erkrath auf der Straße. Hol mich bitte ab. Und sei vorsichtig. Die Polizei ist hinter mir her.«

»Wer die Gefahr liebt / bricht auf in heikle Wasser / liebt auch die Rückkehr.«

Endlich dämmerte mir ein verborgener Sinn hinter diesem Geschwafel. »Genau«, rief ich. »Gefahr! Jetzt komm endlich!«

Bevor sie mir einen weiteren verquasten Sinnspruch hinterherschicken konnte, ratterte ich eine möglichst genaue Standortbeschreibung herunter und drückte den roten Knopf. Ob sie alles mitgekriegt hatte?

Eine Stunde würde ich warten, sagte ich mir. Wenn sie bis dahin nicht aufgetaucht war, ging ich eben zu Fuß nach Hause.

Wie weit das wohl war bis Wuppertal? Zwanzig Kilometer? Fünfundzwanzig?

Eine Wanderung von etwa fünf Stunden.

Egal, dachte ich verzweifelt. Was verpasst du schon groß diese Nacht? Du hast ja Zeit ...

Fünfundfünfzig Minuten später hatte ich die Hoffnung fast aufgegeben. Zum Glück war mein Platz im Feld ein gutes Versteck. Ich stand zwar völlig frei in der Gegend herum, aber im Dunkeln, und dabei hatte ich prächtige Sicht auf die Straße. Hin und wieder kamen Autos vorbei, einmal sogar ein Streifenwagen, aber keiner hielt an. Die Scheinwerfer streiften die Ackerfläche nicht. Ich blieb unentdeckt.

Schließlich näherte sich von Osten her ein kleines röhrendes Auto mit Stupsnase und runden Lichtern. Wenn die Vorderfront des Wagens ein Gesicht gewesen wäre, hätte es einen Ausdruck von verdutztem Erstaunen besessen. Der seltsame Wagen rollte aus und stoppte an der Abzweigung eines kleinen Feldweges. Der Motor erstarb. Das Abblendlicht leuchtete noch. Jemand stieg aus, stellte sich in den Lichtkegel und sah sich suchend um. Es war Jutta. Ich lief ihr entgegen.

»Mensch, Remi! Hier bist du also. Ich hab versucht, dich auf dem Handy zu erreichen, aber du hast es ja gar nicht eingeschaltet. Wozu hast du so ein Ding, wenn du es nicht auf Empfang stellst?«

»Ein Glück, dass du wieder normal redest. Komm, lass uns abhauen. Ich erklär dir, worum es geht.«

Sie startete den Motor. Ich brauchte noch einen Moment, bis ich mich in das enge Gefährt gearbeitet hatte.

Man kann Jutta einiges nachsagen – zum Beispiel eine gewisse Eigenwilligkeit, die bei intelligenten und fantasiebegabten Menschen vor allem dann zur Geltung kommt, wenn sie das Geld mit vollen Händen ausgeben können. Aber begriffsstutzig war sie nicht. Sie hatte sofort erkannt, dass es mir ernst war, als ich sagte, dass ich in Schwierigkeiten stecke – auch wenn sie mir am Telefon, wo ich ja bereits die Polizei erwähnt hatte, nicht richtig zugehört zu haben schien. Sie verschwendete auch keine Zeit damit, mich groß auszufragen. Sie wusste, dass ich sowieso in Kürze damit herausrücken würde, was passiert war.

»Sonst hattest du immer fahrbare Untersätze, die eher deiner Gehaltsklasse entsprachen«, sagte ich. Ich erinnerte mich da an diverse BMWs. Einmal durfte ich mir von Jutta sogar einen Z4 ausleihen. Von den verschiedenen PS-starken Zweirädern ganz zu schweigen.

»Fährt man jetzt eigentlich nicht Motorrad?«, fragte ich.

Jutta hantierte mit der Gangschaltung, die wie ein Revolver aus der oberen Armatur kam, setzte zurück, schaltete dann wieder herum und gab Gas. Endlich, dachte ich. Endlich sind wir auf dem Weg nach Hause.

»Damit kann ich dich ja schlecht abholen. Also hab ich den kleinen Roten aus der Garage geholt. Er müsste dir eigentlich bekannt vorkommen.«

Langsam, aber sicher war ich wieder in der Lage, einen klaren Gedanken zu fassen. Wir fuhren in einem R4 – ganz typisch ausgestattet mit dem markanten Geruch nach kaltem Rauch und dem leichten Aroma des Bleizusatzes, den man dem Benzin beimischen musste. Zu der Zeit, aus der dieses Auto stammte, hielten die Leute einen Katalysator noch für ein Verhütungsmittel. Und deswegen vertrug der Kleine auch kein bleifreies Benzin.

Zum letzten Mal war mir ein solches Auto im Fall des Bergisch Gladbacher Armbrustmörders begegnet. Mein eigener Wagen war bei den Ermittlungen einem Brandanschlag zum Opfer gefallen, deshalb hatte ich mir das Auto meiner alten Freundin Theresa aus Odenthal geliehen.

Moment mal …

»Das ist doch nicht etwa Theresas Wagen?«, fragte ich.

»Bingo! Aufgekauft und noch mal überholen lassen. Und was ist mit deinem Golf?«

»Der steht auf dem Parkplatz im Neandertal.«

»Und dahin war es dir zu weit nach deiner Wanderung? Oder was hast du in dieser Gegend gemacht?« Jutta sah herüber und grinste.

»Wanderung – toller Witz.«

Und dann erzählte ich alles.

Der R4 ratterte unterdessen mit Höchstgeschwindigkeit hundertzwanzig durch die Nacht. Jutta hatte für den Rückweg die Strecke über die Autobahn genommen und blieb gemütlich auf der rechten Spur, so dauerte es eine sehr gute halbe Stunde, bis wir Elberfeld erreichten. Zeit genug für meine Geschichte.

Bei der letzten Hürde, den Brill hinauf, musste der Kleine hart arbeiten. Die Steigung dort war legendär. Wenn ich mich recht erinnerte, hielt sie sogar irgendeinen Rekord. Wie die Bahnstrecke bei Hochdahl.

»Du hast einen Fehler gemacht!«, schrie Jutta in das Röhren des Wagens hinein, der sich gerade im zweiten Gang an den alten Villen vorbei den Berg hochquälte. »Ich hätte dir einen Anwalt besorgt, der dich da hätte raushauen können. Vielleicht wäre es sogar besser, wenn du dich doch noch der Polizei stellst. Ich könnte Dr. Heimlich gleich morgen früh anrufen …«

Der Wagen war am Ende der Sadowastraße angekommen und erreichte die Abzweigung zur Briller Höhe. Die letzten Meter bis zu Jutta waren nicht mehr so steil. Der Krach nahm ein wenig ab.

»Du hast die Ermittlerin nicht erlebt«, wandte ich ein. »Die hat mich auf dem Kieker. Und außerdem ist das ein Fall, den ich lösen muss.«

Diesen Entschluss hatte ich gefasst, als ich auf dem Feld herumgestanden hatte. Immer wieder waren die Szenen mit Krüger an mir vorbeigezogen. Ich war es ihm schuldig.

Ich knallte nach vorn und hing in meinem Gurt. Jutta hatte scharf gebremst.

»Da steht jemand. Warten die etwa auf uns?«

Ich verzichtete darauf, hinzuschauen. »Fahr weiter, einfach vorbei. Nicht auffallen.«

Jutta gab wieder Gas, und ich duckte mich, so weit das in dem kleinen Wagen ging. Die Straße verlief noch ein Stück weiter, dann endete sie als Sackgasse. Jutta stoppte, ließ aber den Motor laufen.

»Hast du die Leute gesehen?«, fragte ich.

»Ja. Es waren drei.«

»War ein kleiner, dicker Mann in schwarzen Klamotten dabei?«

Sie nickte. »Den haben meine Scheinwerfer als Erstes erfasst.«

»So einer mit glatten Haaren und Seitenscheitel?«

»Genau.«

»Das ist die Ermittlerin.«

Jutta runzelte die Stirn.

»Glaubst du immer noch, dass ich mich stellen soll?«, fragte ich.

»Die werden doch meine Wohnung nicht durchsuchen? Ich meine, dann hat es eh keinen Sinn, dass du dich bei mir versteckst.«

Ich kratzte mein polizeiliches Wissen zusammen. »Sie haben sicher keinen Durchsuchungsbeschluss. Hoffe ich zumindest.«

»Versuchen wir's. Steig aus, ich fahre zurück.«

»Und ich?«

»Du kommst hinten rum durch den Wald. Das hatten wir ja schon öfter. Der Weg zur Wahrheit / liegt abseits des sichtbaren / für die Verfolger.«

»Dafür hätte ich auch gerne nachher eine Erklärung«, sagte ich. Dann rannte ich hinaus auf die Straße und lief den Nützenberg hinauf.

7

»Haikus?« Ich schüttelte ungläubig den Kopf. »Was für Haikus?«

Ich war durch den Wald gelaufen, über den Jägerzaun auf der hinteren Seite von Juttas Grundstück geklettert, und sie hatte mir die Terrassentür geöffnet. Jetzt saß ich in Juttas Wohnzimmer, auf dessen Fläche meine ganze Wohnung Platz gehabt hätte. Hinter der großen Panoramascheibe funkelten die Lichter der Stadt.

»Meine Güte, habt ihr denn früher gar nichts in der Schule gelernt? Ein Haiku ist eine sehr konzentrierte, kurze Gedichtform, die aus Japan stammt. Sie verlangt dem Dichter höchste Sprachgewandtheit ab.«

Jutta schob mir eine geöffnete Flasche Bier hin. Kein Glas. Sie wusste, dass ich keins brauchte. Ich nahm einen Schluck.

»Du meinst, die Sprüche, die du losgelassen hast, waren Gedichte?«

»Du bist ein Ignorant, Remi. Was hast du denn gedacht?« Sie hob ihr Glas, in dem Rotwein schimmerte.

»Keine Ahnung. Irgendein Quatsch halt.«

»Jetzt pass mal auf: Ein Haiku erfordert absolute Meisterschaft. Die Regeln sind gnadenlos. Es besteht aus drei Zeilen und jede Zeile aus einer bestimmten Silbenanzahl.«

»Sehr harte Regeln«, stellte ich lakonisch fest.

»Erste Zeile fünf Silben, zweite Zeile sieben Silben, dritte Zeile wieder fünf.«

»Das ist alles? Keine Reime?«

»Nein, das ist nicht alles. Es gibt noch jede Menge feinere Regeln, aber ich glaube, bei dir trifft der Spruch mit den Perlen und den Säuen zu.«

Ich stellte die Flasche ab. »Entschuldige, aber ich habe jetzt wirklich andere Probleme. Wie bist du eigentlich die Leute von der Polizei losgeworden?«

»Wer sucht den Flüchtling / in der Weite der Städte / findet sich selbst nur.« Jutta lächelte.

»Das hast du ihnen gesagt?«

»Unschuld ist einsam / Schuld ist im Dunkel versteckt / Ich liebe das Licht.«

»Kein Wunder, dass sie den Abflug gemacht haben. Sie holen wahrscheinlich gerade die weiß gekleideten Männer mit den Zwangsjacken.«

»Siehst du, meine Haikudichtung ist doch zu was nütze.«

»Du willst also der Frau aus der Sadowastraße 7 Konkurrenz machen?«

Jutta runzelte die Stirn. Ha, dachte ich. Sie weiß mit der Adresse nichts anzufangen!

»Ertappt!«, rief ich. »Erzähl du mir noch mal was von Bildung.«

Sie machte eine wegwerfende Handbewegung. »Ach, das meinst du. Sadowastraße 7. Das Haus, wo Else Lasker-Schüler aufgewachsen ist.«

»Kein halber Kilometer von hier entfernt. Vielleicht kann Wuppertal ja demnächst auf zwei große Dichterinnen verweisen.«

»Ach Quatsch. Es geht nicht darum, große Werke zu verfassen. Wir sind ein Club. Wir treffen uns und tragen unsere Haikus vor. Das ist alles. Es ist eine Art Meditation. Meditation durch Konzentration aufs Wesentliche.«

»Aha.«

»Und dort hast du mich auch am Handy aufgestöbert.«

Ich trank noch einen Schluck. Mein Magen fühlte sich seltsam an. Als stecke ein raues Stück Fels darin. Das Bier machte es nur noch schlimmer. Ich tippte auf Hunger.

»Meinst du, ich könnte mir ein Brot machen?«, fragte ich.

»Klar.«

»Und dann machen wir das, was du mit deinen Dichterfreunden tust.«

»Wir lesen uns was vor?«

»Wir konzentrieren uns auf das Wesentliche. Wie ich mich aus dem Schlamassel befreie. Auch wenn du jetzt mit literarischen Arbeiten beschäftigt bist – gegen einen neuen Fall hast du doch sicher nichts einzuwenden.«

Das hatte Jutta nie. Seit ich als Privatdetektiv tätig war, mischte sie sich in meine Arbeit ein – ob ich ihre Hilfe nötig hatte oder nicht. Bei allen Spleens, die Jutta schon im Rahmen ihrer durch

Reichtum gefütterten Langeweile an den Tag gelegt hatte – Klavierunterricht, vorübergehende Arbeit als Radioreporterin, als Fremdenführerin oder Eventorganisatorin für Partys und Feste der oberen Zehntausend –, hatte sie doch daran immer noch den meisten Spaß. Und sie blühte dabei richtig auf. Biologisch war sie zehn Jahre älter als ich, und wer einen Stammbaum der Familie Rott überblickte, würde schnell erkennen, dass sie sippentechnisch gesehen meine Tante war. Aber äußerlich hätte man sie ohne Weiteres für meine Schwester halten können. Ihr Reichtum, der als Erbe von einem schnell nach der Hochzeit verstorbenen Ehemann auf sie übergegangen war, hielt sie offenbar jung.

Ich stand am Tresen in der großen Küche und mampfte ein Käsebrot. Es war keine Rede mehr davon, mich der Polizei zu stellen. Jutta hatte Feuer gefangen. Ihr Advokat namens Heimlich konnte mich ja immer noch raushauen, wenn mich die Kripo zu fassen bekam.

Sie saß am Küchentisch und sah mir aufmerksam beim Essen zu.

»Bist du wirklich sicher, dass es deine Pistole war, die sie am Tatort gefunden haben?«

»Es war eindeutig ein Modell, wie ich es auch besitze. Genauer ansehen konnte ich mir die Waffe nicht. Aber ich glaube nicht, dass mir die Polizei in dieser Hinsicht einen Bären aufbindet. Sie haben ja die Registrierungsnummer abgeglichen.«

»Jemand hat das Ding also gestohlen.«

»Wahrscheinlich während ich durch die Gegend irrte und auf weitere Nachrichten von Krüger wartete.«

»Dieser Jemand hat demnach gewusst, wie der Hauptkommissar mit dir kommunizierte. Und dass du eine Weile brauchen würdest, bis du am Treffpunkt ankommst.«

»Vielleicht hat derjenige sie auch schon vorher gestohlen. Als ich im Schwimmbad war. Ich habe danach zu Hause nicht überprüft, ob die Pistole im Schrank war. Aber mir sind auch keine Einbruchspuren aufgefallen.«

»Wenn es dem Täter wirklich darum ging, Krüger umzubringen – warum hat er dann deine Waffe benutzt? Ist das nicht viel zu umständlich?«

»Immerhin ist es ihm auf diese Weise gelungen, den Verdacht auf mich zu lenken.«

»Und dann dieser Trick mit den Kurznachrichten. Die können doch dann eigentlich gar nicht von Krüger sein, oder?«

»Die Absendernummer ist angegeben. Und das ist wohl die Handynummer von Krüger.«

»Zeig mal.«

»Ich sollte mein Handy so wenig wie möglich einschalten. Die kriegen sicher irgendwie raus, wo sich das befindet. Aber ich habe die Nummer selbst gesehen. Vielleicht hat ihm ja jemand sein Handy gestohlen. So wie mir die Pistole.«

Eine Weile blickten wir ratlos ins Leere.

»Ich würde mich gerne mal in meiner Wohnung umsehen, aber dann könnte ich mich gleich bei der Polizei melden«, sagte ich dann.

»Was willst du denn da?«

»Überprüfen, wie der Einbruch abgelaufen ist.«

»Das übernehme ich«, sagte Jutta.

»Was meinst du damit?«

»Ich werde morgen einen Besuch bei dir machen. Da ist ja nichts dabei.«

»Die Polizei wird dich abfangen. Die bewachen meine Wohnung garantiert.«

»Na und? Ich bin deine Tante. Ich werde dich doch noch besuchen dürfen. Gib mir den Schlüssel. Ich gehe rein und schau mich ein bisschen um.«

So wahnsinnig gut gefiel mir die Idee nicht, aber mir fiel auch nichts Besseres ein.

»Rätselhaft«, murmelte Jutta. »Wirklich rätselhaft. Und eine Sache lässt mich nicht los …«

»Was meinst du?«, fragte ich.

Sie sah mich an, und ich spürte, wie sie mit Worten rang. »Sag mal – wäre es möglich … Ich meine, nur mal angenommen …«

»Nun red schon.«

»Könnte es sein, dass es doch Krüger selbst war, der dich in diese Falle gelockt hat?«

»Um sich dann erschießen zu lassen?«

»Du hast gesagt, es war schon recht dunkel, als du am Tatort warst.«

»Richtig.«

»Und vielleicht konnte der Schütze nicht gut zielen.«

Mir wurde langsam klar, was Jutta meinte. »Du willst doch nicht etwa sagen ...«

Sie sah mich an. Ihr Gesicht war ernst. »Könnte es sein, dass der Schütze eigentlich dich erschießen wollte? Und sie hätten es dann wie einen Selbstmord aussehen lassen oder so was?«

»Du meinst, Krüger wäre sein Komplize gewesen?«

»Warum nicht?«

»Und du glaubst, er habe Krüger aus Versehen getroffen? Und das gleich zweimal? Das ist doch Quatsch.«

»Wie auch immer. Du hast doch sicher mit allerlei Leuten Rechnungen offen. Allein die, die du hinter Schloss und Riegel gebracht hast ...«

In mir breitete sich eine bleierne Müdigkeit aus. Das heißt, es war gar keine Müdigkeit. Es war ein Anfall von Schwäche, verbunden mit einem Gefühl der Verzweiflung, das von Sekunde zu Sekunde stärker wurde.

»Die Tat des Rächers / sie führt die Hand des Mörders / das Geheimnis bleibt«, sagte Jutta.

»Lass bitte jetzt diese blöden Haikus.« Ich zwang mich, die Bierflasche auszutrinken. Eigentlich hatte ich gar keine Lust mehr auf Alkohol. Aber plötzlich war mein Mund trocken wie Sandpapier. »Solange wir an dem Fall arbeiten. Versprochen?«

Jutta nickte. »Versprochen.«

»Und jetzt würde ich gerne die Annehmlichkeiten deines Gästezimmers nutzen«, sagte ich. »Es war ein etwas harter Tag.«

8

Jutta hatte kein Gästezimmer. Sie hatte eine Gästewohnung.

Sie bestand aus einem Schlafraum mit Doppelbett, einem Wohnzimmer mit Schreibtisch und Fernseher und einem Bad inklusive Badewanne. Im Angebot enthalten waren Bademäntel in mehreren Größen, Hausschuhe und Schlafanzüge.

Als ich am nächsten Morgen gegen Viertel nach neun in Juttas Küche geschlurft kam, fragte ich mich, welche Art von Gästen sie sonst in der Wohnung beherbergte.

»Du könntest ein Hotel aufmachen«, sagte ich und setzte mich an den Tisch, der schon komplett gedeckt war. Jutta, fix und fertig angezogen und den typischen Geruch frisch geduschter und parfümierter Menschen verströmend, hatte sogar Brötchen geholt.

»Ja, ich habe auch schon gedacht, es zu vermieten. An einen Studenten vielleicht. Dann käme mal ein bisschen Leben in die Bude.«

Oh, dachte ich. Leidet Jutta etwa an Einsamkeit? Ist ihr die Einmischung in meine Fälle von Zeit zu Zeit nicht spannend genug?

»Ich nehme an, du denkst an einen knackigen Sportstudenten oder so«, sagte ich und nahm ein Brötchen.

»Zum Beispiel.«

Ich starrte auf das Backwerk. In meinem Bauch steckte nach wie vor ein Klumpen. Lieber erst einen Kaffee. Ich nahm die Kanne und schenkte mir ein.

»Ich hab schon gefrühstückt«, sagte Jutta. »Und ich wollte dich schlafen lassen.«

»Verstehe.« Ich nippte. Der bittere Geschmack war angenehm. Aber der Brocken in meinem Bauch schien fester zu werden.

»Gib mir den Schlüssel zu deiner Wohnung«, sagte sie.

»Du willst es also wagen?«

»Was soll schon passieren? Solange sie mein Haus nicht durchsuchen, werden sie dich nicht finden. Und schließlich darf ich als deine Tante vor der Tür deiner Wohnung auftauchen. Und ich darf auch einen Schlüssel haben. Erklär mir lieber endlich mal, wo du die Pistole aufbewahrt hattest.«

Ich wies Jutta ein, gab ihr meinen Schlüssel, und weg war sie. Nachdem die Tür zugefallen war, trank ich noch zwei Tassen Kaffee, hatte aber immer noch keine Lust auf ein Brötchen. Dann ging ich ins Wohnzimmer zum Telefon, um Kleiber anzurufen.

Die Unterlagen mit den Telefonnummern waren in meinem Büro. Ich musste mir die Nummer von der Auskunft geben lassen.

»Kleiber.«

»Guten Morgen, Herr Kleiber. Rott hier.«

»Gibt's was Neues ... Neues?«

»Herr Kleiber, es tut mir leid, aber ich kann Ihren Auftrag nicht weiter wahrnehmen.«

»Was ist geschehen ... geschehen?«

»Mir ist eine andere Sache dazwischengekommen. So was passiert manchmal. Sie wird mich aber nicht lange in Anspruch nehmen.« Ich zögerte. Was hatte ich da gesagt? Woher wollte ich das wissen? Wenn ich großes Pech hatte, würde mich Krügers Tod lebenslänglich beschäftigen. »Ich melde mich wieder bei Ihnen. Über das Geld schicke ich Ihnen eine Gutschrift. In Ordnung?«

»Ja, aber ... meine Frau ... Frau ...«

Plötzlich fiel mir etwas ein. Die Sache war riskant, weil ich sie nicht so ganz unter Kontrolle haben würde. Aber ich konnte es versuchen. Auf diese Weise würde mir der Auftrag erhalten bleiben.

»Herr Kleiber, ich mache Ihnen einen Vorschlag. Wir machen es anders. Ich übergebe den Fall ein paar Tage einem Kollegen.«

»Was heißt ... heißt ...«

»Ich lasse ihn die Ermittlungen übernehmen, und dann mache ich wieder weiter. Ich melde mich bei Ihnen. Wir werden damit die heiße Phase auf keinen Fall versäumen. Ich nehme an, Ihre Frau geht heute wieder ins Schwimmbad?«

»Ja, Sie hat so was gesagt ...«

»Alles klar, Herr Kleiber. Bis die Tage.«

»Wie heißt der Kollege ... Kollege?«

»Er meldet sich.«

Ich legte auf. Dann tippte ich die Nummer von Manni.

»Mensch, ich warte hier auf dich«, schimpfte er. »Du hast gesagt, du holst mich ab.«

»Ich kann dich nicht abholen. Und aus dem Fall wird heute auch nichts.«

»Wieso das denn? Ich hab mir extra freigenommen. Außerdem schuldest du mir noch die Kohle.«

Ich hätte fast aufgelacht. Freigenommen. Ausgerechnet Manni. Er tat sowieso den ganzen Tag nichts, als arglosen Mitbürgern gebrauchte Computerteile anzudrehen – angeboten über das Internet. Bei dem großen Internetauktionator mit dem 1, 2, 3 hatte er längst Hausverbot. Betrugsverdacht.

»Du kriegst das Geld schon. Hör zu, ich bin in Schwierigkeiten. Wir können uns im Moment nicht treffen. Aber ich kann dir einen anderen Vorschlag machen.«

»Was ist denn los?«

Er würde es sowieso erfahren. Wahrscheinlich war im Radio auch schon längst die Fahndungsmeldung durchgegeben worden.

»Krüger ist ermordet worden. Und ich bin der Hauptverdächtige.«

»Was? Soll das heißen, du bist gerade im Knast? Nutz deinen einen Anruf, den du hast, und ruf lieber einen Anwalt an.«

»Ich bin nicht im Knast, sondern … in einem Versteck. Ich bin abgehauen.«

»Au Scheiße!«

Ich konnte Manni nicht erzählen, wo ich war. Es gab Situationen, in denen würde er seine Großmutter verkaufen.

»Du kannst mir aber helfen.«

»Und wie?«

»Zwei Sachen. Fahr wieder ins Schwimmbad und kümmer dich um Frau Kleiber. Wenn ich das hier aufgeklärt habe, muss ich ja weiter an dem Fall arbeiten, und dann brauchen wir Fotos. Und ich meine richtige Fotos. Kapiert?«

»Leichteste Übung. Und kommt mir sehr entgegen. Die Frau sieht echt gut aus. Was ist das zweite?«

»Du kennst dich doch in den Spielsalons rund um Wuppertal aus.«

»Da übertreibst du aber. Warum willst du das wissen?«

»Ich habe ein Foto von einem Club gesehen, und ich muss rauskriegen, welcher das war. Das Foto ist ein paar Jahre alt.«

»Schick es mir, und ich sehe, was ich machen kann. Hast du es als Datei?«

»Nein, ich habe es überhaupt nicht. Ich konnte nur einen kurzen Blick draufwerfen.«

»Und wie soll ich dir weiterhelfen?«

»Es gibt ein paar markante Punkte.«

Ich berichtete Manni von den Schwarz-Weiß-Zeichnungen der Filmstars an den Wänden.

»So was gibt's doch nicht so oft, oder?«, hoffte ich.

Er dachte nach. »Na ja, das stimmt schon. Aber mir fällt spontan nichts dazu ein. Ich müsste nachdenken.«

Oje. Manni und nachdenken.

»Und mich umhören.«

»Tu das.«

»Wo erreiche ich dich, wenn ich was rausgekriegt habe?«

Jetzt musste ich ihm doch verraten, wo ich war. Ich versuchte, so zu tun, als suchte ich fieberhaft nach einer Antwort.

»Ich denke, das Beste wird sein, du rufst Jutta an.«

»Verstehe.«

»Gar nichts verstehst du. Und wenn du irgendjemandem sagst, dass Jutta Kontakt zu mir hat, dann kannst du sämtliche Aufträge vergessen, klar? Abgesehen davon, dass sowieso alles vorbei ist, wenn sie mich kriegen. Auch für dich.«

»Mensch, Remi, du glaubst doch nicht, dass ich dich verpfeife? Aber wenn du wirklich bei Jutta bist, kriegen die das eh raus. Wahrscheinlich belagern sie die Festung schon.«

»Also, du weißt Bescheid.«

»Remi, sag mal …«

»Was ist denn noch?«

»Könnte ich … Ich meine, ich bin im Moment ein bisschen klamm.«

»Ich kann dich nicht treffen, um dir dein Geld zu geben.«

»Das meine ich auch nicht. Ich dachte, die Information mit dem Spielclub ist dir doch sicher auch was wert.«

»Manni!«

»War ja nur 'ne Frage …«

»Krieg erst mal was raus. Dann sehen wir weiter.«

Ich legte auf.

Manni war wirklich ein Schweinehund.

Ich duschte und zog mich an. Frische Klamotten gab es leider nicht für mich, also bedeckte mich sofort der schweißige Mief der vergangenen Nacht.

Ich lief über den riesigen Teppich und schaltete das Radio ein. Es dauerte keine zwei Minuten, da blendete das Gesinge von Madonna aus, und der Sprecher gab bekannt, dass in der Nacht zuvor im Neandertal ein Mord geschehen war.

»... in die Tat verwickelt ist wahrscheinlich ein Wuppertaler Privatdetektiv, der am Tatort war und auch selbst die Polizei rief. Am Telefon begrüße ich jetzt die leitende Kommissarin Andrea Dorau. Guten Morgen, Frau Dorau.«

Andrea Dorau. Donner und Doria.

»Guten Morgen«, sagte sie müde. Wahrscheinlich hatte sie schlecht geschlafen.

Der Moderator wirkte dagegen geradezu quirlig. »Ist der Verdacht, dass der Wuppertaler Privatdetektiv die Tat begangen hat, die einzige Spur, die Sie verfolgen?«

»Dazu möchte ich beim derzeitigen Ermittlungsstand nichts sagen. Er ist aber unser Hauptverdächtiger und, das sollte man nicht vergessen, auch unser Hauptzeuge. Ich denke, die Tatsache, dass er sich vom Tatort entfernt hat, nachdem sich herausstellte, dass der Kollege mit seiner Waffe erschossen wurde, spricht für sich.«

Blöde Kuh, dachte ich. Gar nichts spricht für sich. Niemals. Man kann immer alles aus mehreren Perspektiven betrachten.

Es kam noch ein bisschen Geplänkel darüber, wer Krüger war und wie oft Polizisten in Deutschland statistisch erschossen wurden. Als die Musik begann, schaltete ich das Radio wieder aus.

Mir dämmerte, dass Jutta überfällig war.

Ich rechnete nach.

Mit dem Auto brauchte sie gut fünf Minuten zu meiner Wohnung. Die Parkplatzsuche konnte leicht das Dreifache in Anspruch nehmen. Dazu kam der Fußweg – je nachdem, wo sie das Auto losgeworden war. Der Hinweg dauerte also maximal eine halbe Stunde. Die Wohnung untersuchen höchstens zwanzig Minuten. Dann zurück zum Auto. Fünf Minuten Heimfahrt. Wie lange war Jutta weg? Ich sah auf die Uhr. Schon über eine Stunde.

Unruhe breitete sich in mir aus. Ich versuchte, dagegen anzuarbeiten, indem ich weitere Informationen sammelte. Nach kurzem Suchen fand ich das Wuppertaler Telefonbuch und blätterte unter K, um Krügers Eintrag zu finden.

Viele Polizisten besaßen Geheimnummern, aber vielleicht hatte ich Glück. Es gab »Krüger, E.«. Mit Straßenangabe. Das war einen Versuch wert. Ich wählte die Nummer. Bingo. Krügers Anrufbeantworter. Seine Stimme. Er sagte zwar keinen Namen, aber ich erkannte ihn sofort: »Ich bin leider nicht zu Hause. Sie können eine Nachricht hinterlassen.«

Eine Weile taperte ich nachdenklich durch die weitläufigen Areale der Wohnung. Das war nicht auszuhalten. Ich musste etwas unternehmen. Außerdem war nicht auszuschließen, dass Jutta mit der Polizei zurückkam und die Dorau fröhlich mit dem Durchsuchungsbeschluss wedelte.

Ich verließ das Haus. Vor mir lag eine Natursteintreppe von vierundfünfzig Stufen. Sie führte steil abwärts zu einer schmiedeeisernen Tür, die nur von innen zu öffnen war. Dahinter lagen Gehweg und Straße. Ich war gerade unten angekommen und hatte schon die Hand an der Klinke, da fiel mein Blick durch die eisernen Verstrebungen auf einen grün-silbernen Wagen. Er stand zwanzig Meter weiter in Richtung Sadowastraße.

Ich prallte zurück und duckte mich neben einer der Koniferen, die Juttas Hang zierten.

Verdammter Mist. Wenn sie schon keinen Durchsuchungsbeschluss bekamen, hinderte sie das natürlich nicht, Juttas Haus zu beobachten. Sie brauchten nur zu warten, bis ich rauskam, und ich lief ihnen genau in die Arme. Vielleicht trieben sich auf der anderen Seite im Wald auch schon Bullen herum.

Ich schielte um die Ecke. Der Wagenkühler wies genau in meine Richtung. Hinter den Scheiben waren schemenhaft zwei Uniformierte zu erkennen. Ihr Blick ging nach unten. Wahrscheinlich lasen sie Zeitung.

Zurück ins Haus konnte ich nicht mehr. Ich hatte ja keinen Schlüssel.

Ich ging noch weiter in die Hocke, und dabei drückte das Handy in der Hosentasche. Mir kam eine Idee. Ich zog das Telefon heraus, schaltete es ein und wählte kurzerhand 110.

Ich räusperte mich, bevor ich meine Stimme verstellte. Eigentlich dämlich. Ich konnte davon ausgehen, dass mich der Beamte in der Leitstelle nicht erkennen würde. Sie würden zwar die Nummer speichern und später bestimmt überprüfen, aber das war egal. Sie hatten sie ja sowieso. Oder ging bei denen jetzt das rote Licht an, wenn Rott anrief?

Die Notrufzentrale meldete sich.

»Hallo? Hier ist Legwein-Schiermann.« Hohe Muttchenstimme. Es kratzte ein bisschen im Hals. Ich nannte die Adresse. Briller Höhe, zehn Häuser weiter den Berg rauf.

»Was kann ich für Sie tun?«

Höflich, dachte ich. Wie im Callcenter. Es war ja auch sozusagen eins.

»Bei meinen Nachbarn treiben sich zwei Männer im Garten herum. Ich glaube, der eine hat eine Pistole. Ich fürchte mich so!«

»Sind Sie sicher?«

»Aber ja ... Und die Schüsselraths sind doch in Urlaub. Die Weltreise, auf die sie gespart haben. Die kommen erst in drei Wochen zurück. Und ich soll doch die Blumen gießen. Ich habe solche Angst! Was mache ich denn jetzt?«

»Sagen Sie mir noch mal die Adresse bitte.«

Ich hörte nicht auf ihn und gab ganz die ängstliche Oma. »Ich kann sie vom Fenster aus sehen. Mein Gott, ich glaube, sie schlagen die Scheibe ein! Und die Alarmanlage ist doch nicht an! Weil ich doch die Blumen gießen soll!«

Der Mann am anderen Ende der Leitung nahm mir die Rolle offenbar ab. Rott, wenn das mit dem Detektivberuf nichts mehr ist, wirst du Schauspieler. Zumindest für Hörspiele.

»Wie war die Hausnummer, Frau Legwein ...«

Ich wiederholte sie. »Was soll ich nur tun?«

»Bleiben Sie, wo Sie sind.«

Das ließ ich mir nicht zweimal sagen. Wenigstens für die nächsten paar Minuten. Ich seufzte noch einmal tief und legte auf.

Als ich das Handy verstaut hatte, blickte ich wieder zwischen den Stäben hindurch zum Polizeiwagen.

Es kam mir wie eine Ewigkeit vor, bis drüben etwas passierte. Die beiden Beamten wurden munter. Irgendetwas wurde auf den Rücksitz geschleudert. Wahrscheinlich die Zeitungen. Es brummte, als der Wagen gestartet wurde. Ich duckte mich tiefer, und dann rollten sie an mir vorbei. Die Strecke betrug sicher zweihundert Meter. Sie mussten bis oben in den Wendehammer fahren.

Ich zählte bis zwanzig, dann lauschte ich noch einmal, aber das Geräusch des Wagens war verstummt.

Vorsichtig öffnete ich das Gartentor und sah mich um. Die Straße briet in der Mittagshitze.

Zwei Schritte, und ich war auf dem Gehweg. Ich holte tief Luft und drückte die Tür hinter mir zu.

Dann lief ich los.

9

Ich hörte erst auf zu rennen, als ich am Fuß der Sadowastraße angekommen war und mich in die Friedrich-Ebert-Straße verkrümeln konnte. Das war aber auch nicht ungefährlich. Keinen halben Kilometer weiter lag meine Wohnung. Ich konnte jede Sekunde jemandem auffallen, der mich kannte und wusste, dass nach mir gefahndet wurde.

Aber jeder, der bei dieser Affenhitze auf der Straße war, schien nur damit beschäftigt zu sein, möglichst schnell nach Hause oder wenigstens in den Schatten zu kommen. Wer Einkäufe durch die Stadt schleppte, hatte keine Lust, nach Bekannten Ausschau zu halten. Ich machte es genauso. Den Blick auf den Asphalt gesenkt, arbeitete ich mich voran.

Am Neumarkt erwartete mich eine gigantische Staubwolke über einem weiten Trümmerfeld. Man hatte den Hertie abgerissen, und brüllende Bauarbeiter, Lastwagen und andere Baufahrzeuge machten das Verkehrschaos perfekt. Der Lärm von Presslufthämmern bohrte sich unerbittlich in die Köpfe der Passanten. Manche rannten bei Rot über die Gathe, genervte Autofahrer hupten. Gerenne, Geschrei. Ich atmete Bauschuttstaub. Das war keine Fein-, sondern brutalste Grobstaubbelastung.

Ich wechselte die Straßenseite. Neben mir schob sich der Verkehr durch die Uellendahler Straße hoch in Richtung Anschlussstelle Elberfeld, vorbei an mehr oder weniger heruntergekommenen Restaurants, Tattoo-Läden, Fressbuden und Wohnsilos. Dahinter erhoben sich, von verschachtelten Bauten verdeckt, die Steilhänge des Tals.

Als ich, verschwitzt und mit dem aufgewirbelten Dreck des Verkehrs bedeckt, in Sichtweite der Autobahnbrücke kam, fiel mir ein, dass ich nur wenige Minuten von dem grünen Paradies entfernt war, wo Marianne Kleiber und Manni wahrscheinlich gerade heftig miteinander flirteten.

Jetzt bereute ich noch mehr, dass ich gestern so blöd gewesen war, mich auf das konspirative Treffen einzulassen.

Du hättest Krüger anrufen sollen!, schrie ich mich innerlich an, als der Gemüsehändler an der Ecke zur Schleswiger Straße in Sicht kam. Auf der anderen Seite lag der Eda-Grill, wo ich mir hin und wieder ein Mittagessen gönnte – angereichert mit einer großen Portion von meinem Lieblingsgemüse: Fritten.

Ich beschleunigte meinen Schritt, weil ich befürchtete, dass mich jemand erkennen könnte, und kurz darauf gelangte ich an eine der Sehenswürdigkeiten der Stadt: eine der unzähligen Wuppertaler Treppen, die sogar in den Reiseführern erwähnt wurden. Warum, war mir nicht so ganz klar. Wahrscheinlich hatten die Leute aus dem Tal schon in der Steinzeit entdeckt, dass man größere Höhenunterschiede leicht durch die Aneinanderreihung von Stufen überwinden konnte. Eine geniale Erfindung – würdig, neben der Entdeckung des Rades in die Geschichte einzugehen. Man sollte bei der Stadtverwaltung eine Eingabe machen. Herr Bürgermeister, wo bleibt das Wuppertaler Treppenmuseum? Was die Solinger mit ihren Klingen hinkriegen, schaffen wir doch erst recht!

Ehrlich gesagt, wäre es etwas peinlich gewesen, hätte man Touristen an die Wülfingtreppe geführt. Zwischen den Stufen wuchs Gras. Den Wanderer auf dem Anstieg zur Flensburger Straße begleiteten hässliche Graffitis, die noch nicht mal wohlmeinend als Kunst am Bau durchgehen konnten. Alle paar Stufen fand man Spuren der aufstrebenden männlichen Generation in Form von ausgespuckten Rotzplacken.

Ich musste auf der Hut sein. Oben am Eingang des Hauses, in dem Krüger gewohnt hatte, konnte ohne Weiteres ein Polizeiwagen warten, vielleicht in Zivil. Aber als ich an den Flensburger Stuben keuchend die letzte Stufe nahm, war die Straße leer.

Ich wusste nicht viel über Krüger. Ich glaubte, mich zu erinnern, dass er nicht verheiratet war und allein lebte.

Ein Fußgänger näherte sich. Rentner mit Hund. Spiegelnde Sonnenbrille. Glatze. Er ging vorbei.

Ich setzte mich in Bewegung und näherte mich dem Eingang des Hauses. Schmutzige Klingelschilder. Krügers Name stand ziemlich weit unten.

Möglichkeit Nummer eins: Ich konnte irgendwo klingeln und mich als Polizist ausgeben, auf die angeblichen Kollegen schimpfen, dass sie ihre Hausaufgaben mal wieder schlampig gemacht hatten und es an mir ganz allein hing, all die vielen Details über den in diesem Haus lebenden Hauptkommissar noch einmal abzufragen. In fünfundsiebzig Prozent der Fälle funktionierte das, und meistens wollten die Leute noch nicht mal einen vernünftigen Ausweis sehen. Ich konnte ihnen meine Detektivlizenz unter die Nase halten, und wenn sie dann merkten, dass da nichts von Polizei draufstand, behauptete ich einfach, ich arbeite für die Staatsanwaltschaft. Das war genau so ein Fall, den Andrea Dorau als Amtsanmaßung bezeichnet hatte.

Möglichkeit Nummer zwei: Ich konnte versuchen, auf krummen Wegen in die Wohnung zu kommen, in der es vielleicht den ein oder anderen Hinweis gab. Wie Donner und Doria das nennen würde, konnte ich mir denken.

Ich entschied mich für Möglichkeit zwei.

Auf Höhe der halben Treppe, die an dem Klotz von Haus entlangführte, gab es Balkons und hin und wieder ein Fenster.

Die Austritte, die nicht gerade eine malerische Aussicht verhießen, waren mit angeschmutzten grünen Planen verziert. An einigen Stellen häufte sich Sperrmüll.

Ich versuchte, mir in Erinnerung zu rufen, wo Krügers Wohnung lag. Dann blickte ich mich um. Niemand zu sehen. Was hinter den Fenstern über mir los war, wusste ich nicht. Aber ich vertraute darauf, dass niemandem daran gelegen war, hinter der Scheibe zu stehen und diese Hinterhofromantik zu bewundern.

Innerhalb weniger Sekunden war ich über das angerostete Geländer der Treppe geklettert, und über ein kleines Mäuerchen kam ich auf den ersten Balkon. Es schmerzte ein bisschen in den Armen, als ich einen Klimmzug hinlegte.

Krüger hatte am letzten Tag seines Lebens wahrscheinlich auch darunter gelitten, dass seine Wohnung ihn abends mit Temperaturen erwartete wie ein vorgeheizter Backofen das Brathähnchen.

Er hatte ein Fenster gekippt.

Leichtsinnig – vor allem für einen Polizisten, der wissen musste, wie schnell es zu Einbrüchen kommt. Irrte ich mich oder hatte ich gelesen, dass es alle sieben Sekunden einen in Deutschland gab?

Und die meisten fanden in der Mittagszeit statt.

Während ich mit ein paar Handgriffen, die mir Manni beigebracht hatte, das Fenster aufhebelte, fiel mir ein, dass ich bei mir zu Hause denselben Fehler gemacht hatte. Und der Täter auf diese Weise wahrscheinlich meine Pistole in die Hände bekommen hatte.

Ich durchschritt schnell die kleine Wohnung. Heiße, stehende Luft in den Zimmern. Kein Doppelbett im Schlafzimmer. Ein brummender Fliegenschwarm erhob sich aus einem Eimer vor dem Küchenherd.

Und es stank wie auf einer sommerlichen Müllkippe. Ich tippte auf vergammelnden Abfall und schloss schnell die Tür.

Wonach sollte ich suchen? Auf den ersten Blick wirkte alles unauffällig. Normal.

Aber nur auf den ersten.

Ein paar Dinge machten mich stutzig. Zum Beispiel die Wohnungstür am Ende des kleinen Flurs. Das Licht aus den Fenstern der hinteren Zimmer drang hier kaum hin, deswegen erkannte ich es zuerst nicht richtig. Aber die Tür war eindeutig beschädigt worden. Jemand hatte die Klinke entfernt und hinter dem Loch ein Brett angebracht. Das sah nach sauberer Hausmeisterarbeit aus. Die Wohnungstür war jetzt gar nicht mehr zu öffnen.

Krügers Wohnung gehörte offenbar zu den 0,6 Prozent von Wohnungen in Deutschland, die innerhalb weniger Tage zum Schauplatz von gleich zwei Einbrüchen wurden. Mit anderen Worten: Es war schon jemand hier gewesen. Wahrscheinlich nach Krügers Tod. Denn der Hauptkommissar hätte sicherlich kein Provisorium hingenommen, das ihm den Eingang zu seiner Wohnung verwehrte.

Also ein Einbruch heute Nacht. Oder heute Morgen. Der Hausmeister oder sonst wer hatte es bemerkt. Man hatte reagiert.

Danach musste aber die Kripo noch mal hier gewesen sein …

Wahrscheinlich trug die Tür zusätzlich auf der anderen Seite ein amtliches Siegel, das die Leute daran hindern sollte, etwas an der Verrammelung zu ändern.

Wie auch immer: In Häusern, in denen vor Kurzem ein Einbruch stattgefunden hat, ist man aufmerksam. Alte Einbrecherregel.

Ich musste mich beeilen.

Nervös ließ ich meinen Blick schweifen. Das Schlafzimmer war nicht nur mit einem Bett, sondern auch mit einem kleinen Schreibtisch ausgestattet. Daneben ein PC, eingebaut in eine dieser seltsamen Kombinationen aus Schrank und Tisch, in denen unten auch noch ein paar Aktenordner Platz finden. Krüger hatte hier seinen Papierkram untergebracht, und ich zog ein paar der Mappen heraus. Es geht um Erpressung, dachte ich. Und wenn es um Erpressung geht, dann geht es auch um Geld. Und diese Ordner sahen danach aus, als würden sie Unterlagen über Finanzen enthalten.

Ich legte ein paar davon aufs Bett, schlug sie auf und blätterte.

Es waren tatsächlich Kontoauszüge darin. Aber kein Hinweis auf etwaigen Reichtum.

Natürlich nicht. Krüger war sicher nicht so blöd gewesen, die Bestechungssumme auf sein Konto einzuzahlen. Außerdem war das Foto alt gewesen. Mindestens zwei, drei Jahre, vielleicht sogar vier oder fünf. Und wer gut bestochen wurde, lebte nicht in so einer Umgebung. Oder besaß Krüger nebenbei noch eine Finca auf Mallorca? Ich schlug weitere Seiten um und fand andere Unterlagen. Den Mietvertrag für dieses Loch hier. Eine Wohnung, die eigentlich nicht zu Krüger passte. Oder verdiente man als Hauptkommissar so wenig? Telefonrechnungen. Und Bewerbungsdokumente. Interessant, so ein Polizistenlebenslauf. Ich unterdrückte ein Gähnen und blätterte weiter zu irgendwelchen Ernennungs- und Beförderungsurkunden.

Das hatte alles keinen Zweck. Weiter umschauen, befahl ich mir. Den Gesamteindruck checken. Irgendwas muss es doch geben. Verdammt, ich brauchte viel mehr Zeit …

Ich ging noch mal durch die Räume. Von der kaputten Tür abgesehen herrschte überall penible Ordnung. Krüger, den ich immer als korrekten Beamten kennengelernt hatte, schien diese Korrektheit auch in seinem Privatleben gepflegt zu haben. Ich fand ordentlich gestapelte Wäsche in den Schränken. Dass in der ansonsten sauberen Küche der Müll nicht entsorgt worden war, konnte man entschuldigen. Derjenige, der mit Müllraustragen dran war, war tot.

Privatleben, dachte ich. Mach dir ein Bild von Krügers Privatleben.

An der Wand hinter dem Schreibtisch hingen ein paar gerahmte Fotos. Ich nahm sie mir genau vor.

Krüger, mindestens zehn Jahre jünger, mit einer dunkelhaarigen Frau. Attraktiv, mancher würde sagen rassig. Ein bisschen größer als er. Das Bild war wohl im Urlaub oder jedenfalls in der Freizeit entstanden. Hinter den beiden erstreckte sich ein See. Grüngrauer Wald spiegelte sich darin. Vielleicht war es ein Wochenendausflug an eine der vielen bergischen Talsperren gewesen. Beide wirkten heiter und gelöst. Krüger lächelte sogar. Sie waren ein Paar, keine Frage. Lange her.

Und dann sah ich das Zettelchen.

Es lag zusammengeknüllt genau in der Mitte auf dem Boden des Papierkorbs. Fast so, als gehörte es dahin. Ich holte es heraus und faltete es auf dem Schreibtisch auseinander. Es war ein Blatt von einem Block. Krüger hatte irgendwas notiert. »Scheifenheide«, las ich. »Weilenhaus«.

Was sollte das sein? Ortsnamen? War das überhaupt Krügers Schrift?

Und dann wurde mir klar, dass ich ein Idiot war. Leider bemerkte ich es viel zu spät, denn im selben Moment klopfte jemand so laut an die Tür, dass mir schlagartig ein heißer Adrenalinstrahl durch den Körper schoss.

»Hallo?«, rief eine tiefe Stimme. »Ist da jemand?«

Ich blickte in den kleinen Flur, wo Krügers Telefon in der Station steckte. Wenn man im Privatleben eines Menschen herumschnüffelte, musste man als Erstes checken, welche Telefonnummern er zuletzt angerufen hatte. Auch ein Telefonverzeichnis war nützlich. Wie hatte ich das vergessen können?

»Sie wurden gesehen«, sagte die Stimme. »Melden Sie sich.«

Noch war es nicht zu spät. Der Typ da draußen, der wahrscheinlich der Hausmeister war, konnte nicht einfach die Tür aufmachen. Erstens war sie, hoffte ich jedenfalls, amtlich versiegelt, und zweitens hatte er ja selbst alles verbarrikadiert.

Ich legte ein paar leise Schritte zum Telefon zurück.

»Die Polizei ist unterwegs«, rief die Stimme. Und dann drohender: »Ich warne Sie.«

Zu spät. Ich saß in der Falle. Sie schloss sich gerade.

Sofort machte ich kehrt, rannte auf den Balkon. Diesmal musste ich nicht aus dem Fenster klettern, denn ich konnte von innen die Balkontür benutzen. Ich machte mir nicht die Mühe, sie wieder zu schließen. Krügers Bude konnte frische Luft vertragen.

Ich hechtete über die Brüstung, und als ich auf der Treppe ankam, sah ich unten auf der Holsteiner Straße schon einen Polizeiwagen halten. Ich rannte die Stufen hinauf, an den Flensburger Stuben nach links, und dann vorbei am Schulgelände, das jetzt, in den Ferien, wie ausgestorben dalag.

Als ich an der Autobahnbrücke wieder auf die Uellendahler stieß, war ich völlig ausgepumpt. Am liebsten hätte ich mich auf den Asphalt gesetzt.

Ich blieb stehen und versuchte, tief durchzuatmen – und das ohne aufzufallen. Aber ich musste weiter. Die Polizei suchte garantiert die Gegend ab …

Wohin?

Warum nicht in Richtung Schwimmbad?

Ich setzte mich in Bewegung und quälte mich den Weg hinauf. Vor dem würfelförmigen Holzhaus am Eingang kratzte ich ein bisschen Geld zusammen und leistete mir ein Eis. Cornetto Erdbeer.

Erschöpft lehnte ich mich an die schattige Wand. Jenseits des Zaunes platschte das Wasser, und Kinder quietschten vor Vergnügen. Ich erinnerte mich mit Wehmut an die guten alten Zeiten – sprich gestern. Was war ich doch für ein glücklicher Detektiv gewesen. Einer, der seinen Aufträgen im Schwimmbad nachgehen konnte …

Neben mir rasselte die eiserne Drehtür – der Schwimmbad-Ausgang. Ein Pärchen kam heraus. Arm in Arm schlenderten sie talwärts. Es waren Manni und Marianne Kleiber. Sie bemerkten mich nicht.

Und ich fluchte innerlich, weil ich keine Kamera dabeihatte.

10

Etwas später öffnete ich an der Ecke Paradestraße die zerkratzte Tür der Telefonzelle und war sofort von stechendem Uringestank umgeben. Ich konnte die Tür hinter mir auf keinen Fall schließen, also stellte ich meinen Fuß davor und sorgte so dafür, dass sie nicht zufiel.

Der Krach von der Baustelle am Neumarkt und der Verkehrslärm von der Uellendahler Straße dröhnten ungehindert herein. Durch die linke Scheibe der Zelle sah ich in einem vermodernden Rest Grünfläche von Plastiktüten umhüllte Pakete, ordentlich unter den vertrocknenden Büschen verstaut. Hier hatte wohl jemand sein Lager aufgeschlagen. Was ich vor mir sah, waren wahrscheinlich Wohn- und Schlafzimmer. Wo ich stand, befand sich offensichtlich das Klo.

Ich wollte mein Handy so wenig wie möglich benutzen. So warf ich eine Münze ein und wählte Juttas Nummer.

Sei da, pochte es in mir, während ich auf das durch den Lärm um mich herum kaum zu hörende Freizeichen achtete. Ein Schweißfilm bildete sich zwischen Hand und Hörer, und auch an meinem Ohr wurde es glitschig. Ich nahm den Hörer einen Millimeter von der Ohrmuschel, und da war mir, als hätte sich jemand gemeldet.

»Jutta?«, schrie ich. »Jutta, bist du da?«

»Remi …«

Die Stimme war weit weg und klang wie aus den Tiefen eines Brunnenschachts. Oder wie aus einem Wasserfall.

»… bist du …« Die Stimme versank.

Ich atmete dreimal tief durch und donnerte die Tür zu. Ich nahm mir vor, beim Reden die Luft anzuhalten, aber es gibt Dinge, die funktionieren einfach nicht.

»Wo warst du denn so lange?«, fragte ich. »Ich hab gewartet und gewartet.«

»Ich bin der Polizei voll in die Arme gelaufen.« Ihre Stimme klang hektisch. »Und diese Dorau … Sie hatte einen Durchsuchungsbeschluss!«

»Die Polizei war in deinem Haus?«

»Sie haben mich unten an deiner Wohnung abgefangen. Gerade als ich rauskam. Dann sind sie mit mir zusammen rauf zu mir, und ich hab natürlich gedacht, jetzt ist alles aus. Als ich die Tür aufschloss, dachte ich fieberhaft darüber nach, wie ich dich warnen könnte.«

»Warte mal einen Moment«, rief ich.

Ich öffnete die Zellentür und atmete etwas ein, was mir wie Frischluft vorkam im Vergleich zu den von Hitze aufgeladenen Urindämpfen hier drin. Dann sperrte ich den Lärm wieder aus.

»Wir sollten das Telefonat abbrechen und uns irgendwo treffen.«

»Unten in der Friedrich-Ebert-Straße?«

»Jutta, wenn ich sage, dass wir das Telefonat abbrechen sollen, dann deshalb, weil sie uns abhören. Du darfst keinen Ort nennen.«

»Und wie verabreden wir uns dann?«

Ich dachte nach. Es musste ein Ort sein, wo es viele Menschen gab. Am besten in der Öffentlichkeit.

»Wo haben wir letzte Woche zu Mittag gegessen? Nachdem wir zusammen meine Badehose gekauft haben?«

»Du meinst …?«

»Genau. Komm da hin. So schnell du kannst. Und ohne grüne Schatten hinter dir, klar?«

Ich hängte ein und flüchtete mich ins Freie.

Fünf Minuten später saß ich wie auf heißen Kohlen im Restaurant mit dem gelben M vor einem Big Mac, einer Portion Pommes und einer Cola und behielt einen der beiden Eingänge im Auge.

Um mich herum herrschte familiärer Trubel. Hinter mir ging es in die Kinderhöhle mit Ronalds Karussell – einer Bar in Kleinformat, wo der Nachwuchs auf gelbroten Höckerchen an einem runden Tisch seine Hamburger mampfen konnte. Ab und zu drang kindliches Geschrei aus dem Raum. Durch die Scheibe neben meinem Tisch hatte ich eine prächtige Aussicht auf den heißen Staub der Baustelle auf dem ehemaligen Hertiegelände. Das Areal wirkte wie ein Vulkan unter Dampf kurz vor dem Ausbruch.

Ich aß langsam und wartete. Jutta kam nach einer knappen halben Stunde.

»Hol dir was«, sagte ich, bevor sie sich zu mir setzte. »Sonst fällst du hier noch auf.«

Sie verzog das Gesicht. »Ich hab aber keinen Hunger. Und schon gar nicht auf Fast-Food.«

»Kauf was. Ich esse es. Hol noch eine Cola und irgendwas Mexikanisches. Die haben jetzt Los Wochos.«

Jutta sah mich an, als käme ich aus der Irrenanstalt. »Was haben die?«

Ich verdrehte die Augen. »Du guckst entschieden zu wenig Fernsehen. Kein Wunder, dass du nicht weißt, was in der Welt passiert. Los Wochos – das Spezialangebot.«

»Ist ja schon gut.«

Jutta stellte sich an der Theke an, wo ganze Familien auf ihr Mittagessen warteten. Kinderwagen blockierten den Durchgang. Sommer. Urlaubszeit. Mittag. Offensichtlich die Formel für Hochbetrieb.

Nach einer Weile kam Jutta zurück und stellte ein Tablett auf den Tisch. »Also, ich hab mich mal gebildet«, sagte sie. »Das hier heißt Los Scharfos und das hier Los Kartofos.«

»Na bitte, geht doch. Du lernst schnell.«

»Sehr intelligent, dieses Vokabular.

»Mit der Intelligenz deiner Kurzlyrik kann ja eh keiner mithalten.«

Jutta machte ein Gesicht, als hätte sie Prosecco erwartet und Essig geschluckt. Ich aß gemütlich weiter. Nur nicht auffallen.

»Bist du sicher, dass dir niemand gefolgt ist?«, wollte ich wissen.

»Wie soll man da sicher sein?« Sie machte eine Bewegung, als würde sie etwas Unangenehmes abschütteln, dann sah sie mich ernst an. »Remi. Die sind jetzt wirklich im großen Stil hinter dir her. Die machen kurzen Prozess. Wie die mich da unten abgefangen haben ...«

»Erzähl.«

»Soll ich nicht doch Herrn Dr. Heimlich ... Ich meine, Beistand von einem Anwalt wäre sicher nicht das Schlechteste, und ...«

»Erzähl«, wiederholte ich.

»Also gut.« Sie senkte die Stimme. »Sie standen unten vor der Haustür, als ich gerade wieder wegwollte. Zwei Typen. Und als ich genau hinsah, war der eine Typ die Dorau. Dabei hatte ich sie ja schon gesehen, als wir gestern nach Hause kamen.«

»Sie hatten natürlich einen Beobachter in Zivil unten stehen. Dem bist du in die Falle gegangen. Als du in der Wohnung warst, hat er die Dorau angerufen.«

»So wird es gewesen sein.«

»Und dann?«

»Papiere kontrolliert. Mir den Durchsuchungsbeschluss gezeigt. Mit mir raufgefahren. Und ich musste sie halt reinlassen.«

»Und sie haben nicht gemerkt, dass ich vorher bei dir gewesen bin?«

»Sie haben zumindest nichts Beweisfähiges gefunden. Die Dorau dachte sich bestimmt was dabei, dass das Gästezimmer benutzt war, aber damit hatte sie immer noch keinen Beweis. Du kannst dir vorstellen, wie sauer sie war. Sie hat fest damit gerechnet, dass du dich in meinem Haus versteckt hast. Sie hat zwei Polizisten angebrüllt, die da wohl Schmiere standen. Wie bist du an denen denn vorbeigekommen? Oder hattest du nur Glück?«

Ich trank einen Schluck Cola. Das mexikanische Zeug war ziemlich scharf. Wie der Name schon sagte.

»Kein Glück. Berufsgeheimnis. Die Bullen sind wirklich gut organisiert. Sie werden bestimmt auch andere Leute checken, die ich kenne. Manni zum Beispiel. Falls die Polizei ihn kennt ...«

Jutta senkte den Blick auf das Chaos aus Pappverpackungen und verschmiertem Papier, das gerade auf meinem Tablett entstand.

»Auf mich sind sie jedenfalls durch was anderes gekommen.«

»Und was?«

Sie wischte sich die Finger ab, öffnete ihre Handtasche und holte ein Blatt Papier heraus. Es war die Kopie eines Schwarz-Weiß-Fotos, eingebaut in ein amtliches Formular. Diese Art von Aufnahmen kannte ich. Es war eines von den hübschen Porträts, die entstanden, wenn einen ein Starenkasten erwischte. Jutta war großartig zu erkennen. Sie starrte mit ernster Miene vor sich auf die Straße, die Hände um das Lenkrad des R4 gekrallt. Die runden Scheinwerfer des kleinen Franzosen leuchteten dienstbeflissen auf die Landstraße, und das vordere Nummernschild erstrahlte gut lesbar mit gestochen scharfen schwarzen Buchstaben.

»Das ist gestern Abend aufgenommen worden«, sagte sie. »Als ich auf dem Weg zu dir war, und zwar auf der Landstraße ganz in der Nähe von dem Feld, auf dem du dich versteckt hast. Am Rande des Neandertals. Auch darüber haben sie mich ausgequetscht. Sie wollten natürlich wissen, was ich mitten in der Nacht in der Gegend um Erkrath zu suchen hatte – genau zu der Zeit, in der mein Neffe dort auf der Flucht war.«

»Was hast du ihnen erzählt?«

Jutta grinste. »Die Nacht ist besser / als der Tag für ein Gedicht / und Nachtgedanken.«

Ich seufzte. »Jutta! Du hast mir was versprochen!«

»Aber du wolltest doch wissen, was ich gesagt habe. Ich habe behauptet, ich hätte Inspirationen für meine Haikus gesammelt. Als ich dann anfing, Frau Dorau einen Vortrag über japanische Lyrik zu halten, war sie gar nicht mehr so interessiert daran, was ich heute Nacht so getan habe.«

»Okay, da haben wir noch mal Glück gehabt.«

Juttas rotgeschminkte Lippen umrundeten den dicken Strohhalm und zuckten ein wenig, als sie saugte.

»Was hast du denn eigentlich gemacht?«, fragte sie dann. »Wo warst du?«

Ich berichtete, dass ich in Krügers Wohnung gewesen war. Und je weiter ich mit meiner Geschichte kam, desto größere Augen machte Jutta.

»Das war supergefährlich. Die hätten dich ganz leicht schnappen können.«

»Haben sie aber nicht.«

»Sie wissen jetzt, wo du warst. Und gebracht hat es auch nichts.«

»Da hast du allerdings recht. Aber es war den Versuch wert. Das heißt …«

Ich zog den Zettel aus der Tasche, den ich in Krügers Papierkorb gefunden hatte. »Was hältst du davon?«

Jutta betrachtete ihn ungläubig. »Du glaubst doch nicht im Ernst, dass das eine Spur ist?«

Ich verzog den Mund. »Hast du was Besseres? Hat eigentlich die Untersuchung meiner Wohnung irgendwas ergeben?«

Juttas Gesicht änderte sich plötzlich, als hätte jemand sie auf eine Bühne geschickt, um eine Rolle zu spielen. Sie lächelte, aber in ihrem Gesichtsausdruck schwang auch ein bisschen Überheblichkeit mit. Im Grunde erleichterte mich diese Veränderung. Denn ich wusste, dass Jutta eine Theorie hatte. Auch wenn sie wahrscheinlich aberwitzig war – es würde etwas sein, an dem wir weiterarbeiten konnten.

»Sag bloß, du hast eine Spur gefunden.«

»Ja und nein.«

»Mach's nicht so spannend.«

»Also zunächst mal: In deiner Bude herrscht das absolute Chaos. Ob das von den Einbrechern stammt, von der Polizei oder von dir selbst, war leider nicht zu ermitteln.«

»Klingt schon mal sehr nach Spur«, sagte ich ironisch. »Und weiter?«

»Direkte Einbruchsindizien habe ich keine gefunden. Es war nichts an der Tür kaputt. Aber ein Fenster stand sperrangelweit offen.«

Das Fenster, das ich gekippt hatte. Genau wie Krüger. Und das Fenster führte auf das Vordach eines anderen Gebäudes, und um da raufzukommen ...

»Deine Pistole war nicht im Schrank«, berichtete Jutta weiter. »Insofern hat der Täter sie wohl tatsächlich benutzt. Als ich das alles hinter mir hatte, wollte ich wieder gehen. Doch da fiel mir etwas ein.«

»Ach? Was denn?«

»Du hast immer gesagt, dass man sich als Erstes auf die Telefone konzentrieren soll, wenn man eine Wohnung durchsucht.«

»Na ja«, wandte ich ein. »Wenn man Informationen über den Bewohner braucht. Aber das ist ja in meinem Fall ...«

»Ist doch egal«, unterbrach sie mich. »Ich habe halt nur gedacht, ich höre mir die Nachricht von Herrn Krüger noch mal an.«

»Reine Zeitverschwendung. Die kenne ich doch schon.«

Mich traf ein beleidigter Blick. »Du schon, aber ich nicht. Vier Ohren hören mehr als zwei.«

»Und was gab es da zu hören? Die Nachricht, dass Krüger sich mit mir treffen wollte. Und?«

»Es hätte ja auch sein können, dass es noch eine zusätzliche Nachricht gibt. Es schadet doch nichts, dass ich den AB noch mal abgehört habe, oder?« Jutta klang jetzt ernsthaft empört. »Und als ich dann Krügers Nachricht noch mal hörte, ist mir eine Idee gekommen.«

»Da bin ich gespannt.«

»Krüger sagt ›Wir sollten uns heute Abend treffen‹.«

»Ich weiß.« Die Worte klangen mir immer noch in den Ohren.

»Findest du es nicht seltsam, dass das alles ist, was er sagt? Weder in dieser Nachricht noch später oder vorher hört man von ihm irgendwas anderes.«

»Bis auf die SMS-Nachrichten.«

»Die hat er aber nicht gesprochen. Und auf dem AB sagt er noch nicht mal ›Guten Tag‹ oder ›Hier ist Krüger‹ oder so was.«

»Weil ich von ihm vorher schon die SMS bekommen habe. Darin hat er mir angekündigt, dass auf dem Anrufbeantworter zu Hause eine Nachricht von ihm wartet. Worauf willst du eigentlich hinaus?«

»Remi, ich glaube, dass Krüger gar nicht dich angerufen hat.«

»Was?«

»Er hat die Worte gar nicht zu dir gesagt, verstehst du? Sondern zu jemand anderem.«

»Aber er war doch auf meinem …« Ich brach ab. Plötzlich fiel der Groschen, und ich verstand.

Jutta sprach weiter. »Der Täter sollte sich eigentlich mit Krüger treffen. Und der Täter hatte eine Nachricht von ihm auf dem AB. Eine Nachricht, die wahrscheinlich viel länger war. In der Krüger sein Gegenüber mit Namen anspricht und so weiter. Der Täter hat die Nachricht einfach geschnitten. Im Computer. Und dann hat er dich angerufen und sie abgespielt, als sich dein AB meldete. Ich hab das mehrmals überprüft. Wenn man genau hinhört, stellt man fest, dass Krügers Stimme ein bisschen dumpf klingt. Als wäre das Band abgespielt worden, während jemand den Hörer davorgehalten hat. Das spricht auch für meine Theorie.«

Ich vollzog innerlich nach, was Jutta sagte. Es klang vollkommen plausibel.

»Es war Teil der Falle«, fügte sie hinzu. »Der Täter dachte wohl,

Kurznachrichten von Krüger allein würden dich nicht überzeugen. Aber seine Stimme – das war schon was anderes.«

»Der Täter wusste, dass ich abends zu Hause sein würde«, ergänzte ich nachdenklich. Ich dachte an die Situation im Schwimmbad. Der angebliche Klient. Der Mann am anderen Ende hatte gefragt, ob ich abends zu Hause sei. Hatte er einen Namen genannt? Nein! Zumindest konnte ich mich nicht erinnern.

»Was ist?«, fragte Jutta, die mir beim Nachdenken zugesehen hatte.

»Ich glaube, ich habe mit dem Täter telefoniert.« Ich erklärte ihr, was mir durch den Kopf gegangen war. »Er hat abgecheckt, dass ich zu Hause bin und all die Nachrichten erhalte. Damit ich wirklich in die Falle gehe.«

»Zeig mir mal die Nachrichten«, sagte Jutta.

»Das bringt nichts.«

»Und was ist mit Krügers Telefon?«

»Weiß ich nicht. Das hat wohl die Polizei.«

»Ich meine nicht sein Handy, sondern sein Telefon zu Hause. Welche Nummern hat er zuletzt angerufen? Hat jemand auf seinen Anrufbeantworter gesprochen?«

»Was meinst du?«

»Na, du wirst doch in der Wohnung das Telefon überprüft haben?«

Ich seufzte. »Ich kam nicht mehr dazu. Ich musste verschwinden.« Ich unterdrückte den aufkeimenden Ärger über mich selbst. Ich wusste genau, dass ich Mist gebaut hatte, wollte es aber Jutta gegenüber nicht zugeben.

Wir schwiegen uns eine Weile nachdenklich an. Zwei Ruhepole in dem Trubel um uns herum.

»Wir brauchen einen Plan«, sagte ich. Oder dachte ich es nur? Auf jeden Fall wollte ich es sagen, aber plötzlich geschah etwas, das mir das Blut in den Adern gefrieren ließ.

Plärrendes Martinshorn! Ganz nah! Wo war das Blaulicht?

Ich bewegte mich so schnell, dass ich den Colabecher umriss und die restlichen Eiswürfel auf den Tisch schossen. Alle sahen zu uns hin. Das heißt, nicht zu uns, sondern zur Scheibe neben mir. Draußen tauchte wahrscheinlich jede Sekunde die Polizei auf.

Oder ich hatte Glück, und es war nur ein Notarztwagen. Oder die Feuerwehr.

Egal. Ich musste weg!

Warum war Jutta so entspannt? Warum tat sie nichts?

Mein Puls war auf hundertachtzig, die ganze bunte Burgerwelt mitsamt den bröckelnden Hausfassaden da draußen, dem Staub, der Hitze und alledem schien sich um mich zu drehen.

Ich wollte losrennen, doch ich war unfähig, vom Stuhl hochzukommen. Eine Lähmung. Es blieb mir nichts anderes übrig, als die vielen Augenpaare der Kinder und Familien auszuhalten, die auf uns starrten.

Jutta griff derweil seelenruhig in ihre Tasche. Die Polizeisirene wurde plötzlich noch lauter, doch dann drückte Jutta einen Knopf.

Meine Panik zerschmolz innerhalb eines halben Atemzugs in heiße Wut. Am liebsten hätte ich geschrien und auf den Tisch gehauen. Und vorher noch den Müll zur Seite gefegt.

Verdammte Handytöne! Früher hatte ein Telefon geklingelt, und fertig. Jeder hatte Bescheid gewusst, was los war.

Ich atmete tief durch. Mein Pulsschlag normalisierte sich langsam. Viel zu langsam.

Jutta hielt mir das Telefon hin.

»Für dich.«

»Lass mich in Ruhe«, keuchte ich.

»Nun geh schon ran.«

Ich verdrehte die Augen. Meine Hand zitterte noch, als ich das Handy nahm.

»Hallo?«

»Manni hier. Gut, dass ich dich erreiche.«

Ich versuchte, so entspannt wie möglich zu wirken.

»Na? Wie läuft's? Nettes Paar, die Kleiber und du. Es hat wohl gefunkt, was?«

»Moment … Woher weißt du das denn? Ich meine, es war natürlich abzusehen, aber …«

»Später«, sagte ich. »Was gibt's?«

»Die Sache mit dem Foto. Mir ist da was eingefallen.«

»Weißt du, wo es aufgenommen wurde?« Mein Schock von eben war vergessen. Meine Antennen wuchsen.

»Ich habe ja das Bild nicht gesehen, aber nach deiner Beschreibung …«

»Sag schon.«

»Es gab mal so ein Spielding nahe der B7, Richtung Mettmann. Es ist aber eine Weile her.«

»Bist du sicher?«

»So sicher, wie man nur sein kann, wenn man sich einigermaßen erinnert.«

»Das heißt, du bist da gewesen?«

»Das kann man wohl sagen.« Es klang wie eine unangenehme Erfahrung.

»Was könnte Krüger da gewollt haben?«, fragte ich so vor mich hin, obwohl sich eine Antwort aufdrängte. Er hatte wahrscheinlich Geld kassiert. Um bei der Polizei dafür zu sorgen, dass man in dem Laden ungestört von der Staatsmacht illegale Spiele betreiben konnte. Ich konnte es ja immer noch nicht glauben. Eigentlich passte das nicht zu Krüger.

»Da hat Glücksspiel stattgefunden«, sagte Manni. »Legales und illegales.«

»Sag mir, wo das ist. Sekunde.« Ich bat Jutta um einen Zettel und einen Stift und notierte, was Manni mir beschrieb.

»Das Ding hieß ›Nevada‹, glaube ich. Auf den Namen habe ich ehrlich gesagt nicht so genau geachtet.«

Das konnte ich mir vorstellen. Wie hießen denn Spielclubs schon? »Spielpalast« oder »Las Vegas«. Da war »Nevada« nicht weit. Lag das Spielerparadies nicht in diesem US-Staat?

»Wenn du den Chef triffst«, sagte Manni, »dann grüß ihn von mir.«

»Wie heißt er?«

»Keine Ahnung. Ich weiß nur eins: Ich hab zuletzt rund dreitausend Mark bei ihm verloren. Das muss noch im letzten Jahrtausend gewesen sein. Ich hoffe für ihn, dass er sie gut angelegt hat.«

Ich verabschiedete mich und schärfte Manni vorher noch ein, Frau Kleiber nicht aus den Augen zu lassen. Dann erklärte ich Jutta in kurzen Worten, was ich erfahren hatte.

»Immerhin«, sagte sie. »Ein kleiner Schritt.«

»Erpressung«, sagte ich. »Es geht auf jeden Fall um Erpressung.

Krüger hat Geld kassiert, um illegales Glücksspiel zu decken. Jemand ist auf Nummer sicher gegangen und hat ihn bei der Geldübergabe fotografiert. Jetzt, einige Zeit später, sollte Krüger wieder etwas für ihn tun, und er hat sich geweigert. Da hat der große Unbekannte das Foto ausgepackt, um ihn dranzukriegen.«

»Das Foto ist alt, hast du gesagt.«

»Und es gibt noch mehr, was an der Theorie nicht ganz passt. Es ist mir in den paar Minuten in Krügers Wohnung zwar nicht gelungen, seine finanzielle Situation zu überblicken, aber seine Bleibe wirkte nicht gerade wie die Wohnung eines Mannes, der von irgendwoher neben seinem Gehalt noch ständig Geld bezieht. Im Gegenteil.«

»Geld kann man schnell loswerden«, wandte Jutta ein. »Vielleicht war er selbst ein Spieler. Und hatte Schulden. Oder er hatte irgendwelche ausgefallenen Wünsche und erfüllte sie sich ...«

»Kann sein.«

»Was willst du jetzt machen?«

»Das Einzige, was mir bleibt: Ich rede mit diesem Nevada-Chef.«

Jutta zog die Augenbrauen hoch. »Das ist nicht dein Ernst.«

»Mein vollster.«

»Remi, das kannst du nicht machen! Wenn das alles stimmt, was wir annehmen, dann hängt der Typ da vielleicht mit drin. Er wird nicht begeistert sein, wenn du ihn daran erinnerst, dass bei ihm Korruption stattgefunden hat. Und wenn er sogar etwas mit dem Mord zu tun hat und du bei ihm auftauchst, dann gehst du exakt in die Falle, aus der du gerade entkommen bist.«

»Er kann keinen toten Remigius Rott gebrauchen. Er würde höchstens die Polizei anrufen.«

»Schlimm genug.«

Jutta biss auf ihren Lippen herum. Ein paar Sekunden vergingen. Als sie wieder ansetzte, um etwas zu sagen, ahnte ich, was kommen würde.

»Wir machen das gemeinsam«, sagte sie. »Ich werde den Herrn Glücksspieler mit meinem Charme betören ... Vielleicht erst mal inkognito hingehen und ein bisschen was setzen. Weißt du eigentlich, dass ich mal einen Volkshochschulkurs in Poker gemacht habe?«

»Schon wieder so eine Wissenslücke auf dem Gebiet der Television. Wenn du mal abends ein bisschen auf den privaten Programmen rumzappen würdest, dann wüsstest du, dass man Poker heute im Fernsehen lernt.«

»Bitte bleib bei der Sache. Ist doch egal, woher ich es kann, oder? Und eins ist sicher: Ich komme mit.«

»Ich bleibe bei der Sache, und du hast recht. Ja, es ist egal. Aber eins ist noch sicherer: Ich gehe allein.«

»Aber warum? Remi, ich habe keine Lust, rumzusitzen und mir Sorgen zu machen.«

»Aus genau diesem Grund. Ich brauche jemanden in der Hinterhand. Und außerdem ...«, ich tippte auf den Zettel, den ich aus Krügers Wohnung mitgebracht hatte, »ich brauche jemanden, der herausbekommt, was sich hinter diesen Wörtern verbirgt.«

Sie schob den Zettel von sich wie der Suppenkasper seinen Teller. »Das ist doch Quatsch! Du glaubst doch nicht im Ernst, dass das eine Spur ist. So ein paar zufällige Notizen! Die Spur führt in dieses Nevada oder wie das heißt. Und sonst nirgendwohin.«

Ich packte sie am Arm. »Jutta! Wir müssen allem nachgehen. Wir müssen alles nutzen, was wir haben. Aber keine Sorge, ich bereite mich auf den Besuch im Nevada vor. Ich fahre da nicht einfach so hin.«

»Und was willst du tun?«

»Mehrere Dinge. Das Erste können wir gleich hier nebenan erledigen. Komm mit. Wir haben keine Zeit zu verlieren.«

11

Wir verließen den Burgertempel durch den Ausgang Rommelspütt, und ich musste fast ins Rennen gekommen sein, denn ich hörte Juttas Stimme plötzlich hinter mir.

»He, Remi. Jetzt warte doch mal.«

Ich blieb stehen. Jutta holte auf.

»Wo willst du denn überhaupt hin?«

»Ein Stück die Gathe lang.«

»Und dann?«

»Infos sammeln.«

»Wieso denn gerade da?«

»Wirst du schon sehen.«

Am Karlsplatz hielt quietschend ein Bus an der Haltestelle. Die Drucklufttüren zischten, und ein Schwall von Fahrgästen kam heraus. Wir schwammen gegen den Strom. Ich sah mich in dem Trubel irritiert um. Hier musste es doch irgendwo gewesen sein …

»Also wo denn nun?«, rief Jutta.

Der Laden lag direkt neben der Apotheke, und auf den ersten Blick hätte man ihn für einen Kiosk halten können. Auf der Scheibe klebten bunte Poster mit langen Listen – die Schrift schreiend gelb, lila, blau oder grün unterlegt.

»Asia Tel.«, stand da und »Gobal Tel.« und »Voice of Arabia«.

Über der Tür begrüßte uns ein Schriftzug: »Weltweit günstig telefonieren.«

»Was wollen wir hier?«, zischte Jutta.

»Habe ich doch gesagt. Infos sammeln.«

»Willst du in Asien anrufen? Meinst du, in Peking hilft dir einer weiter?«

Ich trat durch die Glastür und stand sofort vor einem Tresen, an dem ein junger dunkelhäutiger Mann in einer Zeitschrift las. Hinter ihm reihten sich Batterien von Getränkeflaschen in einem Regal. Darüber, fast an der Decke, waren Uhren zu sehen. Sie zeigten die Zeiten von Marokko, der Türkei und Kamerun. Offensichtlich die Länder, aus denen hier die besten Kunden stammten. Menschen auf der Suche nach Kontakt in die Heimat.

Der junge Mann sah auf und lächelte, als er uns sah. Ich orderte einen Internetplatz, und wir verzogen uns in den hinteren Bereich des Ladens, wo ein Computer neben dem anderen stand – sauber und ordentlich mit dünnen Wänden voneinander getrennt.

»Das ist ein Internetcafé«, klärte ich Jutta auf.

»Das hätten wir auch bei mir zu Hause haben können.«

»Aber nur mit Polizeischutz. Hier vermutet uns keiner.«

Wir drängten uns zu zweit vor einen Rechner.

»Und was suchst du jetzt hier?«, fragte sie.

Ich reckte mich, um ein wenig Luft von dem Ventilator abzukriegen, der an der Decke gemütlich seine Kreise drehte.

»Du hast doch selbst gesagt, dass ich vorsichtig sein soll. Und da dachte ich, es wäre schlau, nachzusehen, ob irgendwas über diesen Spielclub Nevada in den Tiefen des Internets verborgen liegt. Die beste Vorsichtsmaßnahme ist immer noch, den Feind zu kennen.«

»Klingt überzeugend. Dann fang mal an mit dem Kennenlernen.«

Ich rief das Suchprogramm aller Suchprogramme auf und war erst mal so dämlich, nur das Wort »Nevada« einzugeben. Selbst als ich die Suche auf deutschsprachige Seiten begrenzte, waren es immer noch über anderthalb Millionen Treffer – angeführt von Reiseunternehmen.

»Nicht gerade professionell, was du da treibst«, mahnte Jutta. »Der Computer denkt, du wolltest nach Las Vegas fahren. Gib doch mal Nevada, Wuppertal und Spielcasino ein.«

Ich studierte den Zettel mit Mannis Wegbeschreibung. »So, wie ich das sehe, befindet sich der Club nicht auf Wuppertaler Stadtgebiet. Die B7 ist lang.«

»Man nennt sie nicht umsonst die Bergische Landstraße«, ließ mich Jutta wissen.

»Warst du schon mal da?«, fragte ich.

»Wo?«

»In Las Vegas.«

»Klar.«

Ich hatte es nicht anders erwartet.

»Schon dreimal. Beim ersten Mal habe ich achthundert Dollar gewonnen. Beim zweiten Mal neunhundert verloren.«

»Und beim dritten Mal?«

»Habe ich gar nicht gespielt. Dafür habe ich Jeff aus Oklahoma kennengelernt, der gerade zweitausend Dollar gewonnen hatte. Er wollte mich vom Fleck weg heiraten. Als ich ablehnte, hat er mich auf seine Farm eingeladen.«

War das nun unterm Strich ein guter oder ein schlechter Deal? Egal. Wir waren nicht hier, um über Reiseabenteuer zu quatschen.

»Ich hol mir was zu trinken«, sagte Jutta, stand auf und entschwand in Richtung Tresen.

»Bring mir was mit«, rief ich ihr nach. Dann lehnte ich mich wieder zurück, um meine heiß gelaufenen Gehirnzellen unter dem Propeller zu kühlen. Der Ventilator fächelte. Ich legte mir die Wörter zurecht und tippte sie in das Suchfenster.

»Nevada«. »Wuppertal«. »Ermittlungen«. »Korruption«.

Ich las Werbung über Sicherheitsdienste in Wuppertal und Umgebung. Es gab Links zu Meldungen über VW und Siemens. Ein Stück weiter tauchten auch noch Texte zum Wuppertaler Spendenskandal auf. Lang, lang war's her. Ich las das Datum 2002.

Sicher ganz interessant. Aber es war definitiv nicht das, wonach ich suchte. Das fand ich noch weiter unten.

Jutta kam zurück und drückte mir eine Plastikflasche Cola in die Hand.

»Wow«, sagte sie, nachdem sie auf den Bildschirm geblickt hatte. »Da steht tatsächlich was.«

»Sieht so aus. Aber entweder hat sich Manni geirrt, oder es ist doch die falsche Spur.«

»Wieso?«

Ich deutete auf den Bildschirm. »Hier geht's um einen Spielclub, der Nevada-King heißt. Nicht Nevada. Aber wahrscheinlich hat er sich nur nicht richtig erinnert. Gehen wir mal davon aus, dass er ihn meinte.«

Was ich herausfand, war immerhin ein Ansatz. Und die Informationen zeigten, dass Manni mit seiner Einschätzung, welches Spielcasino auf dem Foto zu sehen war, wahrscheinlich richtig gelegen hatte.

1999 hatte es in Wuppertal Ermittlungen gegen mehrere Mitarbeiter der Polizei wegen Bestechung gegeben. Die Kripoleute hatten sich in die Machtkämpfe der Spielcasino-Betreiber hineinziehen lassen. Ich fand eine Seite, auf der alte Zeitungsmeldungen zitiert wurden. Die Website gehörte zum BKA. Sie behandelte das illegale Geben und Nehmen zwischen Polizei und Spielkönigen generell.

Es lief nach einem simplen Schema ab: Ein Glücksspielchef bezahlte die Beamten, damit sie wegen seiner verbotenen Spielchen ein Auge zudrückten. Parallel dazu schickte er eigene Leute inkognito zu solchen Spielchen bei der Konkurrenz. Sie tauchten dann am nächsten Tag bei den geschmierten Polizisten als Zeugen auf und baten, gegen den Betrieb vorzugehen. Was die Polizisten dann als gute Wächter von Recht und Ordnung wohl oder übel tun mussten. Sie sorgten dafür, dass der Laden geschlossen wurde, und der Glücksspielchef sah sich einem Konkurrenten weniger gegenüber. Ganz ohne körperliche Gewalt oder andere unappetitliche Dinge.

Und mitten im Visier der Ermittler stand ein Spielclub namens Nevada-King.

Glücksspiel, dachte ich.

Dieses Wort war mir kürzlich schon mal begegnet. Aber wo?

Als ich gestern in Hochdahl auf dem Parkplatz auf Krüger wartete, hatte ich direkt neben einem Casino gestanden. Zufall. Und die Telefonzelle hier gegenüber an der Einmündung Paradestraße befand sich gleich neben einem ähnlichen Etablissement, das sogar Las Vegas hieß. Noch ein Zufall.

Ob sich schon mal jemand die Mühe gemacht hatte, all diese Groschengräber zu zählen, die sich allein an der Straße von Elberfeld nach Barmen drängten?

Glücksspiel, Glücksspiel, Glücksspiel ...

Das hatte ich doch gelesen. Heute! Aber wo? Ich kam nicht drauf.

Mir fiel auf, dass ein Journalist mit Namen Roland Zech als Autor einiger Artikel angegeben war. Die Namen der Polizisten, die in die Sache verwickelt gewesen waren, wurden nicht genannt.

Ich nahm einen Schluck von meiner Cola, die ich vor lauter Arbeitseifer noch nicht angerührt hatte. Sie war schon ein bisschen warm geworden.

»Glücksspiel«, sagte Jutta. »Das gibt's doch überall.«

»Klar. Aber es geht um *illegales* Glücksspiel.«

»Worin besteht der Unterschied?«

»Ich bin kein Jurist, aber der Unterschied besteht vor allem darin, dass der Staat beim illegalen Glücksspiel nicht die Hand aufhalten kann. Dass es ohne seine Aufsicht geschieht.«

»Eine Steuerfrage? Ich verstehe.«

Das konnte sich Jutta vorstellen. Bei jeder sich bietenden Gelegenheit schimpfte sie über den Fiskus und die überzogenen Abgaben, die ständig von ihrem Vermögen verschwanden – während es auf der anderen Seite natürlich immer noch wuchs. Nur nicht schnell genug. Ihrer Meinung nach.

»Gib mir bitte mal dein Handy«, sagte ich. »Ich will meins nicht so gerne einschalten.«

Jutta reichte mir schweigend das Telefon.

Vom Impressum der Website las ich die Telefonnummer der Zeitung ab, für die Roland Zech schrieb. Ich tippte sie ins Display. Als sich die Vermittlung meldete, fragte ich mich in die Redaktion durch.

»Kaltenbroich, Lokalredaktion.«

»Ja, guten Tag, Meyer hier. Eine Frage. Kann ich bei Ihnen Herrn Zech erreichen?«

»Zech? Kenne ich nicht.«

Ich erklärte, dass Herr Zech 1999 für die Zeitung geschrieben hatte.

»Vor fast zehn Jahren!«, rief Kaltenbroich. »Da war ich noch gar nicht hier.«

»Das heißt, Herr Zech arbeitet nicht mehr bei Ihnen?«

»Nicht dass ich wüsste.«

»Das ist aber schade. Ich habe eine wichtige Frage wegen eines Artikels, den er geschrieben hat.«

»Warten Sie bitte einen Moment, ich frag mal einen älteren Kollegen.«

Warteschleife. Elektronisches Gedudel. Eine ganze Weile.

»Sind Sie noch dran? Ich gebe Sie an die Personalabteilung. Die können Ihnen vielleicht was sagen.«

Ich bedankte mich und nutzte die Zeit, um Roland Zech zu googeln. Über 70.000 Einträge. Juristen, Ärzte, ein Briefmarkenhandel. Es meldete sich immer noch keiner, und ich versuchte es mit dem elektronischen Telefonbuch. Immerhin nur zweiundzwanzig Funde. Verteilt über ganz Deutschland. Bei einigen war kein Ort angegeben.

»Meyer. Personalabteilung.« Diesmal eine Frau.

Ich tat erfreut. »Oh, hier auch Meyer. Na ja, das kommt ja öfter vor.«

»Allerdings.« Die Stimme blieb distanziert.

»Auch mit e und y?«

Sie schwieg. Ich trug meine Bitte vor.

»Herr Zech ist seit Jahren nicht mehr bei uns beschäftigt.«

»Können Sie mir sagen, wo er wohnt?«

»Warum wollen Sie das denn wissen? Eigentlich dürfen wir darüber keine Auskunft geben.«

»Ich habe einen Artikel von ihm gelesen, zu dem ich noch ein paar Fragen hätte. Könnten Sie mir nicht wenigstens sagen, wo er wohnte, als er noch bei Ihnen gearbeitet hat?«

»Tut mir leid, das ist unmöglich.« Beim letzten Wort trennte sie zickig die Silben.

»Also gut.« Ich tat, als würde ich aufgeben. »Würden Sie mich bitte noch mal an die Redaktion zurückstellen?«

Zehn Sekunden später hatte ich wieder den jungen Kollegen am Draht. »Danke noch mal für Ihre Hilfe«, sagte ich leutselig. »Ich hätte noch eine Frage. Können Sie mir sagen, wo Herr Zech zuletzt gewohnt hat?«

»Hm – warum wollen Sie das denn wissen?«

»Ich weiß, Sie dürfen mir das nicht sagen. Aber ich muss mich bei Herrn Zech unbedingt melden. Es ist sehr wichtig.«

»Warum?«

Als ich mit Frau Meyer telefonierte, war mir eine Idee gekommen. Vielleicht biss der Journalist an.

»In dem Artikel von damals ging es um einen Wuppertaler Notar, der nach einer Testamentseröffnung jemanden mit Namen Klaus Meyer suchte. Meyer mit e und y. Er hat ihn aber nicht gefunden, weil es in Deutschland so viele Leute mit dem Namen gibt. Abgesehen von denen, die das Land verlassen haben. Nun sollten sich damals alle Klaus Meyers bei der Zeitung melden. Soviel ich weiß, ist aber der Richtige nie gefunden worden. Und es geht um ein Riesenerbe.«

Meine Güte, was einem ein paar angenehme Luftbewegungen eines Ventilators bei dieser Hitze so an Ideen eingeben konnten!

»Wollen Sie damit sagen, dass Sie der richtige Meyer sein könnten?«

»Warum nicht? Jedenfalls heiße ich so, und es würde mich einfach mal interessieren, was aus der Sache geworden ist.«

»Klingt spannend. Und jetzt wollen Sie zu Herrn Zech gehen und mit ihm darüber sprechen?«

»Ich dachte, das wäre der richtige Weg.«

»Hören Sie, Herr Zech ist entweder im Ruhestand oder er arbeitet für eine andere Zeitung. Sie sollten lieber zu uns kommen. Wir unterhalten uns, und dann machen wir vielleicht eine schöne Story daraus.«

Sommerloch, dachte ich. Der junge Journalist war nicht auf den Kopf gefallen.

»Wunderbar!« Ich bemühte mich, so erfreut wie möglich zu klingen. »Wann kann ich kommen?«

Voller Begeisterung machte Herr Kaltenbroich mit mir einen Termin für morgen aus. »In der Zwischenzeit kümmere ich mich um alles«, sagte er. »Ich hole mal das Material aus dem Archiv. Das wird vielleicht ein Riesenknüller. Sollte der Klaus Meyer, den wir damals gesucht haben, doch schon gefunden sein, können wir ja morgen darüber sprechen.«

Ich gab ihm eine Fantasietelefonnummer, und als er sich verabschieden wollte, holte ich zum letzten Schlag aus.

»Trotzdem ... ich meine ...« Ich druckste absichtlich ein bisschen herum.

»Was gibt es noch, Herr Meyer?«

»Die Höflichkeit gebietet es mir, mich bei Herrn Zech zu bedanken.«

»Klar, das verstehe ich.«

»Können Sie wirklich nicht herausbekommen, wo er jetzt wohnt?«

»Moment, ich frage noch mal den älteren Kollegen. Er hat eben telefoniert, aber jetzt ist er frei.«

Ich wartete einen Moment.

»Ratingen«, sagte er dann. »Herr Zech hat in Ratingen gewohnt. Jedenfalls damals. Wo er heute steckt, kann ich Ihnen nicht sagen. Bis morgen.«

Ich legte auf und fasste den Computerbildschirm ins Visier. Langsam rollte ich die Liste abwärts. Es gab einen Roland Zech in Ratingen.

Ich wählte, und es tutete ewig. Schließlich meldete sich ein Mann. Er klang, als hätte ich ihn gerade aus dem Bett geholt.

»Sind Sie der Journalist Roland Zech?«, fragte ich.

»Wer spricht da?«

Ich zögerte einen Moment. Aber dann kam ich zu dem Schluss, dass ich Zech ohnehin reinen Wein einschenken musste.

»Mein Name ist Rott«, sagte ich.

»Und worum geht's?«

»Ich habe einen Artikel von Ihnen im Internet gefunden und habe ein paar Fragen dazu.«

»Welchen Artikel?«

Ich erklärte ihm, worum es ging.

»Die alte Bestechungsgeschichte? Was wollen Sie denn wissen?«

Ich kratzte mich am Kopf. Jetzt musste ich schon wieder etwas erfinden.

»Ich habe den Eindruck, das Ganze hat etwas mit meiner Familie zu tun«, behauptete ich einfach. »Aber das würde jetzt am Telefon zu weit führen.«

Eigentlich hatte ich erwartet, dass Zech darauf ansprang und wie sein Kollege eine Story witterte. Aber es kam keine Rückfrage.

»Ich kann Ihnen nicht versprechen, dass ich mich noch an Details erinnere.«

»Es wäre sehr freundlich, wenn ich Sie trotzdem persönlich treffen könnte.«

Er gab einen schnaufenden Laut von sich. »Von mir aus. Besuchen Sie mich. Ich habe nicht viel zu tun, wissen Sie.« Eine gewisse Bitterkeit war nicht zu überhören. Wahrscheinlich versauerte der Mann tatsächlich im Ruhestand, wie Kaltenbroich angenommen hatte.

Er gab mir seine Adresse, und ich sagte, dass ich am Spätnachmittag vorbeikommen würde. Meine Armbanduhr zeigte kurz nach halb drei.

»Es kann auch Abend werden«, sagte Zech. »Ich habe Zeit.« Damit verabschiedeten wir uns.

Ich gab Jutta das Handy zurück.

»Das war ja ein Ritt über den Bodensee«, sagte sie. »Aber du kommst voran. Das ist doch was.«

Ich nickte und atmete tief durch. Jetzt lag noch eine besonders schwierige Aufgabe vor mir. Ich sah Jutta an und suchte nach Worten. Lange.

Endlich fand ich die richtige Formulierung, um meine Bitte vorzutragen. Ich kam mir vor wie ein Staatschef, der auf den roten Knopf drückt, um die geballte Macht von hundert Atomraketen auf die Welt loszulassen. War die Maschinerie einmal in Gang, konnte man sie nicht mehr aufhalten.

Die wohlüberlegten Worte hatten meinen Mund verlassen, und ich sah Jutta aufmerksam an.

12

»Geld?«, rief Jutta. »Du willst Geld?« Ihre Nase wurde spitz, und ihr Mund kräuselte sich.

»Doch nur geliehen. Meine Bankkarte ist in meiner Wohnung. Was soll ich machen?«

Sie sah mich lange an.

»Verschwinden wir erst mal von hier«, sagte sie.

Ich kramte den Betrag hervor, den unsere Reise durch das Internet gekostet hatte, und legte ihn auf den Tresen.

Draußen schlug uns das Getöse des Verkehrs entgegen. Wieder fauchte ein Bus und spuckte Passanten aus. Es wäre besser gewesen, wir hätten uns weiter in dem Internetladen unterhalten. Aber wenn Jutta es so wollte …

»So viel, wie ich brauche, habe ich nicht dabei. Nun spring schon über deinen Schatten.«

»Remi, du weißt, dass ich der Auffassung bin, dass jeder sein Geld selbst verdienen soll.«

»Ich verdiene es ja. So gut ich kann.«

»Das heißt, du hast die Summe, die ich dir geben soll, auf dem Konto?«

Ich war nicht ganz sicher, aber es war mir auch egal.

»Ich denke, du könntest mir den Gefallen ruhig tun.«

Jutta sah zu Boden und schüttelte den Kopf.

»Was ist nun?«, rief ich, aber sie schwieg.

Es war wirklich unfassbar! Wenn es um Geld ging, konnte sie so was von stur sein. Dabei war sie zu ihrem Reichtum noch nicht mal durch eigene Arbeit gekommen. Als ich nach dem Tod meiner Eltern zu ihr kam, jobbte Jutta in Kneipen und als Sekretärin, bis sie dann irgendwann ihren Mann kennenlernte – vermögend, beamtet und hochangesehen. Ein paar Monate nach der Hochzeit starb er, und Jutta war reich. So einfach war das. Und jetzt wollte sie mir noch nicht mal fünfhundert Euro leihen.

»Fünfhundert Euro. Ich verstehe nicht, wofür du diese Riesensumme brauchst.«

Riesensumme! Jutta hatte pro Monat mehr als das Zehnfache zur freien Verfügung.

Sie schlug den Weg in die Innenstadt ein. Wahrscheinlich hatte sie dort irgendwo geparkt und ging jetzt zu ihrem Auto zurück.

Ich sah mich verstohlen nach Bullen um. »Ich muss noch ein paar Vorbereitungen treffen. Wie gesagt, du kriegst das Geld ja zurück. Meine Geschäfte gehen ganz gut.«

»Das wäre ja das erste Mal.«

Wir hatten den Jubiläumsbrunnen erreicht, und ich blieb stehen. Mir war klar, dass es ziemlich ungünstig war, sich in meiner Situation in der Öffentlichkeit herumzustreiten, aber mir platzte einfach der Kragen.

»Dann lass es eben!«, schrie ich. »Dann leih ich mir das Geld halt woanders.«

»Jetzt mach hier nicht so einen Aufstand.«

»Und wenn schon. Wenn du mir das Geld nicht gibst, kann ich sowieso einpacken.«

»Komm schon.« Sie nahm mich am Arm und schleppte mich weiter.

»Dein Auto musst du mir auch leihen«, sagte ich. »Meinen Golf hat die Polizei wahrscheinlich beschlagnahmt. Oder er steht noch im Neandertal, und sie passen genau auf, ob ich ihn hole.«

»Glaubst du nicht, die Polizei hat meinen R4 auch im Visier?«

»Immer noch besser als das Auto des Verdächtigen. Sag mal, wo gehen wir eigentlich hin?«

Sie sah mich an. »Du willst doch Geld haben, oder nicht? Wir gehen zum Geldautomaten.«

»Und wo ist der? Da hinten an der Gathe wäre eine Deutsche Bank gewesen.«

»Weiß ich. Du hast deine Karte nicht dabei, und ich habe nur die von der Stadtsparkasse. Wir müssen zum Döppersberg. Der Automat ist gleich an der Schwebebahnstation.«

Ich folgte ihr weiter durch das sommerliche Stadtgewühl, und in meinem Magen breitete sich ein unangenehmes Gefühl aus. Döppersberg. Ich hatte so eine Vorahnung. Döppersberg war im Moment keine gute Adresse für mich. Aber warum eigentlich?

Als wir um die letzte Ecke bogen, kam mir die Erkenntnis. Ich erstarrte wie das Kaninchen vor der Schlange.

»Was ist los?«, fragte Jutta.

»Direkt neben der Bank ist ein Polizeirevier.«

Jutta sah hinüber und betrachtete das Polizeischild neben der Bankfiliale.

»Dann warte hier. Es dauert ja nicht lange.«

»Ich gehe durch die Schwebebahnstation auf die andere Seite. Da treffen wir uns.«

Jutta nickte und entschwand in Richtung Sparkasse. Ich begann zu schlendern. Gemütlich näherte ich mich der Haltestelle. Oben kam die Trasse der Schwebebahn aus dem Gebäude. Ich tat, als hätte ich so was noch nie gesehen, und hob den Blick. Nach ein paar Sekunden quetschte ich mich an dem Volk, das die Treppen besetzte, vorbei durch die Tür und durchquerte die Passage. Auf der anderen Seite erreichte ich ein Restaurant, in dem Falafel und Wasserpfeife angeboten wurden.

Falafel-King, las ich.

Nevada-King, Falafel-King.

Für den King hielt sich wohl jeder.

Dann war ich so eine Art Schnüffler-King. Eine nette Idee für ein Firmenlogo neben meiner Klingel ...

Mein Ziel war der breite Austritt mit Blick über die Wupper. Ich lehnte mich an das Geländer. Hoffentlich erkannte mich niemand. Ich stellte mir vor, wie es wäre, wenn jemand eine Hand auf meine Schulter legen und eine Stimme sagen würde: »Sind Sie Remigius Rott? Kommen Sie bitte mit.«

Solange du in die Wupper starrst, bist du sicher, redete ich mir ein. Und so betrachtete ich das Wasser, das breit, aber flach dahinfloss, und ließ meinen Blick eine Weile auf den grünlichen Pfeilern ruhen, die die Trasse trugen wie Beine einen Tausendfüßler.

Die Pfeiler waren durchnummeriert, die Zahlen mit schwarzer Farbe gut sichtbar aufgemalt. Ich blickte gerade auf den Pfeiler 247. Oben in der Kaiserstraße, wo die Schwebebahn nicht mehr dem Fluss, sondern der Straße folgte, sodass man von der Bahn aus den Menschen in die Fenster schauen konnte, stand der Pfeiler 37 – und direkt daneben eine Kneipe, die nach ihm benannt war.

Und in diesem Moment fiel mir ein, wo ich das Wort Glücksspiel heute gelesen hatte.

In Krügers Wohnung. Ich hatte den Lebenslauf des Hauptkommissars in der Hand gehabt. Und dort stand geschrieben, dass Krüger vor seiner Zeit in der Mordkommission in einem anderen Dezernat gewesen war.

Im KK 33.

Dem Glücksspieldezernat.

»Fertig«, sagte Jutta hinter mir. »Alles erledigt.«

Ich tauchte aus meinen Gedanken auf und sah sie an.

»Was ist los?«, fragte sie. Ihr Blick war besorgt.

Ich schüttelte nur den Kopf.

»Bist du sicher, dass ich dich allein losziehen lassen kann?«

»Es bleibt uns nichts anderes übrig.«

In diesem Moment sah ich Jutta an, dass sie verstanden hatte. All die Spielchen, das Gerangel um das Geld, war nun Vergangenheit.

Sie hielt mir ein Bündel Scheine hin.

»Und hier ist der Autoschlüssel.«

Ich nahm ihn und steckte ihn in die Hosentasche.

»Ehrlich gesagt, wüsste ich schon gerne, was du vorhast.«

»Zech besuchen. Mir das Nevada-King ansehen. Der Dorau ausweichen, so gut es geht.«

»Wieso brauchst du dafür so viel Geld?«

»Kannst du dir das nicht denken?«

13

Der Schalthebel ragte direkt neben dem Handschuhfach aus der Armatur in die Fahrerkabine. Und die Stange verlief waagerecht. Wenn man vom einen Gang in den anderen schalten wollte, musste man eine Bewegung machen, als würde man Holz sägen und gleichzeitig eine Schraube festziehen. Revolverschaltung nannte man das.

Der kleine Rote brummte vor sich hin, und die Tonhöhe kletterte ein Stück nach oben, als ich hinter dem Kiesbergtunnel schaltete und Gas gab. Am Berg ging ihm doch recht schnell die Puste aus.

Ich atmete den vom Rauch von Millionen starker Zigaretten geschwängerten Mief ein, der in den alten Sitzen hing. Gauloises, dachte ich. Oder Gitanes. Die legendären Marken, deren Genuss in meiner Jugend zu einem Zustand geführt hatte, den man heute als cool bezeichnete.

Natürlich hatte der Wagen keine Klimaanlage. Wozu auch? Man konnte die Seitenfenster aufschieben – nicht etwa runterkurbeln wie bei anderen Fahrzeugen ohne elektrischen Fensterheber. Ein warmer Luftzug wie aus einem Föhn traf meinen linken Arm.

Zum Glück lag mein nächstes Ziel fast auf dem Weg zu Zech. Ich musste vorher nur einen kleinen Schlenker über Hilden in Kauf nehmen.

Ich hatte immer noch nicht gewagt, mein Handy einzuschalten – aus Angst, die Polizei könnte mich orten. Diese modernen Technologien wuchsen einem rasant über den Kopf. Und irgendwie war ich zu doof, sie für meine Zwecke auszunutzen. Es wäre doch cool, wenn ich selbst, Privatschnüffler Rott, überwachen konnte, wo sich jemand mit einer bestimmten Handynummer aufhielt.

Andererseits ... Ob mich das irgendwann mal vollkommen arbeitslos machen würde?

Ich fuhr an der Abfahrt Erkrath ab. Erst ging es ein Stück durch den Wald, dann hielt ich mich Richtung Westring. Auf der rechten

Seite lag ein Bauernhof. Ein Schild verhieß frische Milch. Von links hielten riesige Gebäudewürfel die Idylle im Blick. Wenn man dort oben wohnte, hatte man wahrscheinlich eine prächtige Aussicht auf die Autobahn.

Hinter dem Ortsschild Hilden säumte eine abzweigende Straße den Stadtrand. Ich bog ab und hielt zwischen parkenden Autos. Ich fragte mich, ob Rosa zu Hause war. Ob sie überhaupt noch lebte. Es war sicher besser, sich anzukündigen. Wenn heute fremde Leute in ihrem Haus wohnten und ich plötzlich vor der Tür erschien, war das zu gefährlich.

Ich musste kurz das Handy einschalten.

Das Display leuchtete auf und verlangte nach dem PIN. Ich tippte, und das Gerät fuhr hoch.

Ich wusste Rosas Nummer nicht. Sie steckte in meinem Bürocomputer in der Adressdatei. Es blieb mir nur, die Auskunft anzurufen. Oder doch einfach hinfahren? War sowieso wahrscheinlich das Beste. Wenn ihr Name nicht an der Tür stand, ging ich wieder.

Während ich noch dasaß und überlegte, begann das Telefon in meiner Hand zu vibrieren, und Abba legte mit »Waterloo« los.

Ein Schwall von eiskaltem Wasser hätte keine erschreckendere Wirkung haben können.

Ich sah auf das Display.

Nummer unterdrückt.

Ich hatte einen Fehler gemacht. Ich hatte mich von Jutta verabschiedet, ohne mit ihr zu vereinbaren, wann und wie wir in Verbindung blieben. Ich hatte einfach gesagt, dass ich mich irgendwann melden würde. Aber was war, wenn sie mich erreichen wollte? Wenn in der Zwischenzeit irgendetwas passierte, das sie mir unbedingt mitteilen musste?

Abba plärrte weiter.

Jutta hätte ihre Nummer nicht unterdrückt, dachte ich.

Ich drückte den grünen Knopf und hielt mir das Handy ans Ohr. Notfalls würde ich sofort auflegen.

»Hallo?«

Stille in der Leitung.

»Hallo? Wer ist denn da?«

Ich wartete, während ich zusah, wie einige Wagen auf dem Weg in die Siedlung an mir vorbeifuhren. Der Pendlerverkehr setzte wohl langsam ein.

»Ist da Rott?«, fragte eine Stimme. Sie klang wie durch Watte. Der uralte Trick, durch ein Taschentuch zu sprechen, um sich zu verstellen.

»Ja, hier ist Rott.«

Wieder machte der Anrufer eine Pause.

»Ich gebe dir einen guten Rat, Rott«, sagte er schließlich. »Stell dich der Polizei.«

»Warum sollte ich das tun?«

»Weil du keine Chance hast.«

Ich kannte die Stimme. Es war der Mann, der mich im Schwimmbad angerufen hatte.

Das war erst einen Tag her. Mir kam es vor, als seien mittlerweile Wochen vergangen.

In der Leitung war es wieder still. Dann begann es zu tuten. Der Unbekannte hatte aufgelegt.

Ein paar Minuten später rollte ich durch eine Straße mit rötlich verklinkerten Reihenhäusern. Mit Fenstern, an denen die Gardinen gerade hingen. Wo Topfpflanzen hinter den Scheiben standen, die so aussahen, als hätte man sie in ein Terrarium gesperrt. Man hörte förmlich, wie sie um Hilfe schrien: Lasst uns raus!

Ich stellte den R4 ordentlich auf einem weiß umrahmten Feld ab und legte zu Fuß die letzten Meter zu dem Haus zurück, in dem Rosa hoffentlich immer noch wohnte. Ich erklomm eine Betontreppe bis zu einer Eingangstür aus gelblich getöntem geriffeltem Glas. Es erinnerte an erstarrten Rotz.

Neben der Tür hing ein blaues Tonschild mit eingravierten, goldfarben ausgemalten Buchstaben.

»ROSA WALSCHEWSKY – KLAVIERPÄDAGOGIN«.

Ich lauschte. Aus dem Inneren des Hauses drang zögerliches Geklimper. Rosa gab Unterricht. Also war sie zu Hause.

Ich klingelte. Hoffentlich öffnet sie überhaupt, wenn sie gerade Stunden gibt, dachte ich. Notfalls musste ich Sturm klingeln.

Ich wollte gerade noch mal drücken, da ging die Tür ein Stück weit auf und Rosa steckte ihren Kopf heraus.

Es war eine Weile her, dass ich sie das letzte Mal gesehen hatte, aber sie hatte sich so wenig verändert wie eine Schaufensterpuppe. Obwohl sie mindestens fünfundsiebzig sein musste, wies ihr Gesicht kaum Falten auf. Ihr dichtes schwarzes Haar war mit Farbe und Haarfestiger quasi in ewiger dunkler Erstarrung mumifiziert. Sie hatte dieselben Schleifen im Haar wie bei unserer letzten Begegnung, und auch das weiße Taftkleid, in dem sie wirkte wie eine gespenstisch überalterte Braut, hatte ich schon vor zehn Jahren an ihr gesehen.

»Ich unterrichte gerade«, sagte sie, ohne mich zu begrüßen. Man wusste nie, ob sie einen nicht erkannte oder nicht erkennen wollte. Oder ob man das Kennwort sagen musste, damit sie einen erkannte.

Ich gab mir Mühe, bei der Aussprache nicht zu stolpern.

»Passacaglia«, sagte ich.

Ihr Gesichtsausdruck änderte sich nicht, aber sie öffnete wenigstens die Tür.

»Es geht gerade nicht«, sagte sie. Das »ch« bewältigte sie nicht ohne rauen Akzent. »Wie gesagt, ich habe einen Schüler.«

Die geöffnete Tür gab den Blick ins Haus frei. Über den Flur ging es hinten ins Wohnzimmer, aus dem immer noch Geklimper drang. Der Eleve hatte sich wohl an einer Stelle festgebissen und wiederholte sie hartnäckig. Das Ergebnis erinnerte mich an das Bild eines Hamsters in seinem Rad.

»Rosa, es ist sehr dringend«, sagte ich. »Wirklich.«

Sie nickte. »Schon gut. Ist es immer. Geh in den Keller. Ich komme gleich nach.«

Die Tür ging so weit auf, dass ich das Haus betreten konnte. Direkt vom Flur zweigte die Kellertreppe ab. Eng und niedrig. Ich zog den Kopf ein und erreichte einen Raum mit Putzeimern, Wasserleitungen und Vorräten.

»Üb weiter, Sascha«, sagte Rosas Stimme über mir. »Ich bin gleich wieder da.«

Das ausladende Kleid schleifte an der grob verputzten Wand, als Rosa die Treppe herunterkam. Dann stand sie vor mir. Im Licht der einzigen Funzel hier unten wirkte sie wie eine Figur aus einem Schauerroman. Spontan fielen mir Titel ein. »Die Kellerbraut«. »Das Grab der weißen Frau«. »Die Virtuosin aus der Gruft«.

»Komm mit.« Sie raschelte vor mir her, und ich folgte ihr einen Gang entlang. Ich versuchte, mich an meinen letzten Besuch zu erinnern. Mir kam es so vor, als seien wir damals nicht hier im Keller, sondern im Garten gewesen. Richtig, sie hatte mich zu einem Gartenhäuschen geführt …

»Hast du umgeräumt?«, fragte ich.

»Muss ab und zu sein. Es war viel Arbeit. Ich musste alles in der Nacht hier reinschaffen. Ach, wenn Gregor doch noch hier wäre …«

Wir blieben stehen, und sie öffnete eine Tür. Von oben tropften die Klaviertöne herunter. Zart und leise.

Gregor. Den hatte sie damals schon erwähnt. Und ich hatte zu dem Zeitpunkt nicht gewusst, was das zu bedeuten hatte. Erst später hatte mir jemand die Geschichte erzählt.

Gregor, dessen Nachnamen niemand kannte, war Russe. Professor an irgendeiner Musikakademie. Er war angeblich Rosas Lehrer gewesen. Und sie seine Meisterschülerin. Als er in den Westen kam, versuchte er, Arbeit zu finden, und das gelang ihm wie Rosa heute mit privaten Klavierstunden. Nach und nach bekam die Polizei heraus, dass das nicht seine einzige Einnahmequelle war.

Gregor betrieb nebenbei einen lukrativen Handel. Die Polizei ermittelte und wollte ihm mit hieb- und stichfesten Beweisen auf die Pelle rücken. Als sie vor seiner Tür standen, um ihn festzunehmen, konnte er die Beamten gerade noch in die Wohnung lassen. Zwei Minuten später sackte er zusammen. Herzinfarkt.

Er starb, und die Beamten fanden in der Wohnung nichts, was ihn in irgendeiner Form hätte belasten können.

Sein ganzes Lager befand sich längst bei Rosa.

Sie stellte sich breitbeinig hin, was in ihrem weißen Kleid etwas seltsam aussah, und riss den Deckel einer Holzkiste nach oben. Rosas Bizeps war kräftig, fast männlich.

In der Kiste wurde eine grobe graue Wolldecke sichtbar. Rosa zog sie beiseite, und ich blickte auf matten Stahl.

»Hast du einen besonderen Wunsch?« Sie richtete sich auf wie ein Gewichtheber, der seine Stange abgelegt hat. »Was hattest du vorher?«

Die Waffe, mit der Krüger erschossen worden war, hatte ich natürlich nicht hier gekauft.

»Am liebsten wäre mir eine Beretta.«

»Habe ich leider nicht.«

Über uns kreiste die Klaviermelodie. Sie war geradezu aufgeladen von der Verbissenheit, mit der der Junge namens Sascha übte.

Es war immer dieselbe Tonfolge, nur drei, vier Noten. Ich stellte mir vor, wie die kleinen Finger auf den Tasten in Endlosschleife eine bestimmte Bewegung machten. Wie lange würde das so gehen? Bis Blut kam?

Ein Glück, dass meine Eltern mich nicht gezwungen hatten, ein Musikinstrument zu lernen. Dabei hatte es durchaus Musik gegeben bei uns zu Hause. Am Wochenende wurde immer das geguckt, was man heute »Musikantenstadl« oder »Lustige Musikanten« nannte. Damals hieß es »Zum blauen Bock«. Außerdem spielte mein Vater, schwergewichtiger Polizist im Innendienst, im Polizeiorchester Tuba. Wenn er übte, klirrten im Küchenschrank die Gläser.

»Was ist nun?«, fragte Rosa.

Ich ließ meinen Blick über die Waffen gleiten und griff nach einer P1. Eine Bundeswehrpistole. Neun Schuss gingen in das Magazin. Ich wog das Schießeisen in der Hand.

»Die wäre in Ordnung.« Ich zog das Magazin heraus. Leer.

»Ich bräuchte natürlich noch Munition.«

Sie nickte und klappte die Kiste wieder zu. »Tausend Euro«, sagte sie dann.

Das hätte ich mir denken können. Rosa liebte glatte Summen. Ich tat unbeeindruckt. Allerdings hatte ich keine Lust auf langes Handeln. Ich hatte nicht ewig Zeit. Und das Klavierspiel da oben ging mir auf die Nerven.

»Zweihundertfünfzig«, sagte ich und schob das Magazin wieder rein. Rosa drehte sich um und griff in ein Regal. Sie öffnete eine runde Blechdose und zählte mir neun Patronen in die Hand. Sie glänzten im funzeligen Licht.

»Tausend«, sagte sie noch einmal und blickte mich an wie ein Gespenst. Ihre schwarzen Augen waren finstere Löcher.

»Rosa, ich kann dir keine tausend zahlen. Bei Weitem nicht.« Ich legte die Pistole und die Patronen auf die Kiste und achtete sorgfältig darauf, dass die Munition nicht herunterrollte. Dann drehte ich mich um und ging langsam in Richtung Treppe. Ich erreichte die Stufen und erklomm sie. Eine nach der anderen.

Wenn ich durch die Tür bin, ist es aus, dachte ich. Dann muss ich jemand anderen finden, der mir eine Wumme verkauft. Oder ich muss unbewaffnet zu Nevada-King gehen, was kaum ratsam ist. Und selbst wenn ich am Düsseldorfer Bahnhof oder in Köln vorher noch jemanden finde, der ein Schießeisen für mich hat, ist damit immer noch nicht gesagt, dass ich was Vernünftiges bekomme.

Bei Rosa wusste man wenigstens, woran man war.

Ich stand auf dem oberen Flur, jetzt wieder ganz von der aufgestauten Hitze des Tages umgeben, und wollte gerade die Tür öffnen. Von unten folgte Geraschel. Im Wohnzimmer klimperte es immer noch.

»Achthundert«, sagte Rosa von hinten.

Sie war halb die Treppe heraufgekommen, und ich konnte nur ihr Gesicht und einen weißen Rüschenärmel sehen.

»Dreihundert«, sagte ich und griff an die Türklinke.

Das Klavier kreiste mindestens neunmal seine kleine Runde.

Ich bewegte die Klinke nach unten, da hörte ich hinter mir ein neues Gebot: »Fünfhundert. Das ist mein letztes Wort.«

14

Der kleine Rote trug mich durch den dichten Verkehr auf der A3 in Richtung Norden. Am Kreuz Ratingen Ost kam ich in einen Stau. Man konnte die Tageszeit, zu der ich bei Zech ankam, immer noch als späten Nachmittag bezeichnen. Insofern war ich sogar pünktlich.

Nachdem ich geklingelt hatte, meldete sich eine Stimme aus der Gegensprechanlage.

»Wer sind Sie? Was wollen Sie?«

»Rott«, sagte ich.

»Nie gehört.«

»Herr Zech, wir haben telefoniert.«

»Wann?«

»Heute Nachmittag. Erinnern Sie sich nicht?«

Die Sprechanlage schwieg einen Moment, und ich dachte schon, ich wäre umsonst gekommen, da summte der Türöffner. Ich drückte die Tür auf, und ein angenehm kühles Treppenhaus empfing mich. Offenbar war oben irgendwo ein Fenster geöffnet, sodass ich mitten im Durchzug stand. Ich öffnete das leichte Sommerjackett ein wenig, das mir Rosa mitgegeben hatte, damit ich das Holster der Pistole verbergen konnte. Das Kleidungsstück stammte noch von ihrem Gregor, passte mir aber ganz gut. Allerdings war es hellblau-weiß kariert und hatte wahrscheinlich in den tiefsten Achtzigern erstmals auf dem Bügel eines Bekleidungsgeschäfts gehangen. Immer noch besser, als mit einer gut sichtbaren Pistolentasche herumzulaufen, die ich Rosa auch noch aus den Rippen geleiert hatte.

In den oberen Stockwerken des Mietshauses schwanden die linden Lüfte dahin. Hier oben sammelte sich die Hitze, und der Schweiß brach mir aus, als ich die letzte Drehung vollzog.

Hinter dem Treppengeländer erwartete mich ein Berg von einem Mann. Ein Gesicht wie ein Bernhardiner. Schneeweißes Haar. Trotz der Hitze trug er einen dünnen, ebenso weißen Rollkragenpulli, unter dem sich die Umrisse eines Unterhemds abzeichneten.

Schwarze Hose. Plötzlich bewegte sich etwas auf seinem Arm. Ein kleiner Hund, ebenfalls schneeweiß und daher gut getarnt.

»Herr Zech?«

»Ganz recht.« Sonore Stimme. Er hielt mir die freie Hand hin. Der Druck war fleischig und fest. »Kommen Sie rein. Ich hatte Ihren Namen völlig vergessen.«

Kaum waren wir in der Wohnung, ließ er den Hund laufen. Kleine Krallen klickten auf blankem Steinboden. Zech führte mich durch das Wohnzimmer auf einen Balkon, auf dem ein Tisch und Gartenstühle standen.

»Möchten Sie etwas trinken?«

»Gerne. Vielleicht ein Wasser?«

Er verschwand einen Moment. In der Zwischenzeit kam der kleine Hund nach draußen und beschnupperte mich. Mir fiel ein, dass Rosa, Zech und der Hund ein gutes Trio abgegeben hätten. Alle in Weiß.

Zech brachte eine Wasserflasche und Gläser. »Mir macht die Hitze nicht so viel aus. Ich war lange in Gegenden, wo es so heiß war wie in der Hölle. Naher Osten. Algerien. Für mich ist das hier Frühling.« Er lächelte mir kurz zu und trank einen Schluck.

»Klingt interessant«, sagte ich.

»Das war es. Mein Leben ist jetzt jedoch vorbei. Können Sie sich vorstellen, wie das ist, wenn man nicht mehr arbeiten soll? Oder nicht mehr arbeiten kann? Wenn aber die Arbeit alles für einen war?«

Meine Güte, jetzt erzählt er mir sein Leben, dachte ich.

»Ich bin siebenundsechzig Jahre alt«, sagte er. »Gesundheitlich geht's mir nicht besonders. Wer weiß, wie lange ich noch lebe. Es kann jeden Tag zu Ende sein.«

Ich nickte, sagte aber nichts. Bloß nicht in ein Gespräch über den Sinn des Lebens verwickeln lassen, dachte ich und bereitete mich darauf vor, den richtigen Punkt zu finden, um auf mein Thema zu sprechen zu kommen. Aber Zech kam mir auf überraschende Weise zuvor.

»Und deswegen habe ich Sie überhaupt in meine Wohnung gelassen«, fuhr er fort. »Obwohl Sie eine Waffe tragen.« Er sah mich auffordernd an. »Würden Sie mir freundlicherweise verraten, warum Sie das tun?«

Unwillkürlich zog ich das Jackett enger zusammen. Zech konnte die Riemen des Holsters nicht gesehen haben. Ich hatte bei Rosa vor dem Spiegel alles getestet.

»Geben Sie sich keine Mühe«, sagte Zech. »Ich kann das riechen. Das Waffenöl. Das Pulver in der Munition. Wer so lange in Kriegsgebieten war wie ich, hat einen Sinn für so was. Aber Sie sehen nicht gerade aus wie ein Mörder. Und ich habe viele gesehen, glauben Sie mir. Und wenn ich mich irre – Pech gehabt. Wenigstens habe ich dann vorher noch eine interessante Geschichte gehört. Erzählen Sie. Sie haben am Telefon gesagt, die Korruptionssache hätte was mit Ihrer Familie zu tun.«

Ich hatte schon viele Journalisten getroffen, einschließlich Jutta, die sich hin und wieder in diesem Beruf versuchte. Aber hier hatte ich jemanden vor mir, den man mit Fug und Recht als »alten Hasen« bezeichnen konnte. Der die Flöhe husten hörte. Bei dem es sinnlos war, Spielchen zu spielen.

Trotzdem musste ich vorsichtig sein. Ich checkte so unauffällig wie möglich meine Fluchtmöglichkeiten. Vom Balkon aus blickte man auf eine Rasenfläche, die an einen Zaun grenzte. Dahinter lagen wahrscheinlich weitere Gärten. Es gab eine Regenrinne, an der ich eventuell hinunterklettern konnte, oder ich musste versuchen, in die Äste eines nahen Baumes zu springen. Wenn Zech ein Telefonat führen sollte, würde ich auf diese Weise fliehen.

»Keine Sorge«, sagte Zech. »Ich kann Ihnen ansehen, dass Sie gerade über eine Fluchtmöglichkeit nachdenken. Aber das brauchen Sie nicht. Solange Sie die Knarre stecken lassen.«

Am liebsten hätte ich mich ihm anvertraut. So wie sich ihm sicher schon Tausende Informanten anvertraut hatten, aus deren Geschichten er dann seine Storys machte. Aber ich durfte mich von diesem Gefühl nicht verführen lassen.

Du wirst von der Polizei gesucht, hämmerte ich mir ein. Du darfst niemandem vertrauen. Höchstens Jutta.

Ich tastete mich vor. »Es geht mir nur um Informationen.«

»Aus Artikeln, die über zehn Jahre alt sind?« Er lehnte sich zurück und runzelte die Stirn, wobei sich seine hellen Bernhardineraugenbrauen verschoben. »Ich weiß selbst nicht mehr so ganz genau, worum es da ging. Helfen Sie mir auf die Sprünge?«

Ich fasste zusammen, was ich gelesen hatte.

»Seltsam, dass diese alten Schoten überhaupt noch zu finden sind«, sagte er. »Unter Journalisten gibt es ein Sprichwort. Nichts ist so alt wie die Zeitung von gestern. Aber die elektronischen Speicher packt man voll mit diesem alten Mist.«

»Ich habe nicht den Eindruck, dass Ihre Artikel veraltet sind«, sagte ich. »Immerhin scheinen die Ereignisse, die Sie darin beschrieben haben, bis in die Gegenwart nachzuwirken.«

»Das müssen Sie mir erklären.«

Ob er ahnte, wen er vor sich hatte? Den gesuchten Verdächtigen in dem Mordfall von gestern Abend? Zech war zwar in Rente. Die Spürnase hatte er aber garantiert nicht verloren, und er verfolgte mit Sicherheit sehr genau, was in den Medien berichtet wurde.

»Ich möchte wissen, wer die Polizisten waren, die damals unter Korruptionsverdacht standen.«

»Da fragen Sie mich zu viel.« Zech kratzte sich das weiße Haupt und zog die Augenbrauen hoch. »Ich erkläre Ihnen mal was. Zwischen dieser Zeit und heute liegt für mich ein Lebensabschnitt, der sehr einschneidend war. Die alten Geschichten für die Lokalzeitung – das war ein anderes Leben. Das war ein anderer Roland Zech, der das geschrieben hat. Im Jahr 2000 hatte ich die Chance, in die USA zu gehen, und ich hatte mich dort gerade mit allerlei Storys über die letzten Auswirkungen der Clinton-Affäre mit Monika Lewinsky und der Wahl des Präsidenten Bush junior etabliert, als der 11. September kam. Ich war in New York, als es passierte. Aber nicht in meinem Büro in Manhattan, sondern in Queens. Sie werden lachen, ich schrieb gerade eine Story über amerikanische Fernsehserien, und da gibt es doch diese eine schwachsinnige Reihe, die jetzt noch im Fernsehen kommt …«

»King of Queens«, sagte ich, und gleichzeitig dachte ich: Noch ein King. Alle sind Könige.

»Genau. Darum ging es. Ich bin also davongekommen. Als sich der Staub gelegt hatte, war klar, dass ein neues Zeitalter angebrochen war. Dass es neue Kriege geben würde. Während der ersten Meldungen, die ich schrieb, ging mir sogar der Gedanke durch den Kopf, der Dritte Weltkrieg sei ausgebrochen. Ich wusste, dass man das so nicht schreiben konnte. Es wäre unjournalistisch gewesen.

Unprofessionell. Aber was ist schon Professionalität? Zitate zusammentragen und gegeneinanderstellen? Ich verstand auf einmal, dass das nicht reichte. Dass auch einen Journalisten, einen reinen Berichterstatter seine Themen berühren können, ja es sogar müssen. Ich definierte meine Arbeit als Journalist neu ...«

Ich hatte keine Lust, mir Zechs Ausführungen über sein journalistisches Leben noch lange anzuhören.

»Das heißt, Sie können sich nicht mehr an Namen von damals erinnern?«

»Nein. Das ist alles verblasst. Aber eine Sache kann ich Ihnen noch erzählen ...«

Er wirkte nachdenklich. Dann sagte er: »Es ging damals nicht nur um eine reine Korruptionsgeschichte. Da waren noch andere Dinge im Spiel.«

»Andere Dinge? Andere Straftaten?«

»Wenn ich mich jetzt nicht sehr täusche und irgendwas durcheinanderbringe, hat es damals auch einen Mord gegeben. Wenn ich das nur noch wüsste ...«

Er ballte die Faust und legte sie an den Mund. Rodins Denker.

»Ich weiß es wieder«, sagte er. »Aus welchem Jahr stammt der Artikel, den Sie gelesen haben?«

»1999.«

»Und er stand im Internet?«

»Er wurde irgendwo zitiert.«

»Das war kurz vor meinem Aufbruch in die Staaten. Einige Jahre später ist im Zusammenhang mit dieser Geschichte ein Mord passiert.«

»Wo?«

»In Wuppertal.«

»Einige Jahre später? Ich denke, da waren Sie in Amerika? Und an Kriegsschauplätzen?«

»Ich war schon ab und zu in Deutschland, und da habe ich es schlicht und ergreifend selbst in der Zeitung gelesen. Ich weiß auch nicht, warum ich mich daran so genau erinnere. Vielleicht, weil mir das nach meinen Erlebnissen im Ausland wie eine Geschichte aus einem beschaulichen, kleinen Verbrechermilieu vorkam.«

»Was wissen Sie über den Mord?«

»Es ging um Konkurrenz zwischen zwei Spielclubs. Der Inhaber eines Clubs wurde ermordet. Und es hieß, die Kugel habe aus einer Polizeipistole gestammt.«

»Hat man bei einer Razzia auf ihn geschossen?«

»Nein, ich glaube, es war ein heimtückischer Mord. Ob ein Polizist ihn verübt hat, wusste man nicht. Nur die Waffe hätte eine von der Polizei gewesen sein können. Den Rest habe ich nicht mehr parat. Schauen Sie doch einfach mal im Zeitungsarchiv nach. Sie werden dort sicher noch Details finden.«

»Wissen Sie noch, um welche Spielclubs es da ging?«

»Die haben doch alle die gleichen Namen. Spielhalle. Spielothek. Las Vegas. Was weiß ich.«

»Sagt Ihnen der Name ›Nevada-King‹ was?«

»Nein.«

»Der Laden liegt an der Bergischen Landstraße. Wissen Sie noch, ob das ›Nevada-King‹ irgendwas mit der Sache zu tun hatte? War es vielleicht der Club, dessen Besitzer erschossen wurde? Ist der Name aufgetaucht?«

»Wie gesagt – schauen Sie ins Archiv.«

Ich schwieg. Er sah mich an. »Sie haben keine Zeit, ins Archiv zu gehen, hab ich recht?«

Wieder hatte er meine Gedanken gelesen.

»Oder Sie trauen sich nicht hin.«

Was sollte ich ihm sagen?

»Wäre es nicht an der Zeit, mir reinen Wein einzuschenken? Bis jetzt haben Sie mir noch nicht mal Ihren Namen verraten.«

»Sicher habe ich das. Mein Name ist Rott. Ich bin Privatdetektiv.«

Zech sah mich nachdenklich an. »Ein Privatdetektiv ... Womöglich aus Wuppertal ...« Sein Blick wirkte entspannt, fast verhangen. »Wissen Sie, Herr Rott, wenn ein Mord geschieht, ermittelt doch normalerweise die Polizei. Was hat ein Privatschnüffler damit zu tun? Und wieso ermitteln Sie in einem Fall, der zehn Jahre zurückliegt?«

Jetzt bewegte sich das Gespräch auf einen Punkt zu, der für mich gefährlich werden konnte.

»Da gibt es verschiedene Möglichkeiten«, blieb ich vage.

»Sie sehen mir aus wie einer, der seine Haut retten will«, sagte er. »Und in dem Mordfall von gestern wird ein Verdächtiger gesucht.«

»Das sagen die Medien.«

»Ich gehe mal davon aus, dass die Information richtig ist. Und ich muss sagen, ich finde das sehr interessant.«

»Was finden Sie interessant?«

»Da wird ein Polizist ermordet. Jemand wird verdächtigt. Er flieht. Und anstatt sich in Sicherheit zu bringen und zum Beispiel ins Ausland zu fliehen, macht er sich Gedanken über den Fall, gräbt nach und stößt ausgerechnet auf die Geschichten aus meinem alten Leben.«

»Na und? Ich meine, wenn der Verdächtige so handelt, ist das doch nachvollziehbar.«

Er sah mich an und schwieg wieder. Die Schatten im Garten waren länger geworden. Der Tag ging langsam zur Neige. Die Hitze hatte nachgelassen, und ein Duft nach Rasen und Erde umgab uns. Er erinnerte mich an die Situation, als ich Krüger in den Wald gefolgt war.

Zech erwachte aus seinen Gedanken. »Würde ein schuldiger Verdächtiger so handeln? Wie gesagt – ein schuldiger Verdächtiger hätte den Mord begangen, den er begehen wollte, und dann wäre er geflohen. Er hätte sich ganz sicher nicht die Mühe gemacht, mich zu besuchen und nach den alten Geschichten auszufragen.«

»Was wollen Sie damit sagen?«

Zech lehnte sich zurück. »Ich denke, ich sollte Ihnen den Gefallen tun und ein bisschen in meinen Archiven stöbern. Oder selbst für Sie das weltweite Netz anzapfen. Auch wenn ich das nicht so gerne tue. Ich hasse diese virtuellen Welten. Sie halten die Menschen von der materiellen Welt fern. Von der Welt, um die es in Wirklichkeit geht. Und um die wir uns zuerst mal kümmern sollten.«

»Es wäre sehr nett von Ihnen, mir zu helfen. Wollen wir gleich damit anfangen?«

Er schüttelte den Kopf. »Ich melde mich bei Ihnen. Sie geben mir Ihre Handynummer, und ich rufe Sie an. Natürlich kann ich nichts versprechen.«

Ich nickte und stand auf. »Danke jedenfalls. Ich muss jetzt weiter.«

Er brachte mich zur Tür und hielt mir die Pranke hin. Der kleine Hund stand auf den Fliesen und sah uns neugierig zu.

»Viel Glück«, sagte Zech.

Noch ein Mord, dachte ich. Es hat noch einen Mord gegeben.

Jemand wollte eine Rechnung begleichen. Eine Rechnung mit Krüger? War Krüger in den alten Mord verwickelt?

Ich stand vor dem Wagen und wollte gerade einsteigen, da fiel mir Jutta ein. Ich sollte sie anrufen. Erstens machte sie sich garantiert Sorgen, zweitens sollte sie im Internet nachschauen, ob sie einen Hinweis auf den Mord finden konnte, von dem Zech berichtet hatte. Auch wenn der Journalist mir Hilfe angeboten hatte – ich wollte nicht darauf warten.

Ich suchte eine passende Stelle zum Telefonieren. Es war mir zu gefährlich, mich einfach ins Auto zu setzen. Auf der anderen Seite der Straße bemerkte ich ein Stück entfernt das Schild einer Trinkhalle. Gleich neben dem Häuschen zweigte ein Fußweg ab. Er führte durch ein leuchtend blaues Tor und verlor sich zwischen Gebüsch. Ich ging hinüber und las auf einem Schild, dass hinter dem Tor ein Schulgelände lag – zu betreten von sieben bis zweiundzwanzig Uhr.

Ich passierte das Tor. Von einem Schulhof war zunächst nichts zu sehen. Es ging an niedrigen Häusern vorbei; der Beschilderung entnahm ich, dass es sich um die Ratinger VHS handelte. Ein Pärchen kam mir entgegen. Der Mann trug eine Plastiktüte. Offenbar wurde die Strecke als normaler Fußweg genutzt.

Bevor ich mich den Betonwänden der Schulgebäude näherte, setzte ich mich auf einen der quadratisch angeordneten Holzbalken, die hier wohl als Bänke dienten. Ein Stück weiter führte eine alte Dame ihren Hund aus. Es war ein ähnliches Modell wie das von Zech.

Ich wagte, das Handy einzuschalten, und holte Juttas Nummer aus dem Speicher.

»Hallo, ich bin's. Remi.«

»Na endlich. Wo bist du?«

»Ich habe mit dem Journalisten gesprochen.«

Ich berichtete ihr, was ich erfahren hatte. Dabei beobachtete ich, wie die alte Dame langsam mit dem Hündchen in Richtung der Schule verschwand. Wahrscheinlich führte der Fußweg dort in den nächsten Wohnblock.

»Komisch, daran müsste ich mich eigentlich erinnern«, sagte Jutta. »Einige Jahre nach 1999 – es muss also 2001 bis 2005 gewesen sein.«

»Eigentlich müsste ich mich erinnern«, widersprach ich. »Du warst wahrscheinlich mal wieder auf einer deiner Kreuzfahrten.«

»Kann sein.«

»Wie auch immer. Wir brauchen Informationen. Kannst du mal im Internet suchen?«

»Bin schon dabei. Der Rechner fährt gerade hoch. Moment …«

Ich streckte die Beine aus und beobachtete zwei Elstern, die sich zeternd auf dem Rasen stritten.

»Bist du im Wald?«, fragte Jutta.

»In so einer Art Park. An einer Schule. – Sag mal … stehen die Bullen immer noch bei dir vor der Tür?«

»Allerdings. Mein Haus ist für dich leider tabu. Ich glaube nicht, dass du an denen ein zweites Mal vorbeikommst.«

»Was sagt der Computer?«

»Ich bekomme Tausende Treffer. Auf die Schnelle kann ich nichts finden, was uns weiterhilft. Hast du keinen weiteren Anhaltspunkt? Zum Beispiel den Namen des Ermordeten?«

»Nein. Zech will sich noch mal melden. Wenn er etwas gefunden hat. Ich weiß natürlich nicht, ob er es wirklich tut.«

»Ich versuch's weiter. Ich habe übrigens noch was rausgekriegt. Etwas, das Krügers Handynummer betrifft.«

»Und?«

»In der schönen großen Welt des World Wide Web gibt's ja nichts, was es nicht gibt. Unter anderem Programme, mit denen man anonym SMS auf Handys verschicken kann.«

»Die Nachrichten waren nicht anonym. Sie kamen von Krügers Nummer.«

»Diese Programme haben aber besondere Features. Man kann einen Fantasieabsender eingeben. Irgendeine Nummer zum Beispiel.«

»Du meinst, das hätte der Unbekannte getan?«

»Ein schönes Alibi wäre das allemal. Vor allem, wenn die Polizei die Nummer dann erkennt und gar nicht mehr nachprüft, von welchem Server die Nachricht wirklich kam. Leider können wir's nicht beweisen. Was willst du als Nächstes machen?«

»Moment mal eben.«

Ich hatte aus den Augenwinkeln eine Bewegung wahrgenommen. Von der Seite, wo die Dame mit dem Hund verschwunden war, näherte sich jemand. Aus der Richtung, in der nach meiner Erinnerung die Innenstadt liegen musste. Ein Mann in hellem bräunlichem Hemd. Und mit grüner Schirmmütze. Ein Bulle mit einer Ledertasche unter dem Arm. Offenbar auf dem Heimweg.

»Da kommt ein Polizist«, raunte ich Jutta zu. »Er spaziert hier vorbei. Kann sein, dass ich gleich auflegen muss.«

»Wie nah ist er?«

»Dreißig, vierzig Meter.«

»Hat er dich gesehen?«

»Ich denke schon. Wenn ich jetzt aufspringe und weglaufe, wird er garantiert misstrauisch.«

»Rede mit mir. Tu so, als wenn ich deine Freundin wäre oder so.«

»Ich versuch's. Also der Park hier ist ganz nett. Und mein Termin ist auch vorbei. Ich könnte also gleich heimkommen ...«

Während ich drauflosredete, beäugte ich den Polizisten. Er hatte einen einzigen Stern auf der Schulter. Was war das für ein Dienstgrad? Polizeiobermeister? Keine Ahnung. Ich kontrollierte mein Jackett. Es wäre dumm, wenn er meine Waffe bemerken würde. Ansonsten tat ich entspannt. Langsam schritt er auf mich zu. In mir gab es einen Trommelwirbel aus Herzklopfen.

Ganz ruhig, sagte ich mir. Er muss an dir vorbei, da geht schließlich der Weg lang.

»Was ist?«, fragte Jutta an meinem Ohr. Ich hatte aufgehört zu reden. »Bist du noch da?«

Ich räusperte mich. »Ach, es ist so schön hier. Noch so warm. Wie ist denn bei dir das Wetter ...?« Ich unterbrach mich kurz. »Süße«, fügte ich dann hinzu. Es kam nicht besonders überzeugend rüber.

Jutta kicherte albern. »Hier regnet's auch nicht gerade.«

Der Polizist war nun nahe bei mir. Er grinste vor sich hin. Freute sich wahrscheinlich auf den nahenden Feierabend. Irrte ich mich, oder bremste er ab?

Er blieb stehen.

Genau vor mir.

Mein Herz stockte.

»Guten Abend!«, sagte er.

Das klang, als würde er jetzt gleich meine Personalien kontrollieren.

»Moment mal eben«, sagte ich zu Jutta.

»Guten Abend«, grüßte ich zurück und sah zu dem Bullen hoch, der jetzt in seiner Tasche nestelte. Was hatte das zu bedeuten?

»Entschuldigung«, sagte er. »Ich wollte Ihr Telefonat nicht stören.«

»Ach, ich bin eh gerade fertig«, sagte ich und fügte hinzu: »Ist sowieso alles viel zu teuer.«

Ich raunte Jutta ein »Ich melde mich wieder« in den Hörer und steckte das Handy weg, immer darauf bedacht, meine Wumme zu verbergen.

Der Polizist setzte sich neben mich.

Mach dich nicht verrückt, dachte ich. Wenn der jetzt nach deinen Papieren fragt, rennst du, was du kannst, in das Grünzeug dahinten.

In meinem Kopf rasten die Gedanken. Die Industriestraße, in der Zech wohnte, führte auf den Europaring, hinter dem wiederum die Innenstadt von Ratingen angesiedelt war. So viel wusste ich. Wahrscheinlich war dieser Pfad ein Weg dorthin. Ich musste mich also eigentlich eher in die andere Richtung schlagen. Aber dort kannte ich mich noch weniger aus als hier.

Jetzt hatte der Polizist eine Zigarette in der Hand.

»Ich wollte Sie eigentlich nur um Feuer bitten.«

»Kein Problem«, sagte ich so ruhig wie möglich und angelte, ebenso gründlich wie unauffällig das Jackett zuhaltend, das Feuerzeug heraus. Wo ich gerade dabei war, holte ich die Camelschachtel gleich mit.

»Meine Frau hat mir das Rauchen zu Hause verboten«, sagte der Bulle.

Ich steckte mir auch eine an. »Bald stehen wir Raucher auf der Liste bedrohter Tierarten«, bestätigte ich.

»Dabei ist das ein prächtiges Mittel gegen Mücken.«

Schweigend bliesen wir den Rauch in die Gegend. Ich saß wie auf Kohlen. Hoffentlich verschwand der Typ bald.

»Bei uns auf dem Revier ist Rauchen nicht erlaubt«, informierte er mich. »Und ich mache Innendienst. Können Sie sich vorstellen, was das heißt?«

Ich konnte es. In meiner Fantasie blühte gerade eine Szenerie auf, in der ein Bulle am Schreibtisch die aktuellen Fahndungen durchging – gründlich und mit viel Zeit. Ein Griff in den Eingangskorb, und eine neue Akte lag auf seinem Tisch. Und wen hatten wir da? Remigius Rott, fünfundvierzig Jahre alt, Privatdetektiv aus Wuppertal. Gesucht wegen Mordverdacht an einem Kriminalkommissar. Flüchtig. Keine Brille. Etwa einsfünfundachtzig groß, dunkle Haare …

Der Bulle trat die Kippe aus und hob sie ordentlich auf, ehe er aufstand.

»Schönen Abend noch«, sagte er.

»Ihnen auch. Schönen Feierabend.«

Er schlenderte weiter.

Offensichtlich zog es ihn nicht besonders in die heimischen Gefilde. An einem Papierkorb blieb er stehen und warf die Kippe hinein. Er blieb eine Weile stehen, dann dauerte es quälend lange, bis er einen Fuß vor den anderen setzte und aus meinem Blickfeld verschwand.

Ich sah auf die Uhr. Knapp sieben.

Ich wartete genau zehn Minuten. Dann kehrte ich zum Wagen zurück.

15

Als die Straßen noch richtige Namen und nicht einfach nur Nummern besaßen, nannte man die Bundesstraße Nummer 7 »Bergische Landstraße«. Bei Einheimischen hieß sie auch heute noch so. Wahrscheinlich war die Ost-West-Verbindung, die von Barmen über Elberfeld und Mettmann bis nach Düsseldorf reichte und dort in die Autobahn 57 überging, uralt. Sicher ein Handelsweg, dessen Geschichte bis in die Frühzeit des Bergischen Landes zurückzuverfolgen war. Heimatforscher konnten dazu bestimmt eine Menge sagen. Mich brachte diese Straße, die heute in großen Teilen ziemlich verbaut erscheint und nur noch hin und wieder durch die grüne Landschaft führt, die man mit dem Begriff »Bergisches Land« verbindet, in die Gegend, die mir Manni beschrieben hatte.

Mitten im Niemandsland zwischen den Städten, wo sich die Straße zwischen Kalksteinbrüchen und Industriegebieten bewegte, bog ich ab, stoppte nach etwa hundert Metern und stieg aus.

Das Unkraut, das durch den Asphalt vor dem Gebäudeklotz wuchs, verhieß nicht gerade regen Geschäftsbetrieb. In der Mitte der grauen Wand führten drei breite Waschbetonstufen zu einer Glastür. Darüber erstreckte sich über eine ansehnliche Breite ein verschlungenes Gebilde aus Neonröhren, die das Wort »Nevada-King« darstellen sollten. Die Beleuchtung war nicht eingeschaltet, und einige der Buchstaben waren zerbrochen.

Hier hatte seit langer Zeit keiner mehr Geld verzockt.

Ein paar Schritte, und ich war die gesamte Front abgelaufen. Die Tür war verschlossen. Fenster gab es nicht. Als ich die Nase an das Glas des Eingangs presste, sah ich nur Dunkelheit.

Dann entdeckte ich die Klingel.

Sie befand sich an einem zurückgesetzten Holztor rechts des Gebäudeblocks. Bis zur Grundstücksgrenze, die mit einer langen Reihe Friedhofsgewächse markiert war, gab es eine Breite von höchstens zwei Metern. Hinter dem Tor zog sich die Zufahrt weit nach hinten und verlor sich hinter einer Kurve.

Neben der Klingel war ein Messingschild befestigt: »Müller – Nevada-King«.

Na also.

Jutta gegenüber hatte ich mutig erklärt, dass mir der Nevada-King-Boss sicherlich nichts tun würde, weil er mich ja als Verdächtigen brauchte. Jetzt, wo ich hier stand, war ich mir da nicht mehr so sicher. Tappte ich in die Falle, wenn ich da einfach reinging?

Ich streckte die Hand aus, um auf die Klingel zu drücken, da kam mir ein Gedanke. Ich schaltete wieder das Handy ein und wollte die Nummer der Auskunft wählen. Bevor ich dazu kam, rappelte das Gerät mehrmals. Jutta hatte dreimal angerufen.

Sie musste jetzt warten.

Die Auskunft meldete sich.

Ich gab den Namen Müller und den Firmennamen »Nevada-King« durch und nannte sicherheitshalber noch die Adresse.

Eins war klar: Die Polizei hatte das Bild, auf dem Krüger höchstwahrscheinlich in diesem Spielclub Geld bekam. Und diese Dorau war sicherlich schlau genug, um ebenfalls dahinterzukommen, um welchen Spielsalon es sich handelte. Die Bullen würden also über kurz oder lang hier auftauchen. Wenn sie nicht schon hier gewesen waren.

Die Dame von der Auskunft fand die Nummer. »Soll ich Sie gleich mit dem Teilnehmer verbinden?«

Ich lehnte dankend ab und bemühte mich, mir die Zahlenfolge zu merken, die die Computerstimme durchgab.

Ich stieg in den Renault, folgte ein paar kleinen Querstraßen und kam in eine Gegend, in der wieder mehr Wohnhäuser standen. Dort quetschte ich den Wagen in eine winzige Lücke.

»Jetzt bist du auch nicht so allein«, sagte ich zu dem Roten, als ich die Tür abschloss. Was sagen Psychologen dazu, wenn jemand anfängt, mit seinem Auto zu reden?

Fünf Minuten später stand ich wieder vor der Klingel und tippte die Telefonnummer in mein Handy. Es klingelte lange, bis jemand abnahm.

»Hallo?«, sagte eine Männerstimme.

»Spreche ich mit Herrn Müller? Nevada-King?«

»Schon möglich. Was kann ich für Sie tun?«

Der Gesprächseinstieg erinnerte mich an eine Fernsehwerbung, in der ein Kollege von mir mitwirkte. Worum ging es da noch mal? Richtig: billige Brillen.

Ich entschloss mich, ihm reinen Wein einzuschenken. Ihm zu sagen, warum ich gekommen war. Es hatte keinen Sinn, um den heißen Brei herumzureden.

»Mein Name ist Rott«, sagte ich.

»Und?«

»Ich dachte, wir sollten uns mal unterhalten.«

»Ich wüsste nicht, worüber.«

»Sind Sie sich da sicher?«

»Ich glaube, Sie haben sich verwählt.«

»Haben Sie meinen Anruf nicht erwartet?«

»Nein. Sie haben sich verwählt, das sagte ich schon. Auf Wiederhören.«

»Nicht wenn Sie der Nevada-King sind, der vor knapp zehn Jahren in eine Korruptionsaffäre mit der Polizei verwickelt war.«

Eine kurze Pause entstand am Ende der Leitung, und ich erwartete, dass der Glücksspielkönig entweder ausrasten oder einfach auflegen würde.

Aber er sagte nur müde: »Was soll das? Lassen Sie mich in Ruhe.«

Klicken. Die Verbindung war unterbrochen.

Ich sah mich kurz um. Niemand konnte mich beobachten. Auf den Gesteinshalden gegenüber dem Grundstück war sicher niemand, und Wohnhäuser gab es nicht. Innerhalb von drei Sekunden war ich über das Tor und folgte der Einfahrt aus gelbem Kies, bis sie auf einen Hof führte. Eine geschlossene Doppelgarage. Ein Stück weiter ein Wohnhaus. Ich klopfte gegen die Tür.

Es dauerte nicht lange, und ich hörte etwas. Ein schleifendes Geräusch, das in ein Quietschen überging.

»Wer ist da?«, fragte jemand.

»Der Postbote«, rief ich. »Dringende Eilsendung für Herrn Müller.«

Die Tür öffnete sich, und ich blickte zuerst ins Leere. Als ich meinen Blick senkte, sah ich einen Mann in einem Rollstuhl. Er war ungefähr fünfzig. Gekleidet wie jemand, der gerade Urlaub macht. Ein weißes T-Shirt und blaue Jeans-Shorts. Er sah kräftig und gesund aus, als ob er jeden Moment aufstehen und loslaufen würde. An den Füßen trug er jedoch Turnschuhe, die brandneu wirkten. Mit denen war sicher noch nie jemand eine längere Strecke gegangen.

Als er mich sah, packte er die Reifen seines Rollstuhls. Die Bewegung wirkte wie ein Fluchtreflex.

»Was wollen Sie?«

»Ich habe Ihnen gesagt, dass ich mit Ihnen reden muss. Sie sind doch Herr Müller, oder?«

»Sie sind der Mann vom Telefon?«

»Erraten.«

»Ich kenne Sie nicht. Lassen Sie mich in Ruhe.«

»Ich heiße Rott. Remigius Rott.«

»Na und?«

Was war hier eigentlich los? Ich hatte mir Nevada-King als so etwas wie einen Unterweltkönig vorgestellt. Einen abgebrühten Boss, der eine ganze Weile die Polizei auf seine Seite gezogen hatte und wahrscheinlich in einen Mord verwickelt war. Aber dieser Müller hier war nichts als ein verängstigter Frührentner.

»Tun Sie mir nichts«, rief er und hielt sogar die Hände hoch. »Ich weiß nicht, was Sie von mir wollen, aber tun Sie mir nichts.«

Ich drückte seinen Rollstuhl ein Stück zurück, betrat das Haus und schob die Tür hinter mir zu. Eine Sekunde lang wägte ich den Verdacht ab, ob das hier eine Finte war. Ob sich nicht vielleicht fünf oder sechs Kunden der nächsten Muckibude auf mich stürzen und aus dem Haus befördern würden. Wenn ich Glück hatte.

Aber die Angst in Müllers Augen war echt, daran bestand kein Zweifel.

»Ich will nur mit Ihnen reden.« Ich nannte noch einmal meinen Namen und holte meine Lizenz heraus, wobei sich nicht vermeiden ließ, dass Nevada-King meine Pistole zu sehen bekam.

Immerhin war er in der Lage, ohne großes Zittern meine Lizenz zu lesen und mich dann zu fragen: »Und Sie kommen wegen der Geschichte von damals? Als ich diesen Ärger mit der Polizei hatte?«

»Dieser Ärger, Herr Müller, wird eine Neuauflage erleben. Komisch, dass die Polizei das Nevada-King noch nicht gefunden hat.« Dass dem so war, schloss ich einfach mal aus seiner überraschten Reaktion.

Müller sah erst mich an, dann blickte er zu Boden und seufzte.

»Es gibt kein Casino Nevada-King mehr. Ich habe alles aufgegeben. Das ist Schnee von gestern.«

»Mord verjährt nie, Herr Müller.«

»Ich habe keinen Mord begangen.«

»Aber einen Kripomann bestochen.«

»Das ist vorbei.«

»Sagt Ihnen der Name Krüger etwas? Hauptkommissar Krüger?«

»Vielleicht. Vielleicht auch nicht.«

Mir war klar, dass sich mein Besuch hier nicht zu lange ausdehnen durfte. Die Dorau konnte jeden Moment auftauchen. Aber Nevada-King war der Schlüssel zu allem. Er musste es einfach sein. Wenn Manni sich nicht granatenmäßig geirrt hatte …

»Was befindet sich hinten in der Halle, wo früher Ihre Kunden ihr Geld verzockt haben?«

»Nichts mehr. Ein paar Automaten stehen noch herum. Ich verkaufe sie nach und nach an Privatleute. Manche stellen sich so was gerne ins Wohnzimmer.«

»Zeigen Sie mir die Automaten bitte. Oder das, was von Ihrem Spielclub übrig ist.«

»Wenn Sie das interessiert … Ehrlich gesagt, werde ich aus Ihnen nicht schlau.«

Er packte in die Stahlreifen des Rollstuhls, und ich folgte ihm.

An den Wänden hingen Reproduktionen alter Filmplakate. Indiana Jones mit Schlapphut und Peitsche. Ein stehender schlammgrüner Plastikdinosaurier mit der Unterschrift »Godzilla«. Eine der vielen Fünfziger-Jahre-Versionen des Monsterklassikers. Gleich daneben eine sanft lächelnde Romy Schneider als Spaziergängerin von Sanssouci.

Hier war ich richtig, wenn es auch nicht die Bilder waren, die ich auf dem Foto gesehen hatte.

Ein paar Türen, wieder ein Gang, und dann landeten wir in einem kleinen, fensterlosen Raum, in dem es muffig roch. Müller drückte auf einen Lichtschalter. Auf dem glatten Linoleumboden standen in Reih und Glied Spielautomaten, die Stromkabel ordentlich zusammengerollt. Die Lichter waren erloschen, die Zahlenreihen und die jeden Spieler erregenden Schlüsselwörter wie »Freispiel« oder »Jackpot« waren nur zu erahnen.

»So ein Ding können Sie für zweihundert haben«, sagte er.

»Haben Sie auch was Größeres? Flipper oder so?« Mir kam die Idee, dass das ein schönes Geschenk für Jutta wäre.

Hinter einer weiteren Tür lag wieder ein langer Gang. Erst jetzt wurde mir klar, dass das Wohnhaus direkt mit dem Gebäudeblock verbunden war, in dem sich das Casino befunden hatte.

Müller machte wieder Licht, und da durchzuckte mich ein Déjà-vu-Erlebnis.

Die Wand war ockerfarben gestrichen. Gerahmte Schwarz-Weiß-Bilder nebeneinander. Die Bilder zeigten genau die Figuren, die auch auf dem Foto mit Krüger zu sehen gewesen waren. Bogart, James Dean, Marilyn Monroe.

»Was ist?«, fragte Nevada-King, denn ich war stehen geblieben.

»Wissen Sie, was hier geschehen ist?«

Er sah mich verständnislos an.

»Genau hier an dieser Stelle hat vor etlichen Jahren ein gewisser Hauptkommissar Krüger von der Wuppertaler Kripo Geld kassiert.« Ich stellte mich vor das Bogart-Plakat. »Und jemand hat ihn dabei fotografiert.«

»Vor etlichen Jahren«, sagte Müller. »Damals führte ich noch ein anderes Leben.«

Wie Zech, dachte ich. Derselbe Spruch. Ob jeder mal an diesen Punkt kam?

»Krüger ist gestern ermordet worden«, sagte ich. »Ich war selbst dabei, und nun sucht mich die Polizei, weil sie glaubt, ich sei es gewesen.«

»Das tut mir leid für Sie«, sagte Müller. »Aber Sie scheinen ein findiger Bursche zu sein. Sie werden Ihre Unschuld schon beweisen. Immerhin haben Sie das Foto gefunden und herausgekriegt, dass es hier aufgenommen wurde. Das ist doch schon mal was.«

Er klang wirklich, als ob ihn das alles nichts anginge.

»Ich bin sicher nicht der Einzige, dem das gelingt. Die Polizei wird Sie besuchen, Herr Müller. Und die können Sie nicht so einfach verarschen.«

Er sah mich böse an. »Wollen Sie mich beleidigen?«

»Jetzt sagen Sie mir doch endlich, was ich wissen will!«, rief ich.

»Sie haben mich ja nichts gefragt.«

»Wer hat das Foto damals gemacht? Hatten Sie in der Zwischenzeit Kontakt zu Krüger? Wenn Sie selbst nichts über den Mord an Krüger wissen – hatten Sie damals vielleicht einen Kompagnon? Könnte der dahinterstecken? Mensch, Müller, ich habe es eilig, verstehen Sie?«

»Ja, das verstehe ich. Und die Antwort auf all Ihre Fragen ist entweder ›Weiß ich nicht‹ oder ›Nein‹. Ich gebe zu, ich kannte Krüger. Er war schließlich vom Glücksspieldezernat. Aber ich werde doch jetzt hier nicht zugeben, dass ich ihn bestochen habe. Ziehen Sie die Schlüsse aus dem Foto, die Sie ziehen müssen. Aber vergessen Sie nicht: Ich bin damals nicht angeklagt worden. Geschweige denn verurteilt.«

»Und der andere Mord? Der ein paar Jahre später mit einer Polizeipistole begangen wurde?«

»Ich kann es Ihnen schriftlich geben: Dieses Leben ist vorbei. Ich habe das Foto damals nicht gemacht. Ich habe niemanden umgebracht. Ich hatte und habe keinen Kompagnon. Ich habe den Laden mit meiner Frau zusammen geführt, die leider vor einigen Jahren gestorben ist. Ich bin kein Glücksspielkönig mehr, verstehen Sie?«

»Warum eigentlich?«, fragte ich.

»Warum was?«

»Warum haben Sie mit dem Laden aufgehört? Ich meine, mit so was kann man doch Geld verdienen. Auch auf legale Weise.«

Müller sah mich an. Sein Blick war streng. Ernst.

»Spielen macht krank, wissen Sie das? Es kann süchtig machen. Und das schneller, als man denkt.«

»Ja und?«

»Ich konnte das nicht mehr unterstützen.«

Ich war baff. Mit so einer entwaffnenden Antwort hatte ich nicht gerechnet.

»Irgendjemand muss ja mal damit anfangen.« Er griff wieder in seine Reifen. »Ich habe eben gelernt, worauf es im Leben wirklich ankommt.«

»Aber die Automaten verkaufen Sie noch?«

»Ich brauche das Geld.«

»Da haben wir was gemeinsam.«

»Haben Sie hier früher gespielt?«

»Ich habe einen Kumpel. Er war es, der auf dem Foto Ihren Laden hier erkannt hat. Er war oft hier. Er sagt, er habe zuletzt dreitausend Mark bei Ihnen verloren. Fünfzehnhundert Euro.«

»War er spielsüchtig?«

»Ich weiß nicht, wie man das feststellt. Aber er hat es ganz schön krachen lassen.«

Ich hatte Manni fast immer in Geldnot erlebt. Dabei hatte er eine Computerfirma, und das war doch eigentlich ein Geschäft, mit dem man ganz gut verdiente, wenn man sich nicht ganz so doof anstellte. Trotzdem ging es Manni finanziell immer noch schlechter als mir.

»Können Sie sich an ihn erinnern?«

»Kommen Sie mit«, sagte Müller. »Ich zeige Ihnen noch was.«

Ich hatte nicht mehr das Gefühl, dass in diesem Haus eine Falle auf mich wartete. Aber dieser Nevada-King war mir trotzdem immer noch nicht geheuer.

Er rollte vor mir her, bis wir wieder an der Haustür ankamen. An der Wand stand eine Kommode. Müller öffnete eine Schublade und griff nach einer schwarzen Geldbörse, der er einige Scheine entnahm. Drei lila Fünfhunderter. Er reichte sie mir.

»Was soll das?«, fragte ich.

»Für Ihren Freund. Geben Sie es ihm bitte. Mit einem schönen Gruß von mir.«

»Was?«

»Er hat es hier verloren. Ich kann mich nicht an ihn erinnern, aber ich habe damals seine Sucht ausgenutzt. Das will ich wiedergutmachen.«

»Das kann nicht Ihr Ernst sein.«

»Ist es aber. Nehmen Sie es. Und dann reden wir nicht mehr darüber.«

Er machte keine Anstalten, die Scheine wieder einzustecken, also nahm ich sie. Wenn er es unbedingt wollte … Ich faltete sie zusammen und steckte sie in meine Jeanstasche. Müller musste sich wirklich sehr schuldig fühlen.

»Ich verstehe jetzt, was Sie gemeint haben«, sagte ich. »Als Sie mir zeigen wollten, worauf es wirklich ankommt.«

»Ach …« Er machte eine wegwerfende Bewegung. Sein Lächeln strahlte mich an. Mir war klar, dass ich ihm, nur weil ich das Geld genommen hatte, eine große Freude bereitete. »Das habe ich gar nicht gemeint.«

»Was heißt das?«

»Dass ich meine Schuld von damals abtrage, ist die eine Sache. Und das ist nichts Besonderes. Kommen Sie, ich zeige Ihnen, was ich wirklich gemeint habe. Es gibt einfach schönere Dinge, als sich den ganzen Tag vor einen Spielautomaten zu stellen.«

Er griff in die Reifen. Ich fragte mich, ob er viel Gesellschaft hatte. Wahrscheinlich nicht. Vielleicht war er froh, mir etwas von sich erzählen zu können. Auch wenn ihm durch mich Ärger mit der Polizei drohte.

Diesmal wandte er sich der anderen Seite des Hauses zu. Wieder ging es über einen Flur, der aber wahrscheinlich nun an den Wohnräumen des ehemaligen Spielclubbesitzers vorbeiführte. Am Ende des Gangs standen wir vor einer Glastür. Rechts davon zweigte eine steinerne Treppe nach unten. Sie war nicht gefliest, sondern besaß eine rohe Betonoberfläche und schien in den Keller zu führen.

Müller drückte auf einen Knopf an der Wand, und die Glastür öffnete sich. Dahinter wurde eine Kabine sichtbar. Es war ein Aufzug.

»Gehen Sie schon mal über die Treppe nach unten«, sagte er. »Ich nehme den Fahrstuhl. Leider kann ich keine Stufen überwinden. Wir treffen uns dann unten.«

Er drehte den Rollstuhl geschickt auf der Stelle und fuhr rückwärts in die Kabine hinein. Er lächelte.

Ich schüttelte den Kopf und ging langsam die Treppe hinunter.

Eine Tür. Dahinter staubiger Geruch. Teppichboden. Mit Filz oder einem anderen Stoff verkleidete Wände. An einer Seite ein Vorhang. Aus schwarzem Samt, soweit ich das erkennen konnte.

»Hier hinten bin ich«, rief Müller. Die Umgebung dämpfte seine Stimme.

Er schien in einem Nebenraum zu sein. Ich machte ein paar Schritte in die Richtung, wo ich Müller vermutete, und schob den schwarzen Vorhang zur Seite. Dahinter gähnte Dunkelheit.

»Kommen Sie nur!«, hörte ich Nevada-King sagen. Ich ließ den Vorhang hinter mir und war sofort von Finsternis umgeben.

Was war das hier? War der Mann verrückt und zeigte mir jetzt eine Folterkammer mit ein paar Leichen?

Selbst wenn das alles eine Finte war und er hinter Krügers Mord steckte – er konnte ihn nicht selbst verübt haben. Wie hätte er das im Rollstuhl schaffen sollen? Oder spielte er die Behinderung nur und war in Wirklichkeit gesund? Aber was hatte dann der Aufzug in seinem Haus zu suchen? War der Mann überhaupt Nevada-King?

Abgedrehte Gedanken – das gebe ich zu. Aber so etwas fliegt einen manchmal an, wenn man durch absolute Finsternis geht. Meine Füße ertasteten weichen Teppichboden.

»Ah, da sind Sie ja«, sagte Müller. »Ihre Augen werden sich gleich an die Dunkelheit gewöhnt haben. Suchen Sie sich bitte einen Platz.«

Ich erahnte irgendetwas neben mir und ertastete Samt. Eine gepolsterte Sitzfläche zum Ausklappen.

»Sitzen Sie bequem?«

Ich hatte es geschafft, mich in den Stuhl zu quetschen. »Ja, vielen Dank«, gab ich zurück.

»Dann geht's jetzt los.« In seiner Stimme lag die Begeisterung, mit der ein Achtjähriger seine Carrerabahn vorführt. Oder sein Computerspiel.

Hinter uns kam irgendetwas in Gang. Ein knatternder Motor. Etwas warf einen Lichtstrahl nach vorn auf eine große Leinwand.

Natürlich, dachte ich. Darauf hätte ich kommen können. Müller war ein Kinofan. Und das hier war seine Spielwiese. Sein Privatkino.

Der Film wurde dunkel, Zahlen erschienen und zählten schnell abwärts. Bombastische Musik setzte ein. Das Warner-Logo erschien in Schwarz-Weiß, und dann waren da zwei Schatten auf der

Leinwand – ein Mann und eine Frau. Der Mann gab der Frau Feuer; in diesen alten Streifen wurde noch geraucht, was die Lungen hielten. Weiße Schrift vor den Silhouetten verriet, wer die Hauptdarsteller waren: Humphrey Bogart und Lauren Bacall. Und jetzt erfuhr man, von schicksalhaften Blechbläserklängen umtost, wie der Film hieß: »The Big Sleep«. Der große Schlaf.

Wunderbar, dachte ich. Musste ich jetzt mit Müller den ganzen Film ansehen, bevor ich ihm weitere Fragen stellen konnte? Ich wandte den Kopf. Nevada-King saß in seinem Rollstuhl im Geflacker des Schwarz-Weiß-Spektakels hinter den Stuhlreihen. Sein Gesicht leuchtete gespenstisch.

Ich fragte mich, wozu er sich die Mühe gemacht hatte, überhaupt original Kinostühle hier anzubringen. Lud er manchmal seine Kumpels aus der guten alten Spielcasino-Zeit ein? Und sie machten sich einen netten Filmabend?

Nein, überlegte ich. Müller war ein einsamer Mann. Er brauchte die Kinobestuhlung und das ganze Drum und Dran für die Atmosphäre. Er hatte sich damit einen Traum erfüllt.

Ich sah Humphrey Bogart als Privatschnüffler Marlowe das Haus eines Millionärs betreten. Ich konnte mir vorstellen, wie er sich fühlte. Das musste ein großer Moment sein. Er wurde erwartet. Vom Butler in das Haus geführt. Man schenkte ihm teure Getränke ein.

Wie alt war der Film? Fünfzig Jahre? Sechzig? Damals liefen die Privatdetektive in ordentlichen grauen Anzügen herum. Sie trugen Hut, Krawatte und natürlich ein weißes Hemd.

Müller war ein Cineast. Mit Synchronisationen gab er sich nicht zufrieden. Ich folgte eine Weile den englischen Dialogen. Als Detektiv Marlowe endlich seinem Auftraggeber gegenübersaß, der wie Müller auf den Rollstuhl angewiesen war, wurde es mir zu viel.

»Herr Müller«, rief ich zu ihm hinüber. »Können wir uns nicht erst mal weiterunterhalten und dann Filme gucken?«

»Schscht«, kam es ärgerlich zurück. Ganz wie im wirklichen Kinoleben.

Ich stand auf und ging vor den Stuhlreihen auf die andere Seite. Müller ignorierte mich. Er starrte auf die Leinwand und wirkte wie hypnotisiert.

»Ich brauche Ihre Hilfe«, sagte ich in eine Dialogzeile von Bogart hinein. »Und ich habe wie gesagt nicht viel Zeit.«

Eine seltsame Situation: Auf der Leinwand mühte sich ein erfundener Detektiv ab, einen Fall zu lösen. Und der faszinierte einen wichtigen Zeugen oder zumindest einen Informanten so sehr, dass der nicht mit einem echten Detektiv reden wollte, der gerade dringend etwas von ihm wissen wollte.

Auf der Leinwand hatte Marlowe das Gespräch mit dem Auftraggeber beendet und sprach jetzt mit dem Butler. Entweder trog mich mein Englisch, oder der Hausdiener erklärte dem Detektiv im Moment tatsächlich, dass er befugt sei, ihm einen Scheck in beliebiger Höhe auszustellen. Das hätte ich auch gerne mal erlebt!

Ich riss mich los.

»Herr Müller«, rief ich. »Kommen Sie in die Wirklichkeit zurück. Helfen Sie mir.«

Er wandte den Kopf und sah mich an, als habe ich ihn aus einem Traum geweckt.

»Stellen Sie den Film ab. Bitte!«

Marlowe sprach jetzt mit einer Frau. Sie wunderte sich darüber, dass es außer in Kriminalromanen überhaupt Privatdetektive gab. Hatte die eine Ahnung!

Der Projektor stand hinten in einem Glaskasten, der aussah wie der Kassenschalter einer Bank. Ich fragte mich, wie Müller ihn angeworfen hatte. Wahrscheinlich gab es eine Fernbedienung.

Mein Blick wurde abgelenkt. Licht drang in den Raum. Hatte sich da etwas verändert?

Auch Müller bemerkte es und sah sich um, aber die Tür, die aufgegangen war, befand sich zu weit hinter ihm, sodass er den Rollstuhl hätte wenden müssen, um genau zu sehen, was da los war.

Seine Hand tastete nach etwas. Das Licht ging an, und Marlowe und die Filmschönheit verblassten. Die Filmrolle stoppte, die Musik erstarb.

Der Kinosaal sah jetzt nicht mehr so romantisch und cineastisch aus. Eher wie eine umgebaute Garage.

»Sie sind doch allein gekommen?«, fragte Müller.

In mir pulsierte das Adrenalin. Ich griff nach meiner Pistole und enterte die hinterste Stuhlreihe, dabei behielt ich die halb geöffnete Tür hinter dem Vorhang im Auge. Bevor ich mich weiter nähern konnte, donnerte das Türblatt zur Seite. Ein Knall. Ich ließ mich in die Reihe fallen.

Aus dem Vorraum drangen schnelle Schritte. Jemand lief die Treppe hinauf.

Ich sprang auf und drängte mich an Müllers Rollstuhl vorbei. Als ich oben ankam, hatte ich meine P1 fertig geladen und feuerte zweimal in den Gang.

»Stehen bleiben!«, schrie ich.

Stille. Der Schütze musste sich versteckt haben.

Weiter.

Die Haustür war geschlossen. Ich presste mich an die Wand und lauschte. Keine Schritte, kein Atmen – nichts.

Sei vorsichtig, hämmerte es in meinem Kopf.

Ich tastete mich weiter vor. Zurück im Flur öffnete ich eine Tür nach der anderen. Schlafzimmer. Badezimmer mit Hebevorrichtung an der Badewanne. Niemand.

Ein großes Wohnzimmer – fast so ausladend wie das von Jutta. Eine Fensterfront, hinter der sich der Garten mit angrenzenden Nadelbüschen erstreckte, bevor die Aussicht in die tristen Gesteinshalden überging.

Eine offen stehende Terrassentür. Ich hetzte hinaus auf die Natursteinfliesen. Der Garten, ein rechteckiges Karree aus Rasen, war leer.

Ich steckte die Pistole weg und lief wieder nach unten zu Müller.

Er war in seinem Rollstuhl zusammengesackt. Aus seinem Hemd lief ein dünnes Rinnsal über die Kante des Rollstuhls auf den Boden. In der grellen Beleuchtung, die jetzt in dem Kinosaal herrschte, sah das Blut fast schwarz aus.

Ich zog mein Handy heraus. Müller stöhnte. Sein Blick war wieder wie hypnotisiert – genau wie vorhin, als er von dem Film so gefangen gewesen war.

»Warum?«, gurgelte er.

Ich schaltete das Telefon ein und wartete, dass es Empfang bekam. Verdammt, es kam auf jede Sekunde an!

»Warum haben Sie das getan?«, keuchte Müller leise.

Er glaubt tatsächlich, ich hätte auf ihn geschossen, dachte ich. Verdammte Scheiße.

Kein Netz. Ich musste noch mal nach oben. Ich ließ den Glücksspiel-King allein, wartete quälend lange Sekunden, bis sich das kleine Antennensymbol auf dem Display aufgebaut hatte, und tippte 110.

Ich nannte keinen Namen. Nur die Adresse. Und die Information, dass hier jemand angeschossen worden war. Ich beschrieb, so gut es ging, den Weg in den Keller.

Dann ging ich noch mal zu Müller.

»Warum?«, hauchte er immer noch.

»Ich habe nicht geschossen. Glauben Sie mir das bitte. Hilfe ist unterwegs.«

Er stöhnte.

Ich versuchte zu rekapitulieren, was ich vor tausend Jahren beim Erste-Hilfe-Kurs für den Führerschein gelernt hatte. Den Blutfluss stoppen. Den Arm abbinden. Aber womit?

Ein Kabel! Hier musste es doch ein Kabel geben!

Unter dem Projektor. Eine Kiste mit Verlängerungsschnüren. Ich versorgte Müller, so gut ich konnte.

»Ich muss leider weg. Jeden Moment kommt der Notarzt.«

Ich ging nach oben, öffnete die Haustür sperrangelweit und lief dann zurück ins Wohnzimmer. Durch die Terrassentür verließ ich das Haus.

Auf der Rückseite des Grundstücks gab es einen kleinen Pfad, der auf ein Stück Brachland führte. Ich rannte die knapp zweihundert Meter durch Geröll und niedrige Büsche, bis ich auf eine Straße stieß. Hier war ich vorhin mit dem kleinen Roten entlanggefahren. Ein Stück weiter stand er friedlich wartend, als ob nichts gewesen wäre.

Ob der Schütze hier auch vorbeigekommen war?

Ich sah mich um. Die Häuser lagen ruhig und still da, als wären sie unbewohnt. Es konnte jedoch durchaus sein, dass gerade jemand aus dem Fenster sah. Und wenn die Polizei kam, den toten Müller entdeckte und sich in der Nachbarschaft umhörte …

Sie würden erfahren, dass ein Mann in einen roten R4 eingestiegen war. Und vielleicht erinnerte sich sogar jemand, dass der Wagen ein Wuppertaler Kennzeichen besaß. Wenn nicht ohnehin irgendein Aufpasser aus Spaß die Nummern aller fremden Wagen notierte, die hier parkten.

Es war nicht zu ändern.

Ich schloss den Wagen auf und setzte mich hinein. Etwas bedeckte das ohnehin kleine Sichtfeld. Ein Zettel hinter der Windschutzscheibe.

Ich griff um den Türholm herum und zog das Papier ins Innere.

Ein zusammengefaltetes DIN-A4-Blatt. Schwarze Blockbuchstaben. Drei Wörter.

STELL DICH, ROTT!

16

Ich mied die Bergische Landstraße und trieb mich in den Vorstädten herum. Es war jetzt bereits so dunkel, dass ich das Licht einschalten musste. Trotzdem konnte jeder, der hinter mir herfuhr oder mir entgegenkam, meinen Wagen prima erkennen. Und da die kleinen Franzosen nicht gerade zahlreich auf den Straßen vertreten waren, würde sich so mancher auch an mich erinnern.

Warum kann sich Jutta kein unauffälliges Auto zulegen?, dachte ich. Warum so eine Nostalgiekiste? Und dann auch noch in dieser Signalfarbe?

Ich hatte Unmengen von Fingerabdrücken in Müllers Haus hinterlassen. Und zwei P1-Kugeln steckten bei Nevada-King in der Wand. Wenn er den Schuss überlebte, würde Müller aussagen, dass ein gewisser Remigius Rott auf ihn geschossen hatte.

Eine kleine Hoffnung blieb mir: Die Bullen würden feststellen, dass die Kugel, die Müller getroffen hatte, nicht aus meiner Waffe stammte. Weder aus der, die mir offiziell gehörte und die sich jetzt in der Asservatenkammer der Polizei befand, noch aus der illegalen Wumme, die ich gerade mit mir herumschleppte.

Ich fuhr und fuhr und wälzte dabei Gedanken, bis ich mich in Düsseldorf wiederfand. »Kölner Landstraße«, las ich auf einem Schild. Ich suchte einen Parkplatz, stellte den Wagen ab und stieg aus. Dann rief ich Jutta an.

»Mensch, Remi, mach das nicht noch mal mit mir!«

»Was meinst du?«

»Als du dich das letzte Mal gemeldet hast, wollte dich gerade ein Polizist festnehmen. Schon vergessen?«

Eine Sekunde lang wusste ich tatsächlich nicht, was Jutta meinte. Dann fiel der Groschen. Ratingen. Das war gut zwei Stunden her und kam mir vor, als wäre es gestern gewesen.

»Keine Sorge, ich bin noch frei. Die Betonung liegt auf *noch*.«

»Was ist passiert?«

»Darüber sollten wir nicht am Telefon reden. Wir müssen uns treffen.«

»Du machst mich wahnsinnig. Erst lässt du ewig nichts von dir hören und dann diese Geheimniskrämerei.«

»Hast du noch deine Besucher vor der Tür?«

»Wer immer wachet / auch in den Stunden der Nacht / fängt schließlich das Wild.«

»Jutta. Du hast gesagt, du hörst damit auf.«

»Dann sag mir, was passiert ist.«

»Ich habe Nevada-King besucht. Er hat seinen Laden aufgegeben, sitzt im Rollstuhl und hat sich in seinem Keller ein Privatkino eingerichtet. Er hat mir drei lila Scheine geschenkt, als ich ihm sagte, dass Manni bei ihm diese Summe mal verloren hat. Offenbar ist er von Reue gepackt und will allen Spielern, die durch ihn ruiniert worden sind, etwas Gutes tun.«

»Dafür kommt er bestimmt in den Himmel«, sagte Jutta lakonisch.

»Wenn dem so ist, hat ihn Petrus schon in Empfang genommen. Er ist nämlich tot. Das heißt, wahrscheinlich.« Ich vervollständigte meinen Bericht.

»Ist dir eigentlich klar, dass du immer tiefer da reinrutschst? Die Polizei kriegt in null Komma nichts raus, dass du da drinhängst. Die brauchen bloß ein paar Nachbarn zu befragen und Fingerabdrücke zu nehmen. Deine Patschefingerchen sind ja noch von diversen älteren Fällen gespeichert.«

»Ist ja schon gut«, stöhnte ich. »Ich weiß es ja.«

»Ich sage nur: Dr. Heimlich. Jetzt wäre wirklich der Punkt gekommen, um ihn zu konsultieren.«

»Und ich sage nur: Kommt nicht in Frage.«

»Sturkopf.«

»Danke für das Kompliment.«

»Du musst dich verstecken. Und in deinem Versteck nachdenken, was du weiter unternehmen kannst.«

»So ist es. Was ist nun? Sind die Bullen noch da?«

»Ich denke schon. Auch wenn sie nicht offen da rumstehen, ist es für dich viel zu gefährlich, jetzt hierherzukommen. Wir müssen uns woanders treffen.«

»Ich kann mich ja in irgendeinem Heuschober im Bergischen Land verkriechen«, schlug ich vor. »Das kann sehr romantisch sein. Das heißt – allein wahrscheinlich nicht so sehr.«

»Ich habe eine Idee«, sagte Jutta. »Meinst du, du schaffst es, vierzig Kilometer zu fahren, ohne dass dich die Polizei schnappt?«

»Ich werde es versuchen.«

»Obwohl … Ich hol dich besser ab. Wo bist du jetzt?«

»Düsseldorf.« Ich ging zur nächsten Straßenecke und gab Jutta die genaue Adresse durch. Das war jetzt auch egal.

»Bleib, wo du bist, und lass dich nicht erwischen. Ich komme.«

Ich blieb in der Verborgenheit der Nebenstraßen. Ab und zu kamen Passanten vorbei, dann legte ich einen Schritt zu und marschierte frisch drauflos, als hätte ich ein Ziel. Hätte ich unschlüssig herumgestanden, wäre ich aufgefallen. So aber beachtete mich niemand.

Ich hatte gerade zum dritten Mal auf die Uhr gesehen, da donnerte von irgendwoher ein PS-starker Motor heran. Ein Motorrad stoppte an der Kölner Landstraße.

Der Fahrer stellte das Gewummer ab und stieg von dem Fahrzeug. Der Fahrer war eine Fahrerin. Jutta.

»Ich wusste gar nicht, dass du die Harley noch hast«, sagte ich.

Sie hatte den Helm abgenommen und schüttelte ihr Haar. »Sie war eine Weile kaputt. Ich habe sie erst seit zwei Wochen wieder.«

Jutta hatte einen zweiten Helm und einen Nierengurt mitgebracht.

»Machen wir, dass wir hier wegkommen«, sagte sie.

Ich legte die Utensilien an. Das Jackett von Rosas Gregor wurde brutal zusammengequetscht.

»Willst du den R4 hier stehen lassen?«, fragte ich.

»Was bleibt uns anderes übrig?«

»Das ist schon das zweite herrenlose Auto, das im Bergischen Land herumsteht. Das nimmt langsam überhand.«

»Gib mir den Schlüssel.«

Ich kramte ihn heraus.

»Ich werde einen Freund bitten, den Wagen nach Wuppertal zu fahren. Wir werfen ihm den Schlüssel einfach in den Briefkasten, und ich rufe ihn nachher an, damit er sich um das Auto kümmert.«

»Und er geht dann zu Fuß zurück – wo auch immer er wohnen mag?«

»Er wohnt hier in Düsseldorf und fährt oft beruflich nach Wuppertal. Normalerweise nimmt er die Bahn. So kann er auf einer Strecke mal das Auto nehmen.«

Jutta hatte nicht nur in Düsseldorf Freunde, sondern überall auf der Welt. Auch irgendwo zwischen Bergisch Gladbach und Odenthal wohnte eine alte Bekannte von ihr, die sie auf einer Reise kennengelernt hatte.

»Und bei der können wir übernachten?«, fragte ich, als wir kurz haltmachten und Jutta an einem Mietshaus den Schlüssel in einen der Briefkästen fallen ließ.

»Nicht bei ihr zu Hause. Sie besitzt noch ein kleines Anwesen. Mit Fachwerkhaus, einer Scheune und etwas Land.«

»Klingt märchenhaft. Und da wohnt niemand?«

»Sie ist schon ewig dabei, das Haus zu renovieren. Aber wie das so ist – es zieht sich alles in die Länge.«

»Soll das heißen, die Bude ist unbewohnbar?«

»Nun sei mal nicht so wählerisch. Immer noch besser, als auf dem Feld zu übernachten, oder?«

Wir bestiegen die Maschine wieder und fuhren weiter. Jutta lenkte die Harley zielgerade auf die A46 und bog dann am Hildener Kreuz auf die A3 Richtung Süden ab. Sie gab mordsmäßig Gas, und der Wind zerrte an den Säumen meines Jacketts.

Ich krallte mich fest und versuchte, über den Fall nachzudenken. Irgendeine Spur haben wir noch, dachte ich. Da ist noch was … Doch ich war zu müde, als dass der Gedanke in mir eine klare Form annehmen konnte.

Jutta wechselte noch einmal die Autobahn. Diesmal ging es auf die A1, was mich wunderte, denn die führte ja nach Nordosten. Doch kaum hatte ich länger darüber nachgedacht, nahm Jutta eine Ausfahrt.

»Burscheid«, las ich.

Die Landstraße führte uns weg von dem geröteten Abendhimmel. Es ging durch ein paar Orte, dann über halsbrecherische Serpentinen den Berg hinunter. Hier war es jetzt schon sehr dämmrig. Jutta hatte den Scheinwerfer eingeschaltet, und der Lichtkegel tastete an Leitplanken entlang. Unten im Tal gab Jutta auf gerader Strecke wieder Gas.

Der kleine Ort mit schönen Häusern rund um einen Kreisverkehr war wohl Odenthal. Hier wohnte Theresa …

Aber Jutta hatte ein anderes Ziel. Wieder steile Kurven, diesmal bergauf. Schließlich bog Jutta in ein Wohngebiet ab und fuhr die dunkle Straße bis ganz nach hinten durch. Vor einer Einfahrt, die mit einer Kette versperrt war, stoppte sie. Bevor sie den Motor abstellte, konnte ich im Licht der Maschine noch einen kiesbestreuten Vorplatz, ein niedriges Fachwerkhaus mit Bank neben der Haustür und einen alles überspannenden Baum erkennen.

Ein wahres Hexenhäuschen, wie einer Geschichte der Brüder Grimm entsprungen.

Wir waren da.

17

Das riesige Gehirn des Mannes pulsierte wie ein freigelegtes pochendes Herz. Ein grüner Lichtschein ging von dem Wasserkopf aus, als der Unheimliche auf mich zukam. Bei jeder Zuckung der zerfurchten Masse legte er einen schwerfälligen Schritt zurück. Jedes Mal knarrte es laut, als er auftrat, dabei hätte der Boden eigentlich weich sein müssen, denn wir waren im Wald. Die Dämmerung war hereingebrochen, und die Düssel floss plätschernd vorbei. Trotzdem wurde das Knarren lauter und lauter. Ich wollte mich umdrehen, aber ich musste wie gebannt auf Nevada-King schauen, der mit seinem Rollstuhl allein und verlassen im Wald stand.

»Warum?«, rief er immer wieder. »Warum?«

Er griff neben sich, hatte jetzt Geld in der Hand. Nicht nur die drei Scheine, die er mir für Manni gegeben hatte, sondern ganze Bündel. Und er warf das Geld von sich, als sei es ein Haufen Müll.

Die Schritte kamen immer näher.

Jeden Moment würde mich der Unheimliche erwischen.

Da begann das Gehirn zu schrumpfen wie ein Ballon, der rasant Luft verliert. Es wurde zu einer grauen Kugel, während schlagartig die Sonne erschien. Jetzt war die Kugel eine schmutzige Lampe, die über mir an der Decke hing.

»Oh, habe ich dich geweckt?«, fragte Jutta. »Tut mir leid.«

Ich griff nach der Bettdecke ohne Federbett, die halb von meinem Schlaflager gerutscht war. Wo war ich? Ach, richtig: Ich hatte auf einer nackten Matratze genächtigt. In einem alten Bauernhaus irgendwo zwischen Bergisch Gladbach und Altenberg. Ich blinzelte. Die Sonne schien.

»Nein, ich war schon wach«, stöhnte ich. Jutta ging zu der Matratze hinüber, auf der sie geschlafen hatte. Jeder Schritt knarrte, als würde gleich das Haus einstürzen.

Sie trug nichts als einen rosa Slip und ein sehr kurzes T-Shirt. Wenn ich es nicht besser wüsste, hätte ich jeden ausgelacht, der mir weismachen wollte, dass Jutta fünfundfünfzig Jahre alt war. Sie schlüpfte in ihre Hose, und der Ausblick auf die glatten, gebräunten Beine war dahin.

»Schönen guten Morgen. Ich besorg uns mal was zum Frühstück.«

Ich nickte und bemühte mich, wach zu werden.

Sie ging die ebenfalls knarrende Treppe hinunter, dann fiel die Tür ins Schloss. Ich erhob mich und betrachtete durch die kleine Fensterscheibe den von der Sonne beschienenen Vorplatz. Ein Nussbaum, darunter weißer Sand, und gleich angrenzend ein Rasenstück, das sich in der Ferne verlor.

Jutta tauchte unter den Blättern des Baumes auf. Sie löste die Kette, mit der die Zufahrt versperrt war, startete den Motor und fuhr los.

Ich öffnete das Fenster. Ein Duft nach Blüten, Heu und altem Holz wehte herein. Dazu Vogelgezwitscher. Es schien noch nicht sehr heiß zu sein. Meine Armbanduhr zeigte kurz nach acht.

Im Untergeschoss standen auf dem kleinen Tisch in der Küche noch die beiden Gläser, die leere Weinflasche und das schmutzige Geschirr von gestern Abend. Wir hatten in der Vorratskammer des Hauses Ravioli in der Dose und eine Flasche Rotwein entdeckt. Daraus war dann ein italienischer Abend geworden, bei dem Jutta natürlich wieder ihre spezielle Sicht des Falles zum Besten gegeben hatte. Wir hatten lange vor dem Haus auf der Bank gesessen.

»Lebte dieser Müller alias Nevada-King eigentlich allein in dem Haus?«, hatte sie gefragt. »Als Behinderter? Er wird sich doch sicher Hilfe geholt haben.«

»Ich habe sonst niemanden gesehen«, sagte ich. »Warum ist das wichtig?«

»Kann es nicht sein, dass die offene Terrassentür nur eine Finte war? Eine Irreführung? Vielleicht war der Mörder jemand, der ohnehin im Haus ein- und ausging?«

»Und der wartet, bis ich auftauche, um Müller zu ermorden?«

»Du warst eben gerade der perfekte Sündenbock. Man müsste mehr über diesen Müller wissen. Wen er kannte. Wie er wirklich gelebt hat.«

»Wie soll ich das denn rauskriegen?«, sagte ich und schaufelte die Ravioli in mich hinein. Ich hatte wirklich Hunger. »Diese Aufgabe überfordert mich schon bei Krüger. Und jetzt noch dieser Spielcasino-König?«

Wir saßen noch eine Weile da, und fiel mir ein, was ich Jutta noch hatte fragen wollen.

»Hast du etwas wegen dem Zettel rausgekriegt? Ich meine, diese Notizen, die ich bei Krüger gefunden habe?«

Sie schüttelte den Kopf. »Nichts Besonderes. Es sind Ortsnamen.«

Ich versuchte, mich zu erinnern. »Wie hießen die noch mal?«

»Scheifenheide und Weilenhaus. Sie gehören zu Haan. Sie liegen also praktisch vor den Toren Wuppertals.«

»Hast du einen Plan dabei?«, fragte ich.

Sie schüttelte den Kopf. »Hab ich vergessen.«

»Du weißt aber, wo das ist?«

»Ich denke schon. Aber glaubst du, das bringt uns weiter? Vielleicht hat Krüger die Orte einfach so notiert.«

»Und warum hätte er das tun sollen?«

»Keine Ahnung.«

»Siehst du. Es wäre doch mal eine schöne Aufgabe, das rauszukriegen.«

»Vielleicht kennt er da jemanden. Oder wollte sich dort ein Haus kaufen.«

Wir hatten noch eine Weile Gedanken gesponnen und Ideen gesammelt, warum sich in der Wohnung eines Kriminalhauptkommissars ein solcher Zettel befinden könnte.

»Vielleicht ist es eine Schatzkarte«, hatte Jutta fantasiert.

Ich erinnerte daran, dass es sich nur um Wörter handelte. Keine Zeichnung.

»Ist doch egal. Du weißt schon, was ich meine. Jedenfalls könnte dort doch etwas versteckt sein. Geld. Taler. Genau: Neandertaler. Soweit ich mich erinnere, fließt da gar nicht weit entfernt die Düssel vorbei.«

»Eine ganz neue Version des Begriffs Neandertaler«, stimmte ich zu. »Aber eine gewagte Theorie.«

»Wieso? Letztlich suchen wir doch auch nach Geld. Geld, das Krüger bekommen hat.«

»Das ist aber eine Weile her«, wandte ich ein. »Er hat es sicher mittlerweile ausgegeben.«

Uns fiel nichts Sinnvolles, auch nichts Sinnloses mehr ein, und schließlich zogen wir uns auf den Dachboden zurück, der einmal ein Schlafzimmer werden sollte.

Jetzt, am nächsten Morgen, stand ich in der Küche und dachte nach, ob mir nicht doch noch eine Variante als Erklärung einfiele. Doch dem war nicht so.

Ich stand immer noch da, als draußen Geknatter ertönte und Jutta kurz darauf mit der Schulter die Tür aufschob – in der einen Hand eine Plastiktüte mit Einkäufen, in der anderen eine Zeitung.

»Ich dachte eigentlich, du hättest schon Kaffee gekocht«, sagte sie. »Oder wenigstens den Kram von gestern weggeräumt.«

Ich erwachte aus meinen Gedanken. »'tschuldige.«

Jutta grinste. »Jetzt tu nicht so, als wärst du sonst so ordentlich.«

Ich hörte gar nicht zu, sondern schlug die Zeitung auf.

»Es steht auf der Titelseite«, sagte Jutta.

»Scheiße«, sagte ich.

»Das kann man wohl sagen.«

Nevada-King war tot. Bevor er starb, konnte er noch den Namen des Mannes nennen, der ihn seiner Meinung nach erschossen hatte. Und der jetzt als Verdächtiger gesucht wurde.

Ein gewisser Privatdetektiv aus Wuppertal.

18

Kurz darauf waren wir wieder unterwegs. Jutta fuhr über Altenberg und Burscheid auf die A1. Am Kreuz Leverkusen schlängelte sie sich am Stau vorbei und arbeitete sich bis zur Abfahrt Solingen vor. Danach kam wieder Landstraße, und ich verlor den roten Faden. Irgendwann sah ich die Autobahn, dicht mit Fahrzeugen bepackt, kurz unter einer Brücke, und dann kreuzten wir die Kaiserstraße in Sonnborn, bevor Jutta scharf rechts abbog und das Motorrad auf eine Höhe lenkte.

Eine Aussicht über das Bergische Land empfing uns, wie sie typischer nicht sein konnte. Der Blick ging über Wiesen und Felder, streifte in der Ferne Waldstücke, dazwischen ein paar Wohnsiedlungen. Manche Häuser wirkten brandneu und leuchteten weiß in der Sonne.

Jutta blieb am Straßenrand stehen und stellte den Motor ab.

»Absteigen«, sagte sie.

»Was ist los?«

»Wir sind da. Das hier ist die Vohwinkeler Straße. Die kleinen Weiler, die Herr Krüger notiert hat, liegen irgendwo dahinten.« Sie deutete auf ein Waldstück, neben dem Häuser zu erkennen waren. »Und hier links geht's nach Gruiten. Kennst du das?«

Ich überlegte. Ja, das sagte mir was. Ein kleines Dörfchen an der Düssel. Sehr romantisch. Lauter kleine Fachwerkhäuser. Praktisch jedes Gebäude stand unter Denkmalschutz. Die Kirche mittendrin wurde gerne für Hochzeiten genutzt. Man erlebte dort bergische Romantik pur. Vorausgesetzt, man entfernte sich nicht mehr als fünfhundert Meter von dem Ort. Dann erwarteten einen Schnellstraßen, Kalkgruben, Industrie und Hochspannungsleitungen.

Jutta nahm den Helm ab und schüttelte ihre Haare aus. Schweißtropfen glänzten auf ihrer Stirn. Ich war auch froh, den Brocken ausziehen zu dürfen und den Nierengurt zu lösen. Das Jackett klebte an mir.

Auf der Landstraße neben uns näherte sich donnernd ein Lkw.

Ich wandte mich sicherheitshalber ab. Man wusste ja nie, wer einen erkannte. Als der Lastwagen auf unserer Höhe war, rammte der Fahrer den nächsten Gang ins Getriebe und gab Gas. Eine Staubwolke folgte ihm. Sie stammte von dem Erdreich, das er geladen hatte. Wahrscheinlich kam er von einer Baustelle in der Nähe, wo wieder mal eine neue Eigenheimsiedlung entstand. Diese Schuhschachtelhäuser schossen überall im Bergischen Land aus dem Boden. Bald würde es mit der Idylle endgültig vorbei sein. Da halfen auch die denkmalgeschützten Oasen wie Gruiten nichts. Die Besiedelung schnitt ihnen die Luft ab.

»Ich habe mir die ganze Zeit überlegt«, rief ich gegen den Lärm an, »auf welchem Weg der Mörder geflohen ist. Vielleicht sollten wir uns das mal ansehen.« Auch wenn es nicht ratsam war, sich dem Neandertal weiter zu nähern. Sicher hing dort überall mein Steckbrief an den Bäumen.

»Hast du mittlerweile eine Karte besorgt?«, fragte ich.

Jutta schüttelte den Kopf. »Aber wenn wir eine einigermaßen ruhige Stelle finden, wo es Handyverbindung gibt, könnte ich uns eine besorgen.«

Was sollte das denn heißen?

»Also gut«, sagte ich. »Und vorher fahren wir mal hier die Orte ab. Vielleicht sehen wir doch etwas Auffälliges. Zu irgendwas müssen diese Notizen bei Krüger doch gut gewesen sein.«

Jutta düste mit mir auf dem Sozius über die Landstraße und klapperte die Weiler ab. Ich hielt die Augen offen.

Wohnhäuser. Freies Land. Die Zufahrt zu einem Restaurant. Eine Baustelle.

»Nicht so schnell«, rief ich nach vorn, und Jutta bremste ab.

Ich scannte das riesige Bauschild.

»Hier entsteht ein Wellness-Hotel«, las ich. Darunter der Name der Baufirma. Und der einer Hotelgruppe, in deren Auftrag das Ding hochgezogen wurde.

Dahinter war von Wellness noch nichts zu sehen. Die Bagger hatten eine Schneise in einen Grashügel gefressen. Die riesige Wunde in der Landschaft leuchtete ockerfarben. Weitere Baumaschinen waren dabei, auszuschachten. Am Rand erhoben sich weiße Klötze: Baucontainer. Daneben ein paar Arbeiter neben aufgestapeltem Baumaterial: Rohre, Stahlgitter, Leitungen.

Jutta gab Gas und preschte weiter, bis wir an einem Wäldchen ankamen. Ein breit ausgefahrener Wirtschaftsweg mit tiefen, steinhart getrockneten Fahrspuren führte an gefällten und rot markierten Baumstämmen vorbei und verlor sich zwischen Büschen und Farn im Wald.

Jutta lenkte die Maschine langsam in den Weg hinein. Wir schreckten ein paar Schmetterlinge auf. Als sie das Motorrad abstellte, stob irgendwo ein Vogel laut kreischend davon.

Ich setzte den Helm ab. Es war still – bis auf den Lärm von dem Hotelneubau, der in der Ferne rumorte.

»Optimal. Machen wir es uns auf den Baumstämmen bequem«, sagte Jutta.

Ich stieg über die Fahrspuren und setzte mich. Ein nettes Plätzchen. Das Blätterdach spendete Schatten. Jutta machte sich an der Motorradbox zu schaffen. Hatten wir eigentlich etwas zu trinken mitgenommen? Und ein paar Brote? Es war die ideale Zeit für ein zweites Frühstück.

Aber sie holte nichts dergleichen hervor. Stattdessen hatte sie eine schmale schwarze Tasche in der Hand. Sie setzte sich neben mich und öffnete sie. Zum Vorschein kam ein kleines Notebook.

»Wozu braucht man heute noch Landkarten?«, sagte sie. »Die Elektronik ersetzt alles.«

»Du hast da drin Landkarten gespeichert?«

»Nicht ich, du Doofi. Das Internet.« Sie klappte den Laptop auf, holte aus der Tasche etwas Flaches und schob es seitlich in das Gerät. »Sag bloß, du hast noch nie was von einer UMTS-Karte gehört?«

Doch, hatte ich. Internet für unterwegs. So was hatte ich mir nur nie leisten wollen. Oder vielmehr: leisten können.

Plötzlich fiel mir etwas ein. »Als wir gestern Abend darüber gesprochen haben, welche Orte Krüger auf den Zettel geschrieben hat, hast du sie mir aber nicht auf dem Computer gezeigt. Hast du den heute erst gekauft, oder was?«

Sie warf mir einen Blick zu, mit dem eine Lehrerin den dümmsten Schüler der Schule bedachte. »Auf dem Hof gab es keinen Handyempfang«, sagte sie und tippte etwas auf der Tastatur, ohne den Blick vom Monitor zu nehmen. »Das hätte keinen Sinn gehabt.«

Es dauerte ein paar Sekunden, dann hatte Jutta die Seite geladen, die uns eine Karte von der Gegend zeigte. »Das ist eigentlich ein Internet-Routenplaner«, sagte sie, »aber für unsere Zwecke bestens geeignet. Wir können uns auch über Google Earth die Gegend von oben ansehen. Ich hoffe, du weißt, wovon ich rede.«

Ich wusste es genau. Ich hatte Google Earth auch schon genutzt – nicht zum Ermitteln, sondern eher als Computerspiel, wenn mir langweilig war. Am Anfang wirkte das Ganze erschreckend. Da zeigte sich zuerst unser guter alter Erdball, den man mit der Maus drehen konnte wie einen Globus, der im Zimmer steht, und dann ließ sich jedes Winkelchen der Welt heranzoomen. Man sah die Autodächer in der Friedrich-Ebert-Straße, die Sonnenschirme der Urlauber auf Malle oder Panzer in Afghanistan. Mir sagte das nur eines: Die Welt war eine winzige Kugel, und sie war zerbrechlich, als ob sie aus Glas wäre.

»So, jetzt schau mal.« Jutta drehte mir den Bildschirm zu. Von grüner Markierung gesäumt, schlängelte sich eine Straße über den Bildschirm.

»Das Neandertal«, sagte ich, zumal ich etwas unterhalb des Geschlängels den Haltepunkt Erkrath-Hochdahl eingezeichnet sah. Der Park-and-ride-Platz, wo ich auf weitere Nachrichten von Krüger gewartet hatte.

»Ganz recht. Und wenn mich nicht alles täuscht, ist das hier der Tatort.«

Der kleine Pfeil, den Jutta über das Touchpad bewegte, wanderte vom Bahnhof aus nördlich, bis er an eine dünne, ebenfalls ziemlich verschlungene blauen Linie stieß: die Düssel. Links davon führte ein Sträßchen aus dem Grün heraus. Es verzweigte sich kurz vor der Hauptstraße in einen Ast, der zu einem Friedhof führte, und einen anderen, an dem Wohnhäuser angesiedelt waren. Jutta führte den Pfeil auf dieses Sträßchen, und plötzlich öffnete sich eine Sprechblase, die uns über dessen Namen informierte.

»Thekhaus«, las ich.

»Wenn ich mich recht entsinne, ist das ein kleines Seitental, das von dem Weg an der Steinzeitwerkstatt rauf nach Hochdahl führt«, sagte Jutta. »Über dieses Sträßchen könnte der Mörder geflohen sein. In der Dämmerung hat ihn da sicher keiner gesehen.«

»Und dann hat er sich auf dem Friedhof versteckt.«

»Zum Beispiel. Es gibt aber noch eine andere Möglichkeit.« Sie führte den Zeiger etwas weiter nach links. »Du hast mir erzählt, dass ihr in einem alten Steinbruch wart, Herr Krüger und du.«

»So sah das aus. Es war eine große seitliche Einbuchtung in das steile Tal.«

»Und die Schüsse kamen von oben.«

»Ziemlich sicher. Und der Mörder hat dann auch gleich von oben dafür gesorgt, dass die Beweisstücke, die ihn entlasten, runtersegelten. Die Pistole und das Foto.«

»Dann war er hier. Oberhalb des Kessels ist Wald, siehst du? Und dann geht es in etwas wie eine Weide über. Man kann praktisch ungesehen auf die Straße gelangen und dann seelenruhig ins Auto steigen. Während du noch auf die Polizei gewartet hast, war er schon weg.«

Ich dachte nach und starrte auf die kleinen grauen Klötzchen entlang der Hauptstraße. »Wenn es nicht zu gefährlich wäre, würde ich mich gerne dort umsehen und mal ein paar Leute befragen. Vielleicht musste er auf seiner Flucht auch durch einen Privatgarten? Und vielleicht hat ihn dabei jemand gesehen? Bei dem warmen Wetter sind die Leute doch abends gerne draußen.«

Jutta nickte. »Ja, das wäre eine Möglichkeit. Aber gefährlich ist es. Du kannst auch davon ausgehen, dass die Polizei sich dort bereits umgehört hat.«

»Ich glaube, das lassen wir lieber.«

»Oder ich gehe hin. Ich könnte mich als Mitarbeiterin der Staatsanwaltschaft ausgeben. So wie du es immer tust.«

Ein paar Sekunden lauschte ich in die Landschaft und sah den Insekten zu, die sich am Rand des ausgefahrenen Weges tummelten. In der Sonne glänzte ein Spinnennetz. Dann wurde mir die leise akustische Kulisse aus Baulärm wieder bewusst.

»Probieren wir mal etwas anderes«, sagte ich.

»Was meinst du?«

»Ruf mal ein Suchprogramm auf. Und gib den Namen ›Kotten Bau‹ ein.«

»Ist das eine Firma?«

»Es sind die Jungs, die da hinten das Wellness-Hotel hochziehen. Der Name stand auf dem Schild.«

Jutta klickte und tippte. Eine nüchterne graue Website erschien. Ein Foto zeigte einige gewerbliche Gebäude auf einem Firmengelände. Unter dem Logo rechts reihten sich einige Links: »Über uns«, »Referenzen«, »Leistungen«, »Kontakt«, »Impressum«.

»Die Firma ist in Wuppertal«, sagte Jutta. Sie hatte »Kontakt« angeklickt.

»Probier mal Referenzen.«

Die Liste war lang. Verzeichnet waren Warenhäuser in Wuppertal, Düsseldorf und Köln. Mir fiel der Hertie-Abriss in Elberfeld ein, doch damit hatten die hier wohl nichts zu tun.

»Sind da auch Hotels aufgeführt?«, fragte ich.

Jutta rollte ganz nach unten. Die Schrift war klein und schwer zu lesen.

»Suchen wir doch einfach mal danach.«

Ein Fenster erschien. Jutta tippte »Hotel«.

Der Cursor sprang irgendwohin und markierte etwas.

»Die haben schon mehrere Wellness-Hotels gebaut. Immer für dieselbe Kette.«

»Wie heißt die?«

»Schroffbach Hotels.«

»Klingt nicht gerade, als würde man sich da wohlfühlen.«

»Och, das heißt gar nichts. So ein Wellness-Hotel ist eine tolle Sache.«

»Ja, man schwitzt sich in der Sauna kaputt und gibt auch noch eine Menge Geld dafür aus. Das kann man bei dem Wetter umsonst haben.«

»Remi, du hast überhaupt keine Ahnung. Wellness ist doch mehr als Sauna! Da gibt's ganz tolle Behandlungen. Hast du schon mal heilende Berührungen erlebt?«

»Was meinst du denn damit?«

»Na, eine Hot-Stone-Massage zum Beispiel. Oder du solltest mal ein Meersalz-Peeling machen lassen.«

So was konnte ich mir eh nicht leisten. Ich stoppte Jutta, ehe sie anfing, mir etwas über ihre Erlebnisse in Hotels zu berichten, wo die Nacht locker zweihundert Euro aufwärts kostete.

»Sind da Links dabei?«

»Beim Peeling?«

»Nein, auf der Seite. Ich würde gerne mehr über diese Schroffbach-Hotels erfahren.«

Jutta tippte eine Weile herum. »Hier ist die Homepage der Hotelkette«, sagte sie. »Und jetzt?«

Diese Seite sah schon anders aus. Einladend. Jedenfalls für Leute mit dem entsprechend gefüllten Geldbeutel.

Ich betrachtete die Fotos auf der Seite: Weiße Gebäude leuchteten vor blauem Himmel. Die Farbe des Firmaments biss sich ein wenig mit dem Türkis eines Schwimmbads am rechten Bildrand. Das Becken war kurvig geformt und erinnerte an den Umriss einer Violine. Ich musste an meine Besuche im Schwimmbad »In der Mirke« denken. Wehmut erfüllte mich.

»Ganz nett«, sagte Jutta. »Aber was bringt uns das?«

»Vielleicht hat sich Krüger die Ortsnamen aufgeschrieben, weil er das Hotel mal besuchen wollte, wenn es fertig ist.« Ich deutete auf eines der Bilder. Es war kein Foto, sondern eine Computernachbildung eines Gebäudes. »Schroffbach-Hotel Haan«, las ich. »Die Eröffnung soll im Herbst stattfinden.«

»Dann haben die aber nicht mehr viel Zeit«, sagte Jutta. »Wenn da jetzt noch eine Baugrube gähnt.«

Ich versuchte, mich auf die Fakten zu konzentrieren.

Dahinten wurde ein Hotel gebaut.

Krüger hatte Ortsnamen auf ein Zettelchen notiert, die in der Nähe des Hotels lagen.

Hatte das etwas miteinander zu tun? Hatte es damit zu tun, dass Krüger ermordet worden war?

Jutta klickte noch ein wenig auf der Seite herum. Ich wusste, dass sie nicht wirklich nach Informationen suchte. Es war eher ein Ausdruck ihrer Nachdenklichkeit – so ähnlich, wie manche Menschen beim Telefonieren Kreise oder Sterne malen. Sie klickte auf die Fotos – Links zu den einzelnen Hotels, die in ganz Deutschland verstreut waren. Eins lag in der Nähe von Freiburg, ein anderes in Niedersachsen am Harz.

Jutta kehrte zur Anfangsseite zurück und schob den Mauspfeil auf einen Link, der »Unsere Philosophie« hieß.

»Du scheinst dich tatsächlich mit dem Gedanken zu tragen, so ein Hotel zu besuchen«, sagte ich.

»Warum nicht? Informieren kann man sich ja mal.«

Die Seite ging auf. Zuerst erschien eine Menge Text – etwas kitschig aufgemacht. Die Schrift sah wie Schreibschrift aus. Sie war von der Besitzerin der Kette unterschrieben. Alexandra Schroffbach. Eine flott hingeworfene Unterschrift. Etwas langsamer erschien neben dem Text das Foto der Frau. Ein Porträt.

Attraktiv war sie. Und sie wirkte selbstbewusst. Ganz der Typ Managerin.

»Die kenne ich«, sagte ich.

»Wirklich?«

»Ganz sicher.«

Ich scannte in Windeseile die Gelegenheiten ab, bei denen ich ihr begegnet sein könnte. Mir fiel auf Anhieb keine ein.

Jutta wollte das Bild wegklicken, aber ich fiel ihr in den Arm. »Sekunde«, sagte ich.

Jutta sah mich überrascht an.

»Jetzt weiß ich es wieder. Ich glaube, wir haben was gefunden.«

Diese dunkelhaarige Frau auf dem Foto. Mit Hauptkommissar Krüger vor einem See und grüngrauem Wald. Deutlich jünger damals. Es war dieselbe Frau – da ging ich jede Wette ein. Hier, auf der Internetseite, trug sie wahrscheinlich gefärbtes Haar, und vielleicht war sie auch schon mindestens einmal geliftet. Sie hatte alles daran gesetzt, ihr jugendliches Aussehen so gut zu bewahren, wie es ging. Wahrscheinlich war auch das Foto nachbearbeitet.

Trotzdem war ich ganz sicher.

»Das ist Krügers Exfrau«, sagte ich.

19

Jutta hatte sofort eine Theorie parat.

»Es könnte doch sein, dass das Grundstück, auf dem das Hotel entsteht, aus der Familie von Krüger oder seiner Frau stammt. Und Krüger wollte das Grundstück selbst haben.«

»Und deswegen hat sie ihn ermordet? Nachdem der Bau schon längst stattfindet und wahrscheinlich seit Jahren geplant ist?«

»Vielleicht war sie es ja, die ihn bestochen hat. Um sich die Anteile an dem Land zu sichern.«

»Sehr umständliche Methode. Das passt doch alles nicht zusammen.«

Wir saßen immer noch auf dem Baumstamm. Jutta hatte das Notebook zugeklappt.

»Außerdem glaube ich nicht, dass solche Hotels einfach auf Grundstücken entstehen, die der Hotelkettenbesitzer ohnehin schon besitzt«, fügte ich hinzu. »Da werden doch Standortanalysen gemacht. Man muss genau ermitteln, welches Einzugsgebiet das Hotel hat. Abgesehen von den Genehmigungen, die man dafür braucht. Vor allem hier im Neandertal. Das ist doch in weiten Teilen Naturschutzgebiet.«

»Die Gegend dahinten jedenfalls nicht mehr«, sagte Jutta.

»Wir sollten herausfinden, wem das Grundstück vorher gehörte. Vielleicht ist ja bei der Baugenehmigung irgendwas Krummes passiert. Krüger wusste vielleicht davon.«

»Genau. Zuerst hat man versucht, ihn mit seiner eigenen Bestechung aus der Zeit im Glücksspieldezernat zu erpressen, und als das nichts fruchtete, hat man ihn beseitigt. Ich kann mir vorstellen, dass so ein Hotelbau eine Menge Geld bringt. Und das Geld verdient man nur, wenn das Ding auch pünktlich fertig ist. Wie ich die Branche kenne, haben die schon für die Herbstferien die ersten Zimmer vermietet.«

»Dann frage ich mich allerdings, wie die Leute, die Krüger beseitigt haben, an das Foto aus dem Nevada-King kamen.«

»Kümmern wir uns erst mal um das Grundstück. Das wird uns auf eine Spur bringen.«

»Und wie stellen wir das an? Wir müssten nach Haan ins Rathaus … Grundbücher einsehen.«

»Das lassen wir mal lieber. Wie es der Teufel will, ist direkt neben dem Rathaus eine Polizeiwache, und sie erkennen dich.«

»Und wie sollen wir uns stattdessen informieren?«

»Auf die Art und Weise, wie man sich hier auf dem Land am besten informiert.« Jutta stand auf. Das Notebook hatte sie schon in die schwarze Tasche gepackt. »Komm mit.«

Das Wohnhaus, das der Baustelle am nächsten war, stand einsam am Feld und ein Stück von der Hauptstraße zurückgesetzt. Die Braugrube war kaum dreihundert Meter entfernt. Der Wind stand gerade so, dass die gelblichen Staubschwaden des trockenen Lehmbodens in langen Fahnen herüberzogen.

»Halt dich schön hinter mir, dann werden wir das Ding schon schaukeln«, sagte Jutta und klingelte.

Eine Weile geschah gar nichts, und wir versuchten vergeblich, uns unter dem Windfang vor dem heranwehenden Dreck zu schützen. Endlich ging die Tür auf, und eine Frau in geblümtem Kittel sah uns an. Sie hatte einen schmierigen Lappen in der Hand.

»Schönen guten Tag«, sagte Jutta, »entschuldigen Sie die Störung.«

Ich konnte dem Blick der Frau entnehmen, dass sie uns für Vertreter oder so etwas hielt. Wahrscheinlich würde sie jeden Moment die Tür zudonnern. Jutta schob eine Erklärung nach.

»Wir sind von der Presse. Langenfelder Anzeiger.«

Das Misstrauen verringerte sich nicht. Aber immerhin blieb die Tür offen.

»Wir arbeiten an einem Artikel über den Hotelneubau dahinten.«

Die Frau lachte gequält auf. »Dann schreiben Sie mal schön.« Die Tür ging ein Stück zu. »Ich kann Ihnen da auch nichts drüber erzählen.«

Jutta schob die Hand vor und hielt das Holz der Tür fest.

»Es geht uns darum, Meinungen von Anwohnern zu sammeln, verstehen Sie?«

»Ich kann dazu nichts sagen, und mein Mann ist nicht da.«

Die Tür fiel ins Schloss.

»Immer dasselbe«, sagte ich. »Wenn der Mann nicht zu Hause ist, hast du keine Chance. Lass mich mal.«

Diesmal drückte ich auf die Klingel. Die Frau kam tatsächlich zurück, öffnete die Tür aber nur einen Spalt.

»Ich kann nichts sagen. Gehen Sie bitte. Ich hab zu tun. Und ich kann Sie nicht reinlassen.«

Ich schielte auf das Schild und entzifferte ihren mutmaßlichen Namen.

»Frau Strünkermann. Es dauert nicht lange, und wir nennen auch Ihren Namen nicht in der Zeitung.«

»Kommen Sie heute Abend wieder, wenn mein Mann da ist.«

»Stört Sie eigentlich dieser Krach von der Baustelle nicht? Und der Dreck?«

»Schon.«

»Sehen Sie, und davon soll unser Artikel handeln. Das ist alles, was wir wissen wollen. Durch den Dreck müssen Sie sicher eine Menge putzen.«

»Das ist eine wahre Schande. Als wenn ich meine Zeit gestohlen hätte.«

»Na, sehen Sie. Und das sollen die Leute im Bergischen Land erfahren. Dass man sich so was nicht bieten lassen kann.«

»Das sagen Sie richtig.«

Plötzlich taute die Frau auf. Sie fasste in ihre Schürze und klimperte mit einem Schlüssel. »Ich zeige Ihnen mal was, das können Sie schreiben.« Sie drängte sich heraus und zog sorgfältig die Haustür hinter sich zu. »Kommen Sie mit.«

Wir folgten ihr um das Haus in den Garten. Rasen, eingegrenzt von niedrigen Büschen. In der Mitte stand eine Wäschespinne.

»Da kann ich seit Wochen nichts dranhängen«, sagte sie. »Alles voll von diesem Lehmstaub. Das ist eine Riesensauerei. Wenn der Bauer da drüben aufs Feld geht und der ganze Mist hier rüberweht, ist das schon schlimm genug. Aber das macht er ja nicht jeden Tag. Das hier ist viel schlimmer. Vor allem bei der Trockenheit.«

Jutta nickte. Sie tat zustimmend. »Dagegen müssen wir unbedingt vorgehen. Wenn die normale Hausfrau nicht mal mehr ihre Wäsche aufhängen kann ...«

Frau Strünkermann fühlte sich verstanden.

»Was sind das eigentlich für Leute, die da bauen?«, versuchte ich das Gespräch langsam in eine andere Richtung zu lenken.

»Irgendeine Firma halt«, sagte Frau Strünkermann.

»Wer hat der Firma das Grundstück verkauft?«

»Das war doch der alte Rath«, sagte sie mit einem Tonfall in der Stimme, als wäre diese Information allgemein bekannt.

»Wohnt er auch hier?«, fragte Jutta.

Frau Strünkermann blickte traurig auf ihre Wäschespinne. Dann kratzte sie sich am Kopf. Schließlich sah sie uns wieder an, als hätte sie sich die ganze Zeit Gedanken darüber gemacht, wie sie in diesen harten Zeiten ihre Wäsche trocken bekam.

»Der ist im Altersheim«, sagte sie.

»In welchem?«

Sie deutete irgendwohin. Ich folgte der Richtung ihres Fingers. Dort war aber nur freies Feld. Ganz weit hinten ragte ein Stück Dach über den Horizont. Ich konnte mich aber auch täuschen.

»Dahinten hat er gewohnt. Bis vorletztes Jahr noch.«

»Wohnen dort jetzt Verwandte von ihm?«, fragte Jutta.

Frau Strünkermann stand nur da und blickte zum Horizont, als würde ihr erst jetzt richtig aufgehen, dass ein langjähriger Nachbar nicht mehr da war.

»Können Sie uns nicht sagen, in welchem Altersheim er lebt?«, hakte ich nach. »Wir würden auch gerne mit ihm sprechen.«

»Solingen, hat es geheißen. Das Heim ist in Solingen.«

In Solingen gab es sicher eine Menge Heime. Und bis wir das richtige gefunden hatten …

»Wissen Sie, in welchem?«, fragte ich.

»Keine Ahnung.«

»Aber Sie wissen doch sicher, wie Herr Rath mit Vornamen heißt.«

»Friedolin Rath«, sagte Frau Strünkermann.

Immerhin etwas.

»Vielen Dank für das Gespräch«, sagte ich. »Darüber können wir einen schönen Artikel schreiben.«

»Was jetzt?«, fragte ich, als wir die Straße wieder erreicht hatten.

»Rüber zu dem anderen Haus. Da wohnt vielleicht einer, der uns weiterhelfen kann.«

Wir setzten uns auf die Maschine. Zweimal erwischten wir Sackgassen, die auf dem Feld endeten. Dann fuhren wir noch mal zum Haus von Frau Strünkermann zurück, um uns zu orientieren. Schließlich fanden wir einen unasphaltierten Feldweg, der auf das Haus zuführte.

Das Anwesen bestand aus mehreren Gebäuden – einem Wohnhaus, einer alten, zur Garage umgebauten Scheune aus dunklem Holz und mehreren Schuppen. Ich sah auf den ersten Blick, dass hier niemand wohnte. Das Unkraut schoss aus allen Ecken. Am Wohnhaus war Farbe abgeblättert. An der Haustür hing ein großes Spinnennetz.

»Schau mal hier«, sagte Jutta. Sie deutete auf einen verblichenen Zettel, den jemand an den Briefkasten geklebt hatte.

Ich versuchte zu entziffern, was darauf stand.

»Post bitte nachsenden«, las ich. »Pflegeheim ... Solingen ...« Eine Adresse.

»Siehst du«, sagte Jutta. »So einfach ist das.«

20

Ein blitzblank geputzter Gang mit dunkelblauem Kunststoffbelag. Jeder Schritt hinterließ ein leises Quietschen. Miefiger Geruch – eine Mischung aus Putzmitteln, schlechtem Atem, ungereinigten Gebissen und Inkontinenz. Breite lackierte Türen in schmutzigem Weiß.

Ab und zu öffnete sich der Gang zu kleinen Nischen, die mit Stühlen bestückt waren. Und dort saßen sehr alte Leute und sahen uns neugierig an. Ich drehte mich im Vorbeigehen um und bemerkte, dass sie uns stumm mit Blicken folgten. Als kämen wir geradewegs vom Mars.

Die Pflegerin, der wir zu Raths Zimmer folgten, beachtete die alten Leute nicht. Sie war höchstens zwanzig Jahre alt, steckte in blendend weißer Arbeitskleidung, und wenn man in ihrem Kielwasser schwamm, verdrängte ein feiner Duft aus Duschgel den unangenehmen Geruch um uns herum.

»Herr Rath ist wahrscheinlich gerade beim Essen«, sagte sie.

»Heißt das, er ist gar nicht auf seinem Zimmer?«, wollte Jutta wissen, aber ich deutete nur auf den Rollwagen, der auf dem Gang stand. Darauf stapelten sich die Tabletts mit den Mittagsmenüs, jeweils von einer runden Plastikhaube abgedeckt.

»Herr Rath, Besuch für Sie«, rief die Pflegerin, nachdem sie die Tür geöffnet hatte.

Ein verhutzeltes Männchen im Bademantel an einem Tisch. Auf einem Tablett stand ein Suppenteller mit trüber gelblicher Flüssigkeit.

»Die Herrschaften möchten Sie sprechen.«

Rath sah zu uns auf. Es schien ihm schwerzufallen, den Kopf zu heben. Wahrscheinlich litt er an dieser Krankheit, die einen zwingt, immer gebückt zu bleiben. Nur seine Augen gingen nach oben, als er uns ansah. Er wirkte wie ein verschrumpelter Vogel.

Ich stellte uns vor – wie vorhin als Journalisten.

Rath löffelte langsam weiter. In dem engen Zimmer gab es keine weitere Sitzgelegenheit. Jutta und ich nahmen vor dem Tisch Aufstellung.

»Wir interessieren uns für den Hotelneubau auf Ihrem ehemaligen Grundstück«, erklärte Jutta. »Verstehen Sie, was ich sage?«

Rath nickte und schob den Teller zur Seite. »Natürlich verstehe ich, was Sie sagen, ich bin ja nicht taub«, knarzte er. »Oder halten Sie mich für vertrottelt? Setzen Sie sich doch. Ach so, wieder mal kein Stuhl da. Draußen auf dem Gang finden Sie welche. Und wenn alle besetzt sind, scheuchen Sie ein paar von den Idioten weg. Die Stühle sind auch für die Besucher.«

Ich überließ es Jutta, mit Herrn Rath das Gespräch zu beginnen. Ich fand zwei freie Stühle. Sie waren stapelbar und überraschend leicht.

»Na, beim Aufräumen?«, sagte eine der zahnlosen Alten, die mich beobachteten.

»Muss ja auch mal sein.« Ich trug die Stühle davon.

Als ich das Zimmer betrat, waren Jutta und Rath schon im eifrigen Gespräch. Jutta war in die Hocke gegangen, um mit ihm auf Augenhöhe zu sein.

»Natürlich war das eine Sauerei«, ereiferte sich Rath gerade. »Die Weide war schon seit Ewigkeiten in unserem Besitz. Und wissen Sie, was die mir dafür gegeben haben?«

Ich schob Jutta einen Stuhl unter und setzte mich ebenfalls.

»Die haben behauptet, sie wollten Landwirtschaft betreiben. Keine Rede vom Bauen. Und ich brauchte doch unbedingt das Geld. Erst haben sie gesagt, alle anderen drum herum hätten auch schon verkauft, aber ich hab natürlich nachgefragt. Daher wusste ich, dass das nicht stimmte.«

Raths Vogelaugen rollten. Er hatte sich in Rage geredet.

»Dann haben sie behauptet, die Verkäufe wären zwar noch nicht unter Dach und Fach, aber alle seien bereit dazu … Und ich hab mich immer noch stur gestellt. Ich hab zwei Kinder, die wollen doch auch was erben.«

Zwei Kinder, die sich noch nicht mal um das Haus kümmern, dachte ich. Jutta sah Herrn Rath an und strahlte Verständnis und Anteilnahme aus.

»Und dann ist ja der Mist hier passiert«, schimpfte Rath weiter.

»Welcher Mist?«, fragte Jutta.

»Schlaganfall«, rief Rath. »Plötzlich gelähmt. Furchtbar. Zum Glück konnte ich noch sprechen.«

Ja, zum Glück, dachte ich.

»Und mit dem Laufen klappt's auch wieder einigermaßen. Aber immer nur zwei Meter auf einmal. Und dann musste ich irgendwas verkaufen, weil ich das Heim und all das ja nicht bezahlen konnte, und dann ist das ganze Grundstück für zwanzigtausend weggegangen. Ich könnte heulen, sage ich Ihnen.«

Ich sah mich im Zimmer um. An die eine Seite passten gerade ein Bett und ein Einbauschrank. Mit drei Schritten war man hier, wo der quadratische Tisch stand. Hinter dem Fenster verlief die Solinger Konrad-Adenauer-Straße. Die Aussicht oben in Haan war schöner gewesen.

Rath las offenbar gern. Über dem Bett hing ein langes, voll gestelltes Regal. Es waren auch Bildbände über das Neandertal dabei. Kein Wunder, wenn man selbst ein Neandertaler ist, dachte ich. Wenn man von dort stammte.

»Vielleicht hat sich die Schroffbach das Grundstück nicht nur wegen der Bauerei unter den Nagel gerissen«, sagte Rath plötzlich in die entstandene Stille hinein. Seine Hand tastete nach unten und brachte ein Papiertaschentuch hervor. Er putzte sich geräuschvoll die Nase.

»Was meinen Sie damit?«, fragte Jutta, als das Trompeten abgeklungen war. »Warum denn sonst?«

»Ach, die wollen nach und nach das ganze Neandertal aufkaufen und den Reibach mit dem Tourismus ganz allein machen.«

Rath stierte vor sich hin, offenbar vollkommen in Gedanken versunken.

Einen Moment war es still im Raum, dann ging mit Radau die Tür auf, und eine kleine dicke Pflegerin kam herein. Sie zog dem immer noch teilnahmslosen Rath das Tablett samt noch nicht ganz geleertem Teller weg und brachte es nach draußen. Dann schloss sie die Tür wieder.

»Was ist mit Ihnen?«, fragte Jutta.

Rath schüttelte langsam den Kopf. »Ich muss mich jetzt hinlegen«, murmelte er und klang traurig.

Er beachtete uns nicht mehr. Er stützte sich umständlich auf und schleppte sich die drei Schritte zum Bett.

Jutta gab mir ein Zeichen, zu gehen. Es hatte wohl keinen Zweck mehr. Wir sahen noch zu, wie sich Rath auf dem Bett niederließ und an der Decke herumzupfte.

»Darf ich Ihnen unsere Telefonnummer hinterlassen?«, sagte ich und griff in die Tasche. Meine Visitenkarten hatte ich nicht dabei. Ich suchte in den Taschen des Jacketts, das Rosas Gregor gehört hatte, und brachte etwas zum Vorschein, das wie eine Karte aussah. Es war ein Ticket für ein Konzert in der Kölner Philharmonie. Aus dem Jahr 1987. Ich fand an einer Ecke Platz, unsere Handynummern zu notieren.

Ich legte die Karte auf den Tisch, und wir verabschiedeten uns. Wir verließen den Raum und marschierten über den Flur, die Blicke der Alten im Rücken.

»Immerhin wissen wir jetzt, dass das Grundstück nicht aus Krügers Familie stammt«, sagte ich, als wir wieder neben Juttas Motorrad standen. »Krügers Exfrau hat es sich vielleicht irgendwie unter den Nagel gerissen oder sie ist auf krummen Wegen an die Baugenehmigung gekommen. Krüger hatte mit ihr noch eine Rechnung offen, wie das so unter geschiedenen Eheleuten ist. Der Hauptkommissar ist dahintergekommen, was da lief. Er hat gedroht, alles ans Licht zu bringen, und damit war der Hotelneubau gefährdet. Also musste er sterben.«

»Du meinst also, diese Frau Schroffbach war die Mörderin?«

»Sie ist ziemlich verdächtig, würde ich sagen.«

Jutta betrachtete nachdenklich ihren Helm, den sie in den Händen hielt.

»Ich frage mich, was Herr Rath mit seiner Bemerkung sagen wollte. Dass sich Alexandra Schroffbach das Grundstück vielleicht nicht nur wegen der Bauerei angeeignet hat. Das klingt fast so, als gäbe es dort eine Ölquelle oder so was.«

»Ach, der hat sich doch nur aufgeregt, dass er zu wenig Geld bekommen hat. Das ist ein alter Mann, der seinen einsamen Gedanken nachhängt. Sie baut doch das Hotel, oder nicht?«

»Und was nun?« Jutta streifte den Helm über.

»Ich glaube, uns bleibt nichts anderes übrig, als uns auf der Baustelle umzusehen.«

»Wenn deine Theorie wirklich stimmt, dann haben wir dort keine Chance. Die Polizei ist sofort da und schnappt uns. Wenn nicht noch was Schlimmeres geschieht.«

Ich nahm meinen Helm. »Na, ich hoffe, im Notfall ist deine Maschine schnell genug …«

21

Jutta stellte die Maschine gleich neben den Bauzaun, mit der Spitze in Richtung Straße. Mir war klar, dass sie dafür sorgte, dass wir im Notfall schnell verschwinden konnten.

Die Zufahrtsrampe war der Ausläufer der großen Grube, die die Bagger in den Hügel gefressen hatten. Der Zaun war hier unterbrochen, damit Lastwagen und Baumaschinen durchkamen. Innerhalb des Geländes lagen auf der rechten Seite die Baucontainer und das gestapelte Baumaterial. Daneben lungerten ein paar Arbeiter herum. Die Staubwolken hatten sich gelegt. Als wir uns näherten, sahen uns die Arbeiter mürrisch an. Wir blieben vier, fünf Schritte vor ihnen stehen. Einige von ihnen hatten Butterbrote und Bierflaschen in der Hand. Sie aßen und tranken. Ich starrte in verschwitzte, dreckige Gesichter.

»Bauamt Haan«, sagte Jutta. »Wer ist hier verantwortlich?«

Wenn sie geglaubt hatte, dass das auf die Arbeiter Eindruck machen würde, hatte sie sich getäuscht. Die Männer sahen uns weiter stumm kauend an.

»Hier muss doch jemand das Sagen haben«, rief Jutta und markierte die entrüstete Obrigkeit.

»Nicht da«, sagte einer und biss in sein Brot.

»Was soll das heißen?«, fragte Jutta und wirkte noch ärgerlicher. Ihre Stimme überschlug sich fast. Leider belustigte die Arbeiter das eher. Einige grinsten. Was Jutta von sich gab, wirkte eher zickig als autoritär.

»Mittagspause soll das heißen«, rief ein anderer, und alle lachten wie auf Kommando, als hätte ihr Kollege einen Riesenwitz gemacht.

»Was hat das damit zu tun?«, gab Jutta zurück. »Euer Chef kann ja auch in der Pause mit mir reden.«

Ich ließ derweil meinen Blick über das Gelände schweifen. Ich hatte keine Ahnung, wie schnell Profis in der Lage waren, ein Hotel zu bauen, aber nach einer Eröffnung im Herbst sah mir das wirklich nicht aus. Im Moment wurde nur gebuddelt. Die Baugrube war noch nicht mal fertig, und von einer Bodenplatte war auch noch nichts zu sehen. Geschweige denn von der ein oder anderen Wand.

»Aber nicht über drei Kilometer«, sagte der Arbeiter jetzt. »Der Chef ist über Mittag in Mettmann.«

Alle nickten. Jutta sah zu mir herüber.

»Können Sie uns genauer sagen, wo er ist? Und wie er heißt?«, fragte ich.

»Martin Kotten heißt er. Steht auch auf dem Schild da drüben. Oder können Sie nicht lesen?«

Wieder allgemeines Gelächter. Es klang wie ein Männerchor.

»Haben Sie einen Ausweis?«, fragte einer der Arbeiter. Mir fiel auf, dass er nicht mitgelacht hatte.

»Den werden wir Herrn Kotten schon zeigen«, sagte ich.

»Was wollen Sie überhaupt?«, wollte der Arbeiter wissen und kam einen Schritt heran. Er schien der Einzige zu sein, dem nicht daran gelegen war, Witzchen zu reißen.

»Wann soll das Hotel fertig sein?«, fragte ich.

»Na, im Herbst. So ist es jedenfalls geplant.«

»Glauben Sie, Sie schaffen das? Im Moment sieht es ja nicht danach aus.«

»So was geht zack, zack. Wenn man erst mal freie Bahn hat.«

Ich nickte. »Freie Bahn? Ja, die braucht man wohl.«

Der Mann schüttelte den Kopf und ging zu seinen Kollegen zurück. Wieder bei der Gruppe angekommen, drehte er sich um und zeigte an uns vorbei.

»Jetzt können Sie mit Herrn Kotten reden. Da kommt er gerade.«

Jutta und ich wandten die Köpfe. Vor dem Zaun fuhr ein Wagen vor.

Der Fahrer ließ das Auto, einen schwarzen BMW, sehr vorsichtig über die Rampe rollen. Der will nicht, dass der schicke Lack einstaubt, dachte ich. Die Beifahrertür ging auf, und ein massiger Mann wuchtete sich ins Freie. Er trug wie einige der Arbeiter eine blaue Latzhose. Sie war jedoch sauber und leuchtete wie in einer Waschmittelwerbung. Wahrscheinlich hatte der Mann eher einen Schreibtischjob.

Wer sitzt da am Steuer?, fragte ich mich, während der Dicke auf uns zukam. Die Sonne spiegelte sich in der Windschutzscheibe, sodass ich niemanden im Inneren erkennen konnte. Ich ging jede Wette ein, dass Alexandra Schroffbach in der Limousine saß – wahrscheinlich umschmeichelt von einer luxuriösen Klimaanlage.

»Sind Sie Herr Kotten?«, fragte Jutta, und der Mann blieb stehen und nickte. Sein Blick verriet Überraschung und Unsicherheit. Auf seiner Stirn hatten sich Schweißperlen gebildet. Kein Wunder. Wenn man aus einem gut gekühlten Auto kam, traf einen die Hitze wie eine Feuerwalze.

»Was ist hier los?«, fragte er, und seine Stimme wollte gerne nach Chef klingen. Er blickte hilflos zu seinen Arbeitern hinüber und versuchte ein zweites Mal, den dicken Molly zu machen. »Die Mittagspause ist seit zwei Minuten vorbei«, rief er. »Ich will hier keinen rumlungern sehen.«

Die Arbeiter setzten sich in Bewegung. So betont langsam, dass die Provokation unübersehbar war.

»Und jetzt zu Ihnen.« Kotten hatte sich ein bisschen in Stimmung geredet. Man nahm ihm den selbstbewussten Chef fast ab. Aber nur fast. »Was wollen Sie?«

Jutta wich von der Bauamtlegende ab und tischte ihm wieder das Märchen vom Langenfelder Anzeiger auf. Sie behauptete, einen Artikel über den Neubau zu schreiben, und fantasierte etwas von Anwohnern, denen die Bauerei auf die Nerven ging und die sich alle fragten, ob das Projekt auch wirklich bis zum Herbst fertiggestellt sei.

»Ich habe auch was von Verfahren wegen Ruhestörung munkeln hören«, krönte Jutta ihre Story.

Ich behielt den schwarzen BMW im Auge, der immer noch bewegungslos in der Sonne glänzte wie ein riesiges futuristisches Insekt. Über dem Dach flimmerte die Luft.

Kotten setzte gerade zu einer Antwort an, da öffnete sich die Fahrertür des Wagens. Heraus kam nicht Alexandra Schroffbach, sondern ein Mann in schwarzem Anzug. Dunkles, etwas schütteres Haar, das fransig über die Ohren hing. Ein räudiger Bart.

Der Mann näherte sich mit festen, schnellen Schritten. Er strahlte eine Autorität aus, von der Kotten, der sich erneut Schweiß vom Gesicht wischte, einiges lernen konnte.

»Was wollen Sie hier?«, fragte der Mann mit einer Stimme, die gewohnt war, Leute herumzukommandieren. »Verlassen Sie sofort die Baustelle.«

Kotten brach mitten im Satz ab und drehte sich zu dem Mann um. Offenbar hatte er gar nicht bemerkt, dass er herübergekommen war. Der Chef der Baufirma schien sogar darüber erstaunt zu sein, dass der BMW überhaupt noch dort stand.

»Und wer sind Sie?«, fragte Jutta.

»Hauen Sie ab!«, rief er. »Sie haben hier nichts verloren.«

Im selben Moment ließ hinter uns jemand einen Bagger an. Alles, was gesagt wurde, versank in einem Meer aus Krawall.

»Wie heißen Sie?«, schrie Jutta.

»Ich bin derjenige, der Sie hier rausschmeißt. Also weg hier.«

Er nickte in Richtung einiger Arbeiter, die sich an dem gelagerten Material zu schaffen machten. Sofort ließen sie ihre Arbeit liegen und kamen anmarschiert. Der Mann brauchte nur den Kopf in Richtung der Rampe zu bewegen, da packten sie uns und schoben uns weg.

»He, was soll das?«, protestierte Jutta. »Fassen Sie mich nicht an.«

»Sie haben widerrechtlich die Baustelle betreten«, schrie der Mann hinter uns her. »Es geschieht nur zu Ihrer eigenen Sicherheit.«

Als wir an der Straße standen, klopften sich die Arbeiter die Hände ab. Der Baggerlärm war hier schon viel leiser. »Schönen Tach noch.« Sie machten kehrt.

Hinter dem Zaun war zu erkennen, wie der Mann im dunklen Anzug Kotten zusammenschiss. Er ging zu einem der Bürocontainer, und Kotten trottete hinterher. Bevor der Mann in dem provisorischen Gebäude verschwand, warf er uns noch einen gehässigen Blick zu.

»Blöder Sack«, rief Jutta. »Hier dürfen wir ja wohl stehen. Oder gehört Ihnen die Straße auch?«

Hinten bewegte sich etwas. Ein Wagen kam die Landstraße heran. Relativ langsam, aber zielstrebig. Der Schreck fuhr mir in den Magen.

Grün und silbern. Ein Streifenwagen. Noch ehe ich darüber

nachdenken konnte, ob die Polizei zufällig hier war oder ob sie jemand alarmiert hatte, rannten wir zum Motorrad. Ich nestelte noch an meinem Helm herum, da trat Jutta schon den Anlasser. Der Motor brüllte. Ich stieg auf und konnte mich gerade noch festhalten, als die Maschine mit der geballten Kraft ihrer Pferdestärken anruckte. Jutta gab volles Rohr, bis wir an der Stelle waren, wo es in den Wald ging und wir auf dem Baumstamm gesessen hatten. Sie bremste.

»Bist du wahnsinnig?«, rief ich. »Fahr weiter.«

»Immer langsam. Sie folgen uns gar nicht.«

»Was?«

Sie stieg ab. »Siehst du irgendwo einen Streifenwagen?«

Ich drehte mich um. Die Straße döste einsam in der Mittagshitze.

Jutta kramte in ihrer Motorradtasche und förderte ein Fernglas zutage. Damit lief sie zu den Baumstämmen, stieg auf einen von ihnen und hielt es sich an die Augen.

Ich kam mühsam hinterher. Der Schweiß brach mir aus, und ich fragte mich, wie Jutta so locker in der Hitze herumhüpfen konnte. Noch dazu in der schweren Motorradkleidung.

»Glaubst du, es ist günstig, wenn wir hierbleiben? Was gibt's da schon zu sehen?«

»Der Polizeiwagen steht immer noch da.«

»Gib mal her.«

Ich suchte die gelbe Lehmgrube, und dann erkannte ich die weißen Container. Gerade kam der Mann im schwarzen Anzug mit den beiden Polizisten heraus. Kotten war auch zu sehen, aber er entfernte sich in Richtung der Arbeiter. Er trug zusammengerollte Pläne unter dem Arm.

Der Mann im schwarzen Anzug sprach mit den beiden Polizisten. Sogar von hier aus konnte ich sehen, dass es ihnen keinen großen Spaß zu machen schien, in der Hitze herumzustehen. Der eine schob die Schirmmütze zur Seite und kratzte sich, der andere hob die Arme – wahrscheinlich um seine verschwitzten Achseln zu lüften.

Der Schwarze redete und redete, und dabei deutete er immer wieder dorthin, wo wir verschwunden waren. Die Beamten machten beschwichtigende Gesten.

Hatte der Schwarze gemeldet, dass der böse Privatdetektiv, der wegen Mordes gesucht wurde, auf seiner Baustelle gesehen worden war? Eigentlich hätten die Bullen uns daraufhin mit Schmackes verfolgen müssen. Stattdessen stellten sie sich in die Hitze und hielten ein Schwätzchen. Entweder waren sie doof oder viel cleverer, als wir dachten, und in der nächsten Sekunde tauchte ein Hubschrauber über uns auf.

Ich beobachtete, wie die Polizisten zu ihrem Wagen zurückkehrten.

»Was siehst du?«, wollte Jutta wissen.

»Jetzt sind die Polizisten wieder im Auto. Und fahren los. Nicht besonders schnell. Aber immerhin.«

»In welche Richtung?«

»In unsere.«

Wieder rannten wir. So schnell wir konnten, bestiegen wir die Maschine. Jutta ließ sie ordentlich aufknattern. Nach den ersten zehn Metern ging es auf die Straße, die noch immer einsam in der Hitze schmorte. Die Bullen und uns trennte wohl immer noch die langgezogene Kurve, die am Wald entlangging.

Jutta beschleunigte. Der Wald trat zurück und gab den Blick auf die Höhen des Bergischen Landes frei. Die Straße führte eine Kuppe hinauf. Ich machte mich schon darauf gefasst, dass es wieder bergabging, doch dann stieg Jutta in die Eisen, dass die Harley gehörig ins Schlingern kam.

Noch ein silbergrüner Wagen! Quer auf der Straße!

Das drehende Blaulicht stach mir ins Auge.

Jutta nutzte den Schwung, um die Maschine zu wenden. Doch in dem Moment, als sie wieder Gas geben wollte, zeichnete sich ein Schatten vor dem gleißenden Himmel ab. Die Bullen von der Baustelle kamen uns entgegen.

»Halt dich fest!«, schrie Jutta und gab Gas.

Unter mir raste das Motorrad los, als säßen wir auf einer Rakete. Wir schossen auf das Grasland neben der Straße zu. Ein Grüppchen von Polizisten sah uns staunend dabei zu, wie wir einen weiten Halbkreis um die Sperre zogen.

Mit Karacho näherte sich die Stelle, wo Jutta wieder auf die Straße wollte. Sie lag etwas erhöht und war von der Weide, auf der wir den langen Kreis gezogen hatten, durch einen Graben getrennt.

Jutta schrie irgendetwas, und ich schloss die Augen.

Einen Moment, der mir unendlich lang vorkam, spürte ich, wie wir durch die Luft schwebten. Mein Magen sackte irgendwohin.

Als die Maschine auf den Asphalt aufsetzte, konnte ich durch das Geknatter hindurch hören, wie die Stoßdämpfer ächzten. Jutta gewann schnell Fahrt, schaltete und raste ungebremst durch die Sommerhitze.

Wir schossen über freies Land, dann durch Ortschaften. Mettmann. Die Innenstadt. Manchmal bremste Jutta ein wenig, doch dann gab sie wieder Gas, und mir dämmerte, dass sie keine Rücksicht auf rote Ampeln nahm. Hin und wieder Gehupe und am Straßenrand so etwas wie Geschrei.

Jetzt ging es einen Berg hinauf. Ich erahnte im Vorbeirasen einen Ortsnamen auf gelbem Hinweisschild. Wülfrath …

Irgendwann verzichtete ich darauf, mich umzusehen.

Augen zu und festhalten.

Immerhin war nur Geknatter zu hören. Keine Polizeisirene.

Dann hielt Jutta plötzlich an und stellte den Motor ab.

Ich zitterte am ganzen Körper, als hätte er die Vibrationen des schweren Harley-Motors in sich gespeichert. Mein Gesicht war schmierig von Schweiß. Der Helm glitt nur so von mir.

Wo waren wir? Eine Nebenstraße. Wohnhäuser.

»Ich glaube, wir haben sie abgehängt«, sagte Jutta.

Mühevoll stieg ich von der Maschine und ging ein paar Schritte. Meine Beine schmerzten. Ich lief wie auf Eiern.

Die Straße führte um eine Kurve. Hinter Bäumen war ein Gebäude aus grauem Naturstein zu sehen. Das Gelände sah wie ein Park aus.

»Das ist die Neanderkirche«, sagte Jutta.

»Soll das heißen, wir sind hier immer noch in der Nähe des Neandertals?«

»Allerdings.« Jutta deutete auf die Straße, die sich ein Stück weiter hinter dem angrenzenden Friedhof in einen Fußweg verwandelte. »Da geht's zum Museum. Nur ein Stück durch den Wald den Berg runter.«

Niemand war zwischen den Gräbern zu sehen. Eine Bank stand in einiger Entfernung und lud zum Verweilen ein.

»Da hast du uns aber nicht gerade genial in Sicherheit gebracht.«

»Wie man's nimmt. Die werden sicher eher davon ausgehen, dass wir nach Hause gefahren sind. Oder zumindest Richtung Wuppertal. Oder zu jemandem, den wir kennen. Zu Manni zum Beispiel.«

»Und du meinst, die halten hier in den Nebenstraßen nicht auch die Augen auf?«

»Wenn sie genug Augen haben.«

»Was soll das denn schon wieder heißen?«

»Das soll heißen, dass wir hier natürlich nicht bleiben.«

Vielleicht hatte Jutta recht. Ausruhen. Durchatmen. Über alles nachdenken. Am liebsten auch ein bisschen schlafen. Und ehrlich gesagt, auch mal wieder was essen. Das waren meine Wünsche.

»Wo willst du hin?«, fragte Jutta. »Auf dem Friedhof können wir uns nicht verstecken. Da spürt uns sofort jede misstrauische Oma auf, die Blumen auf einem Grab gießt.«

Etwas weiter entfernt zeichnete sich eine Baracke ab, die mit dunklem Holz verkleidet war. Ich probierte eine der beiden Türen, und meine Ahnung bestätigte sich. Es war eine Toilette für Friedhofsbesucher.

»Eine gute Idee«, sagte Jutta. »Aber das habe ich nicht gemeint, als ich von einem Versteck sprach.«

»Du erlaubst vielleicht trotzdem, dass ich mal eben verschwinde?«

»Hat dir die kleine Verfolgungsjagd einen solchen Schrecken eingejagt?«

Ich enterte die Keramikabteilung, erledigte, was zu erledigen war, und ließ mir dann am Waschbecken lange kaltes Wasser über die Hände laufen. Schön kühl war es hier drin. Warum konnte man nicht einfach hierbleiben?

Ich benetzte die Schläfen und wischte mir ein bisschen Feuchtigkeit durch die Haare. Ich zog das Ganze so lang hinaus, wie es ging. Ich wollte nicht mehr in die Hitze. Ich wollte mit dem ganzen Mist nichts mehr zu tun haben.

Schließlich musste es ja doch sein, und ich ging nach draußen.

Der Friedhof brütete in der Hitze. Trotz des Schattens, den die hohen Bäume spendeten.

Niemand war zu sehen. Auch Jutta nicht.

Ich ging ein paar Schritte in Richtung Tor. Keine Jutta. Überhaupt niemand. Die Fenster der Häuser auf der anderen Straßenseite starrten mich an.

Als wäre ich nie in dem Toilettenhäuschen gewesen, brach mir der Schweiß aus. Ich suchte ein Stück des Weges zwischen den Gräbern ab. Sollte ich einfach rufen?

Ich schlug einen Bogen und erreichte wieder die Baracke. Mein Herz raste, und in meinen Ohren hörte ich das Blut pulsieren.

Ich schrak zusammen, als sich neben mir eine Tür öffnete.

Jutta.

»Wie siehst du denn aus?«, fragte sie heiter und offensichtlich sehr erfrischt. »Hast du ein Gespenst gesehen? Ich dachte, hier spukt's nur nachts.«

Ich sagte nichts und atmete nur tief durch.

Jutta schüttelte den Kopf. »Na, ich werde ja wohl auch noch mal aufs Klo gehen dürfen, oder?«

22

Wir folgten zu Fuß dem Weg hinunter ins Tal. Ein Stück von der Kirche entfernt ging es immer steiler bergab, vorbei an einem breitmaschigen Drahtzaun.

Auf der anderen Seite lag ein verwildertes Grundstück, auf dem jemand allerlei Schrott angesammelt hatte. Als ich genauer hinsah, erkannte ich alte Autos – Limousinen wie aus alten amerikanischen Filmen. Oder zumindest die Reste davon. Verbeulte Karosserien, blinde Scheinwerferhöhlen, abgeplatzter Lack, durch den sich der Rost gefressen hatte. Und alles von einer Patina aus Dreck überzogen. Über manche Autodächer wuchs Efeu, als würde sich der Wald einen uralten Platz zurückholen.

Ich trat näher an den Zaun heran – und prallte zurück, als zwei Hunde angerannt kamen und auf mich einbellten. Mir blieb fast das Herz stehen.

»Komm weiter«, sagte Jutta.

»Hast du eine Ahnung, wem das Grundstück gehört?«

»Natürlich nicht. Das ist jetzt auch nicht wichtig.«

Ein Stück weiter bergab kam Asphalt in Sicht. Die Ausläufer des Museumsgeländes. Zwischen den Bäumen waren Bewegungen zu erkennen. Da fuhren Autos herum und Menschen waren unterwegs.

»Ich bin ja immer noch nicht davon überzeugt, dass das eine gute Idee ist«, sagte ich.

»In Menschenmengen ist man am besten vor Verfolgern geschützt.« Es klang, als hätte Jutta das in einem Lehrbuch für flüchtige Verbrecher gelesen und brav auswendig gelernt.

»Wenn da jetzt ein Streifenpolizist herumsteht und uns erkennt, haben sie uns. Es wäre besser gewesen, wir wären oben auf dem Friedhof geblieben.«

»Wo du aber sofort auffällst, wenn nur mal einer aus dem Fenster sieht.«

Der Pfad führte hinunter an den Zentralparkplatz, wo ich damals – vor einem Tag? Vor zwei Tagen? – geparkt hatte, um Krüger zu treffen. Und wo ich vor der Dorau ausgerissen war.

Jetzt sah alles völlig verändert aus: Der Parkplatz war voll besetzt, zwischen den Autos Familien mit und ohne Kinderwagen. Der Nachwuchs sprang ausgelassen zwischen den ein- und ausparkenden Wagen herum, in denen verzweifelte Familienväter versuchten, entweder dem Gedränge zu entgehen oder einen Parkplatz zu finden – eingeschlossen in die Hitzehölle einer rollenden Blechschachtel und überrascht von der Erkenntnis, dass auch andere auf die Idee gekommen waren, den überfüllten Schwimmbädern durch einen Besuch im Neanderthal Museum zu entkommen.

Und da stand immer noch mein Golf. Wie bestellt und nicht abgeholt. Ich klopfte auf meine Jeanstasche. Der Schlüsselbund klimperte. Ich hätte sofort einsteigen und losfahren können.

Ich folgte Jutta an die Durchgangsstraße, die den ganzen Bereich teilte. Auf der anderen Seite erblickte ich, hungrig wie ich war, ein Restaurant mit Außenterrasse. Dahinter schien ein UFO gelandet zu sein. Ein fensterloses rundes Gebäude aus milchigem grünen Glas ruhte hinter dem in der Sonne gleißenden Vorplatz. Das Neanderthal Museum.

»Bist du da schon mal drin gewesen?«, fragte Jutta, als wir an der Straße standen. Wir waren in die Menschenmenge eingetaucht. Wahrscheinlich hatte Jutta mal wieder recht. Hier waren wir tatsächlich ganz gut aufgehoben. Und im Inneren des Gebäudes allemal. Wer würde groß auf uns achten?

Ich schüttelte den Kopf.

»Dann wird's aber Zeit. Immerhin ist das eine Sehenswürdigkeit, deren Ruf rund um die Welt geht.«

Endlich konnten wir rüber. Die Sonne brannte unbarmherzig, und mein Hunger war von dem Gerede auch nicht gerade weniger geworden.

Jutta nervte. Diese auswendig gelernten Sprüche – ich fragte mich, was das sollte.

»Das klingt, als hättest du mal in dem Museum gearbeitet«, sagte ich so dahin.

»Ich nicht. Aber eine Bekannte von mir.«

»Wo du überall Bekannte hast …«

»Sie wohnt in Hilden. Ich hab sie über Theresa kennengelernt. Sie ist auch begeisterte R4-Fahrerin.«

Ich hörte nicht mehr zu. Wir erreichten den Vorplatz. Die Hitze staute sich auf dem Beton. Inmitten der Menschenmenge näherten wir uns dem hellgrünen UFO.

Im Inneren des Gebäudes empfing uns eine lange Kassentheke, daneben ging es zu den eigentlichen Ausstellungsräumen. Auf der anderen Seite standen Tische und Regale. Der Museumsshop. Bücher, Schmuck, Landkarten. Andenken. Ich ließ mich ein Stück mit der Menge mitziehen und bemerkte einen Fotoautomaten an der Wand. Brauchte man hier etwa Passbilder?

Gerade verließ ein kleiner Junge die Kabine und betrachtete mit einem Mann, der offenbar sein Vater war, was aus dem Ausgabeschlitz kam. Helles Gelächter. Ich verstand: Hier konnte man von sich ein Foto machen lassen, und ein Computer verwandelte das Aussehen in das eines Neandertalers. Jetzt verstand ich auch den englischen Begriff, der an dem Automaten stand: »Morphing Station«.

Jutta packte mich am Arm und zog mich in die andere Richtung, den Tischen zu, wo man seine Eintrittskarte kaufen konnte.

»Wir müssen ins Museum. Ganz unauffällig.«

Ich fragte mich, was wir tun sollten, wenn das Museum schloss.

»Hier – den Herrn solltest du dir noch ansehen.«

Vor mir stand ein altes nacktes Männchen. Es stützte sich auf einen Holzstab. Der Körper war bronzefarben und fast unbehaart, nur am Kopf wuchsen eine schwarze zottelige Mähne und der Ansatz eines Bartes. Der Mann grinste in sich hinein. Er schien mit sich und der Welt im Reinen zu sein.

»Darf ich vorstellen?«, sagte Jutta. »Der Neandertaler. Eine sehr getreue Nachbildung nach allen Erkenntnissen der heutigen Forschung.«

»Der Typ erinnert mich irgendwie an Frau Dorau«, sagte ich. »Allerdings ist er etwas schlanker. Aber die Größe stimmt.«

»Schön, dass du deinen Humor noch nicht verloren hast. Komm weiter, ich hab Eintrittskarten gekauft.«

Der breite Weg an der Kasse vorbei führte leicht bergauf und beschrieb eine weite Kurve – als würde hier eine große Spirale anfangen, der man bei der Besichtigung zu folgen hatte.

Die Vitrinen mit Knochen und Zeichnungen, die Karten, Bilder und Texttafeln waren allesamt künstlich beleuchtet, und man kam sich vor, als würde man selbst aus dem Dunkel der Geschichte auftauchen – und wäre auf dem Weg zu einem nicht näher definierten Ziel.

Jutta bewegte sich langsam, blieb aber an keiner Vitrine stehen. »Wo willst du hin?«, fragte ich. »Wollen wir uns nichts ansehen?«

»Komm erst mal mit. Ich kenne einen Ort, wo man ganz in Ruhe reden kann. Und wo ein Handy funktioniert.«

»Tut es das hier nicht?«, fragte ich.

»Das Gebäude ist aus Beton. Da haben wir Schwierigkeiten. Wir folgen einfach der Spirale bis nach oben. Der Weg stellt übrigens die Entwicklung des Menschen dar.«

»Wie sinnig. Und ganz oben wartet dann der Weltuntergang durch den Klimawandel oder die Atombombe?«

Jutta grinste. »Nicht ganz. Du wirst schon sehen.«

Wir marschierten zielstrebig an den Vitrinen vorbei. An einigen Stellen mussten wir uns behutsam durch große Gruppen von Besuchern drängen, dann war die Bahn wieder frei. Es wurde heller und heller. Irgendwo von oben drang Tageslicht in das Museum. Es gab doch Fenster. Hinter einer Panoramascheibe leuchtete das grüne Laub der Bäume ringsum. An einer Wand zog sich eine Theke entlang. Davor standen rote Stühle und silbern glänzende Aluminiumtische.

»Das ist also die Krone der Schöpfung«, sagte ich, und Jutta nickte nur.

»Die Cafeteria. Ich wusste, dass diese Entwicklungsstufe nach deinem Geschmack ist.«

Kurz darauf hatten wir einen der Tische ergattert, tranken Kaffee und aßen belegte Brötchen. Der Geräuschpegel war fast so hoch wie in dem von mir favorisierten Schnellrestaurant.

Jutta setzte ihre Tasse ab. »Ich denke, jetzt ist die Atmosphäre entspannt genug, dass wir uns überlegen können, wie es weitergeht.«

»Ich habe keine Ahnung«, sagte ich, nachdem ich einen gewaltigen Bissen hinuntergeschluckt hatte. »Wir haben nichts. Nur Ideen.«

»Immerhin wissen wir, dass es eine Verbindung zwischen Krügers Notiz und dem Grundstück gibt, auf dem seine Exfrau ein Hotel baut.«

»Wir haben den Verdacht, dass es irgendwas Illegales bei der Baugenehmigung gab. Aber wie sollen wir das beweisen?«

Jutta sah ihre Tasse an und machte ein nachdenkliches Gesicht. »Man müsste andersrum an die Sache rangehen«, sagte sie schließlich.

»Wie meinst du das?«

»Wir sollten den Verdächtigen nichts beweisen, sondern sie ausschließen. Wer übrig bleibt, war's. Die alte Sherlock-Holmes-Methode.«

Ich lachte gequält. »Welche von den vielen Verdächtigen meinst du denn? Nur damit wir den Überblick behalten.«

»Na ja, wir haben immerhin eine. Alexandra Schroffbach. Wenn Krüger ihr im Weg stand bei ihrem wichtigen Bauprojekt, kann sie ja auch die Täterin sein, oder nicht?«

»Oder irgendjemand, der in ihrem Auftrag gehandelt hat. Und wie wollen wir auf den kommen?«

»Mich würde mal interessieren, wer der Typ in dem schwarzen BMW war.«

»Vielleicht jemand von der Baufirma.«

»Glaube ich nicht. Die Firma hieß Kotten. Und so hieß auch der Bauleiter, der mit dem Typ im schwarzen Auto ankam. Da gibt's sicher keinen über ihm.«

»Vielleicht ist es ein Familienunternehmen, und der andere ist sein Bruder. Oder die Baufirma gehört dem Vater, und beide arbeiten da. Da gibt's viele Möglichkeiten. Es kann ja auch jemand von dem Wellness-Laden gewesen sein.«

Jutta seufzte. Sie nahm meine Hand, die neben dem leeren Teller lag. »Soll ich dir mal was sagen? Es sieht richtig beschissen aus.«

Ich konnte nur nicken.

»Wenn das der Neandertaler geahnt hätte«, sagte ich. »Welche Dramen sich eines Tages ereignen würden – genau an der Stelle, wo er friedlich in seiner Höhle lebte.«

»Na ja, so genau stimmt das ja nicht«, sagte Jutta und schlug wieder ihren Grundschullehrerinnenton an, den sie manchmal an sich hatte, seit sie mit der Arbeit als freie Journalistin angefangen hatte. Damals hatte ich sie mal besucht, und der gesamte Wohnzimmertisch war mit Büchern und Broschüren über das Bergische Land bedeckt gewesen. Jutta war auf der Suche nach Themen gewesen: von der Wiehler Tropfsteinhöhle bis zum Herz des heiligen Engelbert im Altenberger Dom, von der Wupperquelle bis – so nahm ich jetzt jedenfalls an – zum Neanderthal Museum. Nichts, was es im Bergischen Land gab, war vor ihr sicher. Plötzlich wusste sie über alles und jedes Bescheid. Und sie nutzte jede Gelegenheit, mich an ihrem Wissen teilhaben zu lassen. Ob ich es wollte oder nicht.

»... eigentlich ein Stück weiter«, sagte Jutta, als ich wieder aus meinen Gedanken erwachte. »Und deswegen gibt es sie nicht mehr.«

»Entschuldigung, was hast du gesagt?«

»Ich habe dir gerade erklärt, wo die wirkliche Fundstelle des Neandertalers ist.«

»Nicht hier?«

Ein strenger Blick. »Dass du nie zuhören kannst. Also noch mal. Das ist so. ...«

Jutta erklärte, was all die Leute hier um uns herum wahrscheinlich ganz genau wussten. 1856 hatten Arbeiter Knochen gefunden, die aussahen, als stammten sie von Menschen. Der Naturforscher Carl Fuhlrott untersuchte sie und stellte fest, dass die Funde wahrscheinlich uralt waren. Irgendwann kam die Wissenschaft dahinter, dass die Überreste von einem Frühmenschen stammten, den man dann nach dem Fundort Neandertaler nannte – damals noch mit »th«, wie man in irgendeiner Frühform der Rechtschreibung das Wort »Thal« schrieb.

Ich erinnerte mich. Ich hatte das alles irgendwann mal in der Schule gelernt, aber wie vieles andere vergessen. Heute interessierte mich das mehr als damals, aber ich hatte gerade andere Probleme.

Ich hätte gerne eine Zigarette geraucht, aber das war hier verboten.

»Was haben die Arbeiter denn damals im Neandertal gebaut?«, fragte ich. »Vielleicht ein Wellness-Hotel?«

Irgendetwas in mir gierte nach Nikotin. Ich musste hier raus.

»Das hab ich dir doch gerade erklärt. Man hat im Neandertal über lange Zeit Kalkstein abgebaut – als Baustoff und später für die Stahlherstellung. Es gibt übrigens heute noch ein Kalkwerk ganz in der Nähe.«

»Die Knochen waren also in Kalk eingeschlossen.«

»Nein. In den Felsen lag eine Höhle, die sich mit der Zeit mit Lehm gefüllt hatte. Und darin waren die Knochen. Die Arbeiter hatten die Aufgabe, die Höhle freizuräumen, damit man an den Kalkstein kam. Dabei sind sie auf die Knochen gestoßen. Und der Stein wurde abgebaut. Den Fundort selbst gibt es nicht mehr. Es wurde alles abgetragen. Man weiß aber, wo er lag. Hier ganz in der Nähe. Da ist heute nur noch eine Wiese.«

Ich tastete nach meinen Zigaretten. Weiter hinten, neben dem Panoramafenster, ging es zu einer Außenterrasse. Ich stand auf.

»Wo willst du hin?«, fragte Jutta.

»Eine rauchen. Da vorn geht's raus.«

»Ich komme mit.«

Auf der Terrasse standen auch Tische, zum Teil unter Sonnenschirmen. Wir befanden uns auf dem Dach des Museums. Hinter einer Brüstung war die Gebäuderückseite zu sehen, die sich weiter rechts noch weiter nach hinten zum angrenzenden Wald schob. Ein ganz netter Platz.

Ich rauchte und pustete den Qualm in die Landschaft. »Es ist ja schön, dass ich im Rahmen dieses Falles etwas über die Ureinwohner des Düsseltals erfahre, aber das bringt uns nicht wirklich weiter.«

»Ich könnte was versuchen«, sagte Jutta. »Warte mal.« Sie zog ihr Handy aus der Tasche. »In welcher Stadt ist die Zentrale der Schroffbach-Hotels?«

Ich überlegte, konnte mich aber nur an die bunten Internetbilder erinnern. »Keine Ahnung. Haben wir das überhaupt überprüft?«

Jutta verdrehte die Augen. »Also gut – dann muss es eben so gehen.«

Sie wählte eine Nummer. »Ja, guten Tag – ich suche die Zentrale der Firma Schroffbach-Hotels ... Ja, danke ...« Ein paar Sekunden später hielt sie das Mikrofon zu und flüsterte mir zu: »Ganz in der Nähe. In Düsseldorf.«

»Das war ja vorauszusehen«, murmelte ich.

»Wieso, wenn die Hotels in ganz Deutschland … Ja, verbinden Sie mich bitte.«

Wieder wartete sie. »Ja, hallo? Ich hätte gerne die Geschäftsleitung gesprochen. Ja, das Büro von Frau Schroffbach … Ach so, Entschuldigung. Hier ist Ahrens von Radio Berg. Es geht um einen Interviewtermin … In Ordnung, ich warte.«

Jutta zog schon wieder die Journalistenkarte. Das klappte fast immer. Aber was machte sie, wenn sie die Chefin höchstpersönlich am Draht hatte? Fragte sie sie, ob sie vorgestern zufällig im Neandertal gewesen war und auf einen Hauptkommissar geschossen hatte? Und ob sie sich daraufhin auch gleich noch in einen ehemaligen Spielclub verirrt hatte, um den Besitzer zu ermorden?

»Ja? Guten Tag – hier ist Ahrens von Radio Berg. Ist Frau Schroffbach zu sprechen?«

Natürlich kam vor der Geschäftsinhaberin noch mindestens ein Sekretariat.

»… kommt heute erst von einer Geschäftsreise zurück? Ja, es geht darum, dass ich Frau Schroffbach vorgestern Abend in Mettmann getroffen habe, und wir hatten vereinbart, dass ich demnächst ein Interview …«

Jutta wurde offenbar unterbrochen und machte große Augen. »Nein, hören Sie … das ist kein Missverständnis …«

Wieder unterbrach sie sich. Auf der anderen Seite wurde wohl gerade auf sie eingeredet.

»Ja, wenn Sie meinen … das tut mir leid. Radio Berg, ja.«

Jutta hörte wieder zu, dann nahm sie das Handy vom Ohr und drückte den roten Knopf.

»Das darf nicht wahr sein!«

Auch tot, dachte ich. Tot und begraben. Ermordet. Oder sie hatte einen Unfall. Ein Mord als Unfall getarnt. Und bald würde ich auch dafür geradestehen müssen …

»Die Vorzimmerdame sagte, Frau Schroffbach würde erst heute von einer Geschäftsreise aus Hamburg zurückkommen. Eine Verabredung mit ihr hätte es gar nicht geben können. Wenn das stimmt …«

»… scheidet sie als Täterin aus«, ergänzte ich. »Es ist, wie ich gesagt habe. Wenn sie da wirklich drinsteckt, hatte sie natürlich Helfer. Sie hat sich abgesichert.«

Jutta steckte das Handy weg. »Aber es muss doch irgendeine Möglichkeit geben.« Sie blickte düster der Wand aus grünem Laub entgegen. »Es muss einfach.«

Im selben Moment ging es wieder los. Diesmal wusste ich schneller, was passierte, aber die Besucher auf der Terrasse nicht. Alle drehten sich nach uns um, als in Juttas Tasche das Martinshorn losheulte.

Jutta brauchte lange, um nach dem Telefon zu greifen und den Anruf wegzudrücken.

Ich machte, dass ich zurück in das Gebäude kam.

»So viel dazu, dass man sich in der Masse gut verstecken kann«, zischte ich, als wir uns durch die Cafeteria den Weg zurück zu dem spiralförmigen Gang bahnten, vorbei an den Schautafeln mit vorzeitlichen und modernen Menschen, an den Vitrinen mit Knochen und Knöchelchen. »Jetzt haben uns wenigstens alle gesehen.«

»Ich wollte den Klingelton ja ändern. Tut mir leid.«

»Ich glaube, wir sollten machen, dass wir hier rauskommen. Wer hat denn da überhaupt angerufen?«

»Weiß ich nicht. Ist ja auch egal.«

»Das will ich aber jetzt wissen«, sagte ich eine Spur zu laut. Jutta schüttelte den Kopf, holte das Handy wieder heraus.

»Es ist sinnlos. Hier drin gibt's keinen Empfang. Und auf die Terrasse gehen wir besser nicht zurück.«

Wir eilten die Spirale der Evolution abwärts. Als wir unten angekommen waren und die Theke schon in Sichtweite war, blieb Jutta stehen.

»Schau.«

Sie deutete in Richtung des Neandertalers, der als Nachbildung am Eingang stand. Dahinter hatte sich gerade die Tür geöffnet, und zwei uniformierte Polizisten betraten das Museum.

»Da hast du uns ja was Schönes eingebrockt. Die nutzen die Mittagspause sicher nicht für ein Bildungsprogramm.«

»Wahrscheinlich hat uns oben jemand erkannt.«

Die Beamten wechselten ein paar Worte mit einer der Damen

hinter der Theke und gingen dann in unsere Richtung. Noch hatten sie uns nicht gesehen.

»Wie auch immer. Wir müssen hier weg.«

Ich sah mich hektisch um. Eine Treppe führte nach unten. Und eine Beschilderung: Dort ging es zu einer Sonderausstellung. »Hunderttausend Jahre Sex«. Genau das Richtige für einen Detektiv auf der Flucht.

»Los, da runter«, rief ich.

Ich zog Jutta hinter mir her, und wir drängelten uns behutsam, aber bestimmt zwischen den Leuten durch, die auf dem Weg in die Sonderausstellung waren.

Als wir am Fuß der Treppe angekommen waren, wurde mir erst klar, worum es hier ging. Die Geschichte der Erotik. Angefangen bei zigtausend Jahre alten steinernen Götzenbildern, die fruchtbare Frauen mit breiten Hüften und Mordsbusen darstellten, über Phallussymbole im alten Griechenland bis hin zu Bildern aus der Neuzeit. Ein lüsterner Mönch züchtigte auf einem Holzschnitt mit einer Peitsche das nackte rosa Hinterteil einer Frau, die über seinen Knien lag.

Sieh an, dachte ich. Sex sells. Das gilt auch für Museen.

Wir drängten uns an eine der Schauwände, wo irgendetwas über antike Fruchtbarkeitsriten erklärt wurde. Ich konnte nicht lesen, was auf der Tafel stand, aber ich hörte in einigen Metern Entfernung eine Frau, die gerade eine Gruppe älterer Herrschaften durch die Ausstellung führte. Ich traute meinen Ohren nicht.

»... hat es im 18. Jahrhundert schon so etwas wie einen Sexshop gegeben. Man verkaufte Dildos, hergestellt aus Buchenholz. Warum gerade Buche? Weil dieses Holz nicht splittert.«

Ich wandte mich von dem hochinteressanten Bildungsbeitrag ab und fasste die Treppe ins Auge, aber die Polizisten schienen nicht herunterzukommen.

»Wenn die wirklich wegen uns hier sind«, sagte Jutta, »haben sie schnurstracks den Weg in die Cafeteria genommen.«

»Soll das heißen, wir können hier raus?«

»Hier unten sitzen wir jedenfalls in der Falle.«

Ich sah mich um. Keine Tür. Nur eine Garderobe unter der Treppe. Sicher gab es irgendwo hinter den Stellwänden und Vitrinen einen Notausgang. Aber wenn wir den öffneten, ging bestimmt irgendein Alarm los.

»Wir sollten es wagen.«

Wieder durch das Gedränge. Die Treppe hinauf. Eine Horde Jugendlicher mit Rucksäcken kam uns entgegen. Waren nicht Ferien? Vielleicht kamen sie aus einem anderen Bundesland.

Einige von ihnen kicherten dämlich, als sie sahen, was in der unteren Etage ausgestellt wurde. Von oben kam die harsche Stimme einer Lehrerin: »Nicht da runter, Herrschaften. Wir bleiben hier oben im Erdgeschoss.«

Einige der Halbwüchsigen machten kehrt, die anderen tauschten noch ihre Erkenntnisse über die steinernen Phallus-Nachbildungen in den Vitrinen aus, auf die sie wohl einen Blick erhascht hatten. Dadurch entstand ein bisschen Gerangel auf der Treppe, und wir steckten zwischen all den Rucksäcken fest. Es dauerte eine Weile, bis wir wieder dort standen, wo die Evolutionsspirale begann. Eigentlich beginnt sie ja da unten in der Sex-Ausstellung, dachte ich.

Mein Blick traf den kleinen grinsenden Neandertaler am Eingang, dann checkte ich den Museumsshop. Die beiden Polizisten waren immer noch da. Der eine blätterte in einem Buch, der andere sah sich einen der herzförmigen Steine an, die in Körben auf Käufer warteten.

»Verdammt, was machen die denn da?«, fragte Jutta.

»Egal. Wir gehen einfach raus«, sagte ich. »Los, ganz unauffällig.«

Wir trieben mit dem Strom der Museumsbesucher in Richtung Ausgang. Die Polizisten kümmerten sich nicht um uns. Die waren aus allen möglichen Gründen hier, aber nicht, weil sie uns suchten.

Die Tür öffnete sich. Gleißende Sonne auf dem Vorplatz. Ein Faustschlag aus Hitze.

»Geschafft«, sagte Jutta erleichtert.

Mir wollte auch gerade ein Stein vom Herzen fallen, doch dann ließ mich das Martinshorn aus Juttas Tasche zusammenzucken. Schlagartig brach mir der Schweiß aus. Ich blickte zurück zur Tür, durch die wir gekommen waren und durch die beständig die Besucher strömten, die ins Freie wollten. Wieder sahen uns alle erstaunt an. Wenn die Polizisten das Tatütata hörten. Es würde für sie nach Heimat klingen, und sie würden dem Klang sofort folgen.

Jutta und ich mussten uns nicht absprechen. Beide liefen wir los in Richtung Straße. Als wir stehen bleiben und warten mussten, bis wir hinüberkonnten, zog Jutta das Handy heraus und meldete sich.

»Ja?«, rief sie abgehetzt. »Was? Ich verstehe nicht.«

Sie runzelte die Stirn.

Wir liefen weiter, Jutta das Handy am Ohr.

Die Einfahrt zum Parkplatz. Die Abzweigung in den Wald. Den Berg hinauf. Der Rückweg zur Neanderkirche, wo das Motorrad stand.

Wir blieben stehen. Zum Glück hatten wir den Wald erreicht. Jutta schwitzte, und mir fiel auf, wie blass sie geworden war.

»Einen Moment«, sagte sie und hielt mir das Handy hin. »Hör du dir das an.«

Ich nahm das kleine Telefon. Es war schweißnass und glitschig.

»Wer ist da?«, fragte ich.

Zuerst hörte ich gar nichts, nur das Klopfen meines eigenen Herzens. »Hallo?«

Plötzlich fiel mir der Anruf auf meinem Handy ein, den ich gestern auf dem Weg zu Roland Zech erhalten hatte. Ich hatte Jutta davon noch nichts erzählt. Verdrängt.

»Rott«, sagte eine Männerstimme, und ich erkannte sie sofort wieder. Es war dieselbe wie gestern, und es war wahrscheinlich auch dieselbe wie die im Schwimmbad – damals, in meinem anderen Leben. Die Stimme desjenigen, der den Zettel unter dem Wischblatt hinterlassen hatte. Der Mann, der sich erkundigt hatte, ob ich abends zu Hause war. Damit er in Ruhe meine Pistole stehlen und mich in die Falle locken konnte.

»Was wollen Sie?«

Es fiel mir nicht schwer, Aggressivität in meine Stimme zu legen, obwohl ich nicht wenig Angst hatte. Der Typ hatte uns in der Hand. Wahrscheinlich wusste er sogar, wo wir waren. War er hier in der Nähe? Unten am Museum? In der Menschenmenge?

Quatsch, meldete sich eine andere Stimme in meinem Kopf. Das kann er nicht wissen. Mach dich nicht verrückt.

Aber wieso hatte er Juttas Handynummer? Er wusste genau, dass wir zusammen unterwegs waren.

»Du hast keine Chance, Rott«, sagte die Stimme langsam und offenbar sehr entspannt.

»Um mir das zu sagen, rufen Sie mich an? Woher kennen Sie diese Handynummer?«

Plump – zugegeben.

»Ich weiß eine Menge über dich, Rott. Über dich und die Leute, mit denen du zu tun hast.«

»Offenbar wussten Sie auch eine Menge über Hauptkommissar Krüger.«

»Kann man sagen.«

»Und? Was soll das jetzt hier? Warum rufen Sie an?«

»Sagen wir es, wie es ist.«

»Das sollte man sowieso immer tun. Dann gäbe es weniger Elend auf der Welt.«

»Spaßvogel.«

»Sagen Sie, was Sie zu sagen haben.«

»Ich will weg.«

»Wie schön.«

»Ich weiß, wie dir zumute ist, Rott. Du tust so, als wärst du der Chef, aber in Wirklichkeit machst du dir vor Angst in die Hosen.«

Ich versuchte einzuschätzen, wie alt der Mann sein mochte. Vierzig vielleicht. Oder auch fünfzig. Ich dachte an den Typen in dem schwarzen BMW. War er das? Konnte sein. Beweisen konnte ich es nicht.

»Egal, wo du jetzt bist, Rott. Über kurz oder lang findet dich die Polizei. Du kannst dich nicht ewig verstecken.«

»Och, die Polizei ist auch nicht immer aufmerksam. Ich bin gerade noch an zwei Beamten vorbeigegangen, die mich nicht erkannt haben.«

»Das ganze Bergische Land ist hinter dir her. Ganz Nordrhein-Westfalen. Glaub mir, ich weiß das. Spätestens wenn die Kollegen zu ihrer Wache zurückkehren, werden sie erfahren, dass du gesucht wirst. Und wenn du ihnen morgen wieder begegnest, werden sie den Fehler nicht noch mal machen.«

Kollegen?, dachte ich. Hat er wirklich *Kollegen* gesagt?

Weiter ins Gespräch verwickeln, sagte ich mir. Der verrät sich noch, wenn das so weitergeht.

»Fehler machen alle«, sagte er. »Rott, ich weiß, wie es dir geht. Du brauchst den entscheidenden Hinweis, der dich entlastet. Der mit einem Schlag alle angeblichen Beweise gegen dich in Luft auflöst.«

»Es ist schön, jemanden zu treffen, der einen versteht«, sagte ich sarkastisch.

»Ich bin bereit, dir diesen Hinweis zu geben.«

»Warum sollten Sie das tun? Dann belasten Sie sich ja selbst.«

»Kaum. Aber darüber reden wir später. Persönlich.«

»Sie glauben doch nicht im Ernst, dass ich Ihnen das abnehme. Das ist doch eine Falle.«

»Ich habe es dir schon gesagt, Rott. Ich will weg. In kürzester Zeit bin ich weit weg. Sehr weit. Und du hast die Wahl.«

»Die Wahl?«

»Du kannst darauf warten, dass die Polizei dich schnappt. Oder du kannst dich, wie es so schön heißt, von aller Schuld reinwaschen. Du hörst von mir.«

Es knackte in der Leitung. Dann tutete es.

Mister Unbekannt hatte aufgelegt.

23

»Nun sei doch nicht so nervös!«, rief Jutta, die sich selbst sichtlich wieder beruhigt hatte.

Wir saßen oberhalb des Neanderthal Museums auf einem Baumstamm im Wald. Sie war damit beschäftigt, den Klingelton des Handys zu ändern, und starrte auf das Display, während sie auf dem Gerät herumtippte.

»Man kann sich ja kaum konzentrieren bei deiner Unruhe.«

Bei mir hatte der Anruf einen Anfall von Verfolgungswahn ausgelöst. Ich fühlte mich beobachtet. Vielleicht versteckte sich der Anrufer irgendwo zwischen den Bäumen?

»Sag mal, müssen wir hier im Wald herumsitzen?«, fragte ich. »Vielleicht kommen Spaziergänger vorbei, die von der Neanderkirche zum Museum wollen …« Besorgt sah ich nach oben. »Oder umgekehrt.« Am liebsten hätte ich mich eingegraben.

Jutta war endlich fertig mit der Tipperei und steckte das Handy ein.

»Wie klingelt das Telefon denn jetzt?«, fragte ich. »Nur damit ich mich seelisch darauf einstellen kann.«

»Es klingelt überhaupt nicht. Es vibriert nur.«

Ich stand auf und ging ein paar Schritte.

»Jetzt beruhig dich doch endlich. Wo sollen wir denn deiner Meinung nach hin? Willst du, dass wir oben an der Hauptstraße warten? Oder mit dem Motorrad fahren? Oder willst du vielleicht zurück ins Museum?«

Ich setzte mich wieder. »Du hast ja recht.«

»Die Augenblicke / deines bewegten Lebens / ergeben dein Glück«, ließ Jutta hören.

Ich schwieg. Lyrik mochte auf andere Leute beruhigend wirken, mich machte sie noch nervöser. Ich beschränkte mich darauf, Jutta einen grimmigen Blick zuzuwerfen, dann versuchte ich mich auf unseren Fall zu konzentrieren. Jutta kannte das ganze Gespräch, das ich mit dem Unbekannten geführt hatte, Wort für Wort – zumindest so, wie ich es danach zusammenbekommen hatte.

»Er hat an einer Stelle die Beamten da unten Kollegen genannt«, sagte ich. »Ob er Polizist ist?«

»Du meinst, ein Kollege von Krüger?«

»Das könnte doch sein. Irgendjemand, der noch eine Rechnung mit ihm offen hat. Im Zusammenhang mit der Korruptionsgeschichte.«

»Dann wäre die Verbindung zu seiner Exfrau mitsamt dem Hotelprojekt reiner Zufall. Dann hätte das nichts mit dem Mord zu tun.«

»Je mehr ich darüber nachdenke, desto mehr glaube ich, dass das so ist.«

Wir starrten den Waldboden an.

Warten.

Wir konnten nichts anderes tun als warten.

»Vielleicht hat er das mit den Kollegen auch ironisch gemeint«, sagte ich. »So wie man ›Sportsfreund‹ sagt. Oder ›alter Schwede‹.«

Ich hätte gerne eine geraucht, aber ich riss mich zusammen. Erstens waren wir hier in einem hochsommerlichen Wald. Zweitens war es sowieso besser, wenn ich mir das langsam abgewöhnte. Raucher wurden nach und nach in Rückzugsgebiete verdrängt. Bald waren Restaurants tabu. Öffentliche Gebäude waren es jetzt schon. Unter freiem Himmel musste man von seinen Mitmenschen demnächst wahrscheinlich hundert Meter Abstand halten, damit man nicht Gefahr lief, verklagt zu werden. Und wer weiß – sicher durften Raucher auch bald nicht mehr ohne Weiteres eine Wohnung mieten …

»Was sollen wir tun, wenn er uns treffen will?«, fragte Jutta.

»Wir hören uns erst mal an, welche Umstände und welchen Ort er vorschlägt.«

Sehr gut, Rott. Verschieb das Plänemachen auf später. Wenn du noch weniger Zeit dazu hast, weil dir ein Ultimatum gestellt wird. Du bist wirklich brillant.

Meine innere Stimme troff nur so vor ätzender Ironie. Und sie hörte gar nicht mehr damit auf.

Du bist doch nicht zu mehr nütze, als harmlose Ehefrauen im Schwimmbad zu beobachten und sie mit getürkten Fotos bei ihren Ehemännern anzuschwärzen. Nur damit du deinen Fall behältst. Ist das eine seriöse Art, Geld zu verdienen?

Ich zwang mich, die Stimme zum Schweigen zu bringen, indem ich gegen sie anredete.

»Er merkt, dass es mir gelingt, mich der Verhaftung zu entziehen. Das hatte er nicht so geplant. Er dachte, die nehmen mich fest, und fertig.«

»Und die Geschichte, dass er wegwill? Das klingt, als habe ihm das Verbrechen eine Menge Geld gebracht, sodass er jetzt nach Brasilien oder in die Karibik auswandern kann.«

»Das kann ja trotzdem stimmen. Nur hätte er seine Flucht dann wohl lieber angetreten, während ich in U-Haft sitze. Es gibt überhaupt keinen Grund, warum er mir helfen sollte.«

»Und wenn wir einfach zur Polizei gehen, denen alles erzählen, und die Beamten sind dann dabei, wenn er anruft? Würde ihn das nicht belasten?«, überlegte Jutta.

»Dagegen wird er sich schon gewappnet haben. Vor allem, wenn er tatsächlich selbst Polizist ist. Er wird sagen, dass er mich in die Falle locken wollte. Damit ich endlich geschnappt werde.«

Ein rhythmisches Summen unterbrach mich. Jutta griff nach ihrem Handy. Ihr Gesichtsausdruck sprach Bände. Es war soweit.

»Ja? In Ordnung. Einen Moment.« Sie gab mir das Telefon.

Mir wurde flau.

»Rott«, sagte die Stimme.

Ich schluckte.

»Unser Treffen.«

»Was ist damit?«

»Auf dem Wanderparkplatz am Höhenweg.«

»Wo ist das genau?«

»Hinter dem Bahnhof Millrath.«

»Wann?«

»In exakt zehn Minuten.«

Ich kannte den Treffpunkt. Nach dem Mord an Krüger war ich spätnachts auf der Flucht vor der Dorau genau da oben herausgekommen.

Ein langgezogenes Sträßchen führte dort vom Neandertal auf die Höhe hinauf. Auf der einen Seite lag der Eingang zu einem Friedhof – höchstens anderthalb Kilometer von der Neanderkirche und dem dortigen Friedhof entfernt.

Das Neandertal wimmelte nur so von Friedhöfen! Ob das ein gutes Omen war? In meinem Kopf vermischten sich die Bilder der im Museum ausgestellten Knochen mit Grabsteinen und Grablichtern …

Gegenüber dem Friedhoftor lag der Parkplatz, den der Unbekannte meinte. Ein Stück weiter kam man dann auf den Park-and-ride-Platz an der Haltestelle Millrath. Dort hatte ich mich auf die Gleise geflüchtet.

»Das heißt, der Parkplatz liegt am Ende einer Sackgasse?«, fragte Jutta.

»Ganz genau. Allerdings führt ein asphaltierter Wirtschaftsweg von dort ins Neandertal runter. Der Höhenweg. Ich glaube aber nicht, dass man da mit einem Fahrzeug weit kommt. Wahrscheinlich endet der Weg unten im Wald oder auf einer der Weiden mit den Wildtieren.«

Wir marschierten stramm weiter bergauf. Die Neanderkirche kam in Sicht. Bis zu dem Treffen blieben uns nur noch sieben Minuten. Mehr als drei, vier Minuten brauchten wir nicht, um rüberzufahren. Aber ich brauchte dringend einen Plan. Sollte ich mich auf das Ganze überhaupt einlassen?

Jutta schloss das Motorrad auf. »Der will dich ausliefern. Das ist ja wohl ganz klar. Du kannst da nicht hingehen. Wenn die Polizei kommt, kannst du nur noch zu Fuß flüchten.«

»Wenn ich wegbleibe, bin ich doch genauso geliefert. Eigentlich müssten wir dieses Treffen überwachen. Mit Helfern. Aber in der kurzen Zeit ist das natürlich nicht zu organisieren. Ob wir ihn irgendwie hinhalten können?«

»Der hat sich schon was dabei gedacht, als er dir so wenig Zeit gegeben hat. Ich denke, darauf wird er sich nicht einlassen. Wir können aber etwas anderes versuchen.«

»Und was?«

»Ich gehe hin.«

Ich atmete tief durch. Das hätte ich mir denken können.

»Unmöglich. Er will mit mir reden. Und nicht mir dir.«

»Er weiß genau, dass wir zusammenarbeiten. Warum hätte er

sonst auf meinem Handy angerufen? Und wenn er wirklich etwas zu sagen hat, kann er es auch mir sagen.«

»Das würdest du wirklich tun?«

Jutta lächelte, bevor sie den Helm aufsetzte. »Das werde ich, mein Lieber. Jetzt los, damit wir nicht noch zu spät kommen.«

»Soll ich nicht hier bleiben und warten?«

Sie schüttelte den Kopf. »Du solltest schon so nah ans Geschehen ran wie möglich. Aber so, dass du im Notfall abhauen kannst. Am besten wartest du auf dem Park-and-ride-Platz. Oder an der Haltestelle. Ich gehe den kleinen Weg lang bis hinten durch, rede mit ihm und komme dann zurück. Ganz einfach.«

»Ganz einfach«, wiederholte ich.

Dann fuhren wir los.

24

Auf dem Park-and-ride-Platz brüllte die Hitze. Es gab nicht das geringste Fleckchen Schatten. Nur wenige Autos standen auf dem Platz, schräg aufgereiht in ihren Parktaschen.

Kein Mensch war zu sehen; wenn uns die Polizei hier eine Falle stellte, ging sie sehr geschickt vor. Wahrscheinlich lauerten die Beamten dann unter den Autos.

Jutta nahm den Helm ab. Ich deutete auf die andere Seite.

»Die Straße geht da hinten weiter. Es ist eine kleine gerade Allee. Sie führt zum Eingang des Friedhofs. Dahinter kommt eine Kurve. Ein Stück weiter liegt dann auf der linken Seite der Parkplatz.«

»Kapiert.«

Ich sah auf die Uhr. Noch zwei Minuten.

»Mir gefällt immer noch nicht, dass du da allein hingehst. Ich würde doch lieber mitkommen.«

»Remi, wir haben das besprochen. Wenn dahinten die Polizei wartet, kriegen sie eben nur mich. Gegen mich können sie keine Anklage erheben, sie können mir noch nicht mal nachweisen, dass ich dir bei der Flucht geholfen habe.«

»Und wie kriege ich raus, dass dort die Polizei wartet? Hast du eine Trillerpfeife oder so was?«

»Schau einfach auf die Uhr. Wen auch immer ich dort treffe – ich werde in zwanzig Minuten wieder hier sein.«

»Und was soll ich tun, wenn du nach zwanzig Minuten nicht zurück bist? Dann wird man doch damit rechnen, dass ich nach dir suche. Und dann gehe ich als Nächster in die Falle.«

»Ich werde schon auf mich aufpassen.«

Wir setzten uns in Bewegung in Richtung der Stelle, wo die Allee begann. Die Bäume links und rechts der Straße hatten so dichte Kronen, dass sie sich über der schmalen Straße zusammenschlossen und einen hellgrünen Tunnel aus Licht und Schatten bildeten.

»Nimm wenigstens die hier«, sagte ich. Ich griff unter mein verschwitztes Jackett und wollte die Pistole herausziehen, doch Jutta hielt meinen Arm fest.

»Quatsch. Lass sie stecken, Remi.«

»Aber warum? Du musst dich doch verteidigen können.«

»Denk bitte mal nach. Wenn dahinten die Bullen stehen und sie finden bei mir eine illegale Waffe, liefere ich ihnen einen Grund, mich festzunehmen.«

»Was kann ich denn nur tun?«

»Schalte dein Handy auf Empfang. Ich melde mich vielleicht. Ansonsten komme ich einfach zurückspaziert. Halt dich abseits, damit man dich nicht gleich sieht, wenn man hier auf den Parkplatz kommt. Bis gleich.«

Sie nickte mir noch einmal zu, dann drehte sie sich um und ging zügig die Straße entlang. Ihre schmale Gestalt verschmolz nach und nach mit den Schatten, wurde immer kleiner und erreichte dann die Kurve, die zum Friedhof führte. Dort verschwand sie aus meinem Blickfeld.

Ich blieb in der Hitze zurück und durfte mal wieder nichts anderes tun als warten.

Jutta hatte recht gehabt, ich sollte mich verstecken. Aber wo?

Wenn ich mich in das Gebüsch am Rand des Parkplatzes schlug, würde jeder, der mich sah, sofort Verdacht schöpfen.

Der Friedhof weiter hinten wäre ein gutes Versteck.

Ich hatte mal in einem historischen Kriminalroman gelesen, dass früher, im Mittelalter, niemand auf einem Friedhof festgenommen werden durfte. Ob das immer noch galt? Dann wäre ich dort besser aufgehoben.

Aber was würde die Polizei dann tun?

Ich stellte mir vor, wie sie das Areal belagerte und ich, der gesuchte Verbrecher, gezwungen sein würde, auf dem Totenacker zu überleben. Wasser aus den Hähnen, unter denen die Gießkannen hingen. Nahrung musste von den Omis erbettelt werden, die zur Grabpflege kamen. Vielleicht lernte man ja auch eine nette Gärtnerin kennen …

Vielleicht galt es auch gar nicht für Friedhöfe, sondern für Kirchen. Na ja, die würde es dahinten sicher auch noch geben.

Ich ging ein paar Schritte aus der Hitze in den Schatten, wo die Alleestraße begann. Jutta war schon zwei Minuten weg. Und ich stand immer noch auf dem Präsentierteller. So ging das nicht. Ich musste von hier verschwinden.

Ich machte kehrt und marschierte schnurstracks über den Platz zum Bahnhof und erklomm den Bahnsteig. Ein paar Leute warteten auf den nächsten Zug. Ich stellte mich dezent in den Hintergrund und tat so, als würde ich den Fahrplan studieren. Ich hielt meinen Blick jedoch schräg und hatte so immer noch die Stelle im Auge, wo die Straße in den grünen Tunnel führte. Dort musste Jutta wieder auftauchen.

Ein Zug fuhr heran und verdeckte die Sicht. Die Leute stiegen ein. Ich blieb stehen. Es piepte rhythmisch, als sich die Türen schlossen. Die Bahn fuhr weiter und hinterließ leere Schienen, die in der Sonne glänzten.

Ich zog eine Zigarette hervor und rauchte.

Acht Minuten. Mir kam es schon vor wie Stunden.

Als niemand hinsah, warf ich die Kippe auf den Boden und trat sie aus.

Zwölf Minuten.

Was hatte Jutta gesagt? Das Handy auf Empfang.

Weitere Fahrgäste kamen. Sie beachteten mich nicht. Ich versuchte herauszufinden, ob es sich um Zivilfahnder handeln könnte, aber da musste ich mir keine Sorgen machen. Wenn die Polizei ihre Leute nicht neuerdings aus fünfzehnjährigen aufgedonnerten Mädels mit iPod im Ohr oder siebzigjährigen Damen rekrutierte, war ich in Sicherheit.

Ich ging ein paar Schritte und tippte auf mein Handy.

Kein Anruf.

Fünfzehn Minuten.

Jetzt tat sich etwas auf dem Parkplatz. Ein Mann mit kurzärmeligem Hemd stieg in einen Wagen. Das heißt, er wollte einsteigen, aber kaum spürte er, wie heiß es darin war, richtete er sich wieder auf und blieb einen Moment neben der geöffneten Tür stehen.

Als er schließlich wegfuhr, war Jutta exakt zwanzig Minuten weg.

Es musste etwas schiefgegangen sein.

Ich musste dorthin. Auf einem anderen Weg. Vielleicht über den Friedhof, auf den man sicher auch noch über einen anderen Eingang gelangte.

Meine Gedanken wurden unterbrochen, als ein Motor zu hören war. Ich hob den Blick und wartete, was passieren würde. Ein Fahrzeug schoss aus der Allee hervor. Ein Van. Rundherum geschlossen. Ich konnte kein Nummernschild erkennen. In der Fahrerkabine war bestenfalls ein Schatten zu sehen.

Der Fahrer gab ordentlich Gas und heizte mit mindestens achtzig Sachen über den Platz. Sogar die Fünfzehnjährige mit iPod drehte den Kopf und sah hinüber. Das Silbermetallic des Wagens blitzte in der Sonne. Dann bog er in Richtung Hauptstraße. Die Reifen quietschten.

Ein, zwei Sekunden war ich wie erstarrt.

Jutta, dachte ich. Da ist Jutta drin.

Ich rannte in Richtung der Treppe und überquerte dann im Sprint den Parkplatz – wahrscheinlich die Blicke der Leute auf dem Bahnsteig im Rücken, aber das war mir egal.

Das Loch der Allee kam auf mich zu. Ich tauchte in den Schatten ein und rannte weiter, während mir jäh aufflammendes Seitenstechen zu schaffen machte. Ein Backsteinhaus wurde sichtbar. Friedhofsgärtnerei Wendling. Die Friedhofsmauer. Ein Gittertor. Weiter unten der Wanderparkplatz mit verzweigten Durchfahrten, von dichten, hoch bewachsenen Grünstreifen durchsetzt.

Ich stoppte und schnappte nach Luft. Ich war so nass von Schweiß, als hätte ich geduscht.

Niemand.

Nur ein paar abgestellte Autos, deren Farben durch die Büsche schimmerten.

Ein großartiges Versteck. Eine ganze Hundertschaft der Polizei konnte jeden Moment über mich herfallen.

Ich zuckte zusammen, als sich ein sausendes Geräusch näherte. Ein Radfahrer. Er legte sich in die Kurve und folgte dann der schmalen Straße, die den Parkplatz in Richtung Neandertal verließ.

Ich suchte den ganzen Weg an den Autos entlang ab, bis ich sicher war, dass sich hier niemand versteckte. Dann sah ich mich auf dem Weg ins Tal um. Er führte schnurgerade durch Felder mit gelbem Korn. Keine Spur von Jutta.

Ratlos blieb ich stehen. Leichter Wind kühlte meinen Schweiß.

Dann sah ich zwischen den ersten Ären etwas Silbernes am Boden liegen. Noch bevor ich es aufhob, wusste ich, was es war.

Juttas Handy.

Es war aufgeklappt. Ich wollte es schon schließen, da fiel mir etwas an dem Display auf. Jutta hatte anscheinend begonnen, eine SMS zu schreiben.

Sie war nicht weit gekommen. Acht Buchstaben hatte sie eingeben können: *Remi Hilf*

Mein Kopf wollte krampfhaft entscheiden, was ich nun machen sollte, aber ich stand nur da und blickte in die Landschaft. Keine Idee regte sich, und immer, wenn ich versuchte, einen Ansatz zu finden, versank er wieder in einem Haufen bunter Einzelteile. Als hätte ich ein riesiges Puzzle vor mir und man hätte mir die Aufgabe gegeben, es innerhalb von zwei Minuten zusammenzusetzen.

Juttas Handy vibrierte in meiner Hand. Das Display mit dem kurzen Hilferuf verwandelte sich. Plötzlich stand da: »Eingehender Anruf. Nummer unbekannt«.

Ich wusste, wer dran war.

»Du tust jetzt, was ich sage.«

»Was ist mit Jutta?«

»Noch mal: Du tust, was ich sage. Lass das Handy an.«

»Was ist mit dem Hinweis?«, rief ich. »Sie wollten mir einen Hinweis geben.« Mir wurde klar, wie dämlich das klang. Natürlich gab es keinen Hinweis. Natürlich wollte der Mörder mir nicht helfen.

Er lachte böse. Dann legte er auf.

Ich versuchte wieder, mein Gehirn anzukurbeln. Zum zweiten Mal streifte mich fast ein Radfahrer. Dieser hier zerrte einen kleinen Hund hinter sich her. Das arme Tier musste riesige Hüpfer machen, um mit seinem Herrchen mitzuhalten.

Jetzt hing ich richtig drin. Jetzt musste ich rennen, rennen, rennen.

Klar denken, Remi!

Egal, was ich unternehmen würde – ich brauchte ein Fahrzeug. Jutta hatte den Schlüssel des Motorrads mitgenommen. Der R4 war sicher noch in Düsseldorf.

So blieb mir nur eins: Ich musste meinen Wagen holen, der unten im Neandertal auf dem Parkplatz stand. Polizei hin oder her.

Ich setzte mich in Bewegung. Dabei dachte ich nach.

Der Rhythmus des Marschierens bewegte meine Gedanken. In meinem Kopf drehten sich Zahnräder. Und diese Zahnräder führten mir wie auf einer imaginären Bühne alle Motive, jede Information unserer chaotischen Ermittlungen noch einmal vor Augen.

Als ich unten im Tal angekommen war, war ich alles noch mal durchgegangen. Und als ich verschwitzt und mit schmerzenden Beinen endlich den Parkplatz erreichte und meinen Wagen sah, hatte ich alle Mosaiksteine in jede erdenkliche Kombination gebracht.

Ich schloss den Golf auf. Hitze wie aus einem Drachenmaul schlug mir entgegen. Ich setzte mich hinein. Niemand behelligte mich.

Das Gefühl der Vertrautheit beruhigte mich ein wenig. Ich steckte den Schlüssel ins Schloss, ließ den Motor an und bugsierte den Wagen aus der Parklücke.

Plötzlich wusste ich, welche Mosaiksteine noch fehlten.

25

Juttas Handy schwieg während der ganzen Fahrt. Und der Unbekannte meldete sich immer noch nicht, als ich in Solingen an der Potsdamer Straße parkte.

Der Pförtner des Altenheims guckte komisch, als er mich vorbeilaufen sah. Ein Blick auf die große runde Uhr im Foyer sagte mir, warum. Es war bereits halb acht – wohl nicht gerade die Zeit, in der die Heimbewohner viel Besuch erhielten.

Raths Zimmer war auf der dritten Etage. Ich fuhr im Aufzug nach oben und versuchte, mich zu erinnern. Neben den Zimmern klebten angeschmutzte Namensschilder an der Wand. Ich ging einfach die Türen ab. Die Gestalten, die bei unserem letzten Besuch den Flur bevölkert hatten, waren verschwunden. Dafür tauchte plötzlich eine sehr resolut wirkende füllige Pflegerin auf und stellte sich mir in den Weg.

»Guten Abend«, sagte sie. »Wo möchten Sie denn hin?«

»Ich wollte gerne noch mal Onkel Friedrich besuchen«, sagte ich arglos.

Sie runzelte die Stirn. »Onkel Friedrich?«

»Na, Herrn Rath.«

»Ich habe Sie hier noch nie gesehen. Außerdem heißt Herr Rath mit Vornamen Friedolin.«

Verdammt. Namen sollte man sich schon merken können als Detektiv.

Lächeln, befahl ich mir. Einfach lächeln!

»Wir haben ihn immer Friedrich genannt, wissen Sie … Und es tut mir leid, dass ich so selten komme. Das heißt, gestern war ich mit meiner anderen Tante da. Und ich wollte Onkel Friedrich … Friedolin noch was fragen.«

Sie musterte mich misstrauisch. »Ich glaube, Sie haben Glück. Er schläft noch nicht. Ich war gerade noch mal bei ihm. Sie wissen ja, wo das Zimmer ist, nehme ich an?«

»Na klar!«

Ich folgte weiter dem Gang und spürte ihren Blick im Rücken.

Baumann, Höhscheidt, Wiechert ... Rath. Na endlich. Ich klopfte brav. Es folgte ein dumpfes »Herein«.

Rath lag im Bett. Eine Nachttischlampe beleuchtete sein faltiges Gesicht und die Arme über der Decke.

»Guten Abend, Herr Rath«, sagte ich leise. »Entschuldigen Sie die Störung.«

Er wandte den kleinen Kopf, der mich an die Schrumpfköpfe irgendwelcher Indianer erinnerte, über die ich mal was im Fernsehen gesehen hatte. Wurden Köpfe im Alter kleiner? Furchtbare Vorstellung.

»Mein Name ist Rott. Erinnern Sie sich noch?«

»Ja, sicher«, knarrte Raths Stimme. Offenbar war er hellwach. »Sie sind der Journalist. Wo haben Sie denn Ihre Kollegin gelassen?«

»Sie hat heute Abend leider was anderes vor.«

»Haben Sie nicht mal versucht, sich an sie ranzumachen? Sie hätten bestimmt Chancen!«

Rath wirkte kein bisschen gebrechlich. Eher wie ein Kind, das man gezwungen hatte, sich ins Bett zu legen, obwohl es aber überhaupt nicht müde war.

»Mal sehen.«

»Nichts mal sehen! Die Zeit vergeht, und ein anderer schnappt Ihnen das Mädchen weg. Wer weiß, wo sie sich heute Abend rumtreibt. Sehen Sie, da haben Sie's schon. Sie arbeiten, und was macht sie? Nehmen Sie sich einen Stuhl. Wie weit sind Sie mit Ihrem Artikel?«

Ich zog mir das einzige Sitzmöbel heran und ließ mich nieder.

»Eine Frage hätte ich noch. Deshalb bin ich auch hier ... Was haben Sie mit der Bemerkung gemeint, Frau Schroffbach habe das Grundstück nicht nur deshalb kaufen wollen, um darauf zu bauen?«

»Das habe ich gesagt?«

»Ja, das haben Sie. Und dann wurden Sie müde und wollten nicht mehr mit uns reden.«

»Das machen diese Scheißmedikamente. Immer nach dem Essen ist man zu nichts mehr zu gebrauchen. Aber zwei Stunden später – hellwach. Und dann verbringt man die Nacht in dieser Bude und grübelt nach.«

»Worüber?«

Er bewegte den Schrumpfkopf leicht hin und her. Es war wohl ein Kopfschütteln. »Ach, Sie sind noch ein junger Mann. Sie und das Mädchen …«

Ich musste grinsen. Das Mädchen war immerhin Mitte fünfzig.

»… ich will Sie nicht mit den Problemen eines alten Sacks belasten.«

»Aber Sie haben das doch nicht einfach so gesagt. Es ist wichtig! Ich muss wissen, was hinter dem Hotelbau steckt. Sagen Sie es mir. Auch wenn es noch so abwegig ist.«

Ein paar Atemzüge lang schwieg er, und ich fühlte mich schutzlos seinem Blick ausgesetzt. Mir war klar, dass ich aus der Journalistenrolle gefallen war.

»Auch wenn es Quatsch ist?«

»Wie ich gesagt habe.«

»Na gut.« Er hob einen Finger und deutete in die Höhe. »Sehen Sie die Bücher da oben auf dem Regal?«

Ich nickte. Ich hatte sie schon das letzte Mal bemerkt.

»Das ist alles, was mir noch geblieben ist.«

Worauf wollte er hinaus? Ging es um eine kostbare Bibliothek? Lass ihn reden, ermahnte ich mich. Hab Geduld.

»Das sind Bücher über das Neandertal. Meine Heimat, wenn Sie so wollen. Viele benutzen diesen Begriff ja gar nicht mehr – Heimat. Haben Sie die Fernsehserie ›Heimat‹ gesehen? Sie kam vor einigen Jahren … Da geht es um ein Dorf irgendwo im Rheinland. Nein, im Hunsrück, glaube ich …«

Ich wurde ungeduldig. »Was ist mit dem Grundstück?«

Rath ließ sich durch meine Nervosität nicht beirren.

»Schon mein Vater hat sich mit dem Neandertal beschäftigt. Und sein Vater auch. Und das lag nicht nur daran, dass sie in diesem schönen Tal aufgewachsen sind und dort gelebt haben …«

Rath schluckte kurz, bevor er weitersprach. »Sondern es lag daran, dass mein Urgroßvater bei dem berühmten Fund dabei war.«

»Dem berühmten Fund?«

»Mein Urgroßvater lebte von 1836 bis 1906. Mit zwanzig Jahren arbeitete er in dem Kalksteinbruch, wo 1856 der Neandertaler gefunden wurde.«

Er sah mich überrascht an. »Sagen Sie bloß, Sie kennen die Geschichte nicht?«

»Doch, doch. Natürlich.«

»In unserer Familie hieß es immer, er sei derjenige gewesen, der darauf gedrängt hatte, die Knochen genau zu untersuchen. Die Arbeiter, die in der Lehmhöhle beschäftigt waren, hatten Angst, auf die Spuren eines Mordes oder so was gestoßen zu sein. Sie waren abergläubisch. Aber mein Urgroßvater, der hatte Köpfchen. Eigentlich hätte er studieren sollen. Aber das konnte niemand aus meiner Familie. Nur mein Sohn …«

Ich versuchte, zu rechnen. Ein Urgroßvater, der 1836 geboren worden war? War das möglich? Versuchte Rath, mir einen Bären aufzubinden? Oder war er vielleicht doch im Kopf nicht mehr ganz klar?

»Jedenfalls ging die Sache in die Familiengeschichte ein. Wenn auch mein Urgroßvater in keinem Geschichtsbuch vorkommt. 1862 kam mein Großvater zur Welt, 1891 mein Vater, und 1921 schließlich meine Wenigkeit. Mein Großvater kaufte das Stück Land, auf dem heute das Hotel entsteht. Und er hatte einen Traum.«

Ich saß hier und hörte mir die Familiengeschichte eines Ureinwohners aus dem Neandertal an, während Jutta in Gefahr war. Nicht zu fassen. In einer Minute würde ich aufstehen und gehen!

Rath schien nach Worten zu suchen. Sein Mund machte merkwürdige Bewegungen, als versuche er, etwas Großes zu verschlucken. Vielleicht sammelte er aber auch einfach nur Speichel.

»Selbst einen Neandertaler zu finden«, krächzte er. Kaum hatte er ausgesprochen, erfüllte Musik den Raum. »Waterloo« von Abba. Mein Handy. Rath blickte mich erschrocken an.

»Entschuldigung«, sagte ich, drückte den grünen Knopf und meldete mich.

Die Stimme war die des Mörders und Juttas Entführers. Sie war knapp und klar, und mich durchfuhr seltsamerweise der Gedanke, ich sei wieder einem Trick aufgesessen und da wäre gar kein menschliches Wesen auf der anderen Seite, sondern nur ein Tonband oder eine andere Aufzeichnung, die einen einzigen Satz von sich gab: »Weitere Instruktionen in einer Stunde.«

Nach diesen fünf Wörtern wurde die Verbindung unterbrochen.

Ruhig bleiben! Du hast eine Frist, Rott.

Ich steckte das Handy weg und sah Rath an.

»Haben Sie verstanden, was ich gesagt habe?«, fragte er.

Ich nickte. »Ihr Großvater hat davon geträumt, einen Neandertaler zu finden. Knochen eines Neandertalers.«

Rath strahlte. »Genau. Und mein Vater behauptete immer, es sei meinem Großvater gelungen.«

»Moment. Was meinen Sie denn damit?«

Rath sprach langsamer, als müsste er einem Erstklässler etwas klarmachen. »Haben Sie keine Familiengeschichten? Kleine Legenden, die man sich im Familienkreis erzählt? Die immer wieder hervorgekramt werden, wenn man sich zu Hochzeiten oder Beerdigungen trifft?«

»Doch, doch. So was kenne ich.«

»Niemand hat aber je Beweise gesehen. Ich selbst habe meinen Vater kaum kennengelernt. Er war im Ersten und im Zweiten Weltkrieg und blieb dann in Russland. Es ist eine Familienlegende. Und als Sie und Ihre Kollegin hier waren, da dachte ich, ich würde der Schroffbach gönnen, dass ihre Bagger die Knochen eines Neandertalers ausgraben.«

Ich schüttelte ungläubig den Kopf. Was ging im Hirn dieses alten Mannes vor?

»Das verstehe ich nicht. Sie würden ihr diesen Ruhm gönnen? Wo sie Sie doch übers Ohr gehauen hat?«

Raths Gesicht verzog sich zu einer faltigen Rosine. Er lächelte.

»Wer redet hier von Ruhm?«

»Aber das Ganze würde durch die Presse gehen und ...«

»So was kann einen Bauunternehmer ganz schön in Schwierigkeiten bringen. So ein Fund ist meldepflichtig. Da kommen dann Leute von irgendwelchen Ämtern, untersuchen den Boden, stellen die Relikte sicher ... Sie wissen schon. Und was steht am Ende? Baustopp. Vielleicht auf unbestimmte Zeit. Das hätte ich der Schroffbach gegönnt. Heimat. Dieser Boden ist Heimat, verstehen Sie? Und er war schon die Heimat dieser Urmenschen. So etwas muss man doch respektieren ...«

Ich stand auf und verabschiedete mich hastig.

»Grüßen Sie mir Ihre Kollegin«, sagte Rath. »Und trauen Sie sich bei der mal was. Sie haben Chancen. Glauben Sie einem alten Mann.«

Ich verließ das Zimmer, stieß auf dem Flur fast mit der Schwester zusammen, die mich vorhin abgefangen hatte, und rannte die Treppe hinunter. Endlich war ich am Wagen. Ich lenkte ihn mit links aus der Lücke, mit rechts haute ich den Gang rein, und als ich auf der Hauptstraße war und vor einer grünen Ampel Gas gab, tippte ich die Nummer der Auskunft ins Handy. Zwei Minuten später hatte ich die Adresse der Baufirma Kotten in Wuppertal.

26

Ich folgte einer langen Straße, an der sich links und rechts einzelne Firmengelände aufreihten. Ich passierte eine Bandweberei, eine Spedition, einen Verkauf von Holz- und Eisenwaren, eine Bushaltestelle. In jedem dritten Logo kam das Wort »Logistics« vor. An einigen Abschnitten des langen Seitenstreifens parkten Lkw-Zugmaschinen.

Um zur Firma Kotten zu gelangen, musste man von der Otto-Hahn-Straße abbiegen. Ein Schild wies den Weg zu einem Wendehammer. Hinter einer hohen Umzäunung standen auf einem riesigen Parkplatz ein paar dreckige Laster, dahinter erhoben sich wie zwei gigantische graue Kartons Betongebäude. Neben der kleinen Tür in einem der Gebäude hing ein Schild. Vom Zaun aus konnte ich in der einbrechenden Dämmerung gerade noch den Schriftzug »Büro« erkennen. Die Fenster waren dunkel. Es war längst Feierabend.

Ich rüttelte an dem Tor, obwohl es mit Kette und Vorhängeschloss gesichert war. Wütend kickte ich einen Kiesel zur Seite. Ich sah auf die Uhr: Von der Stunde blieben noch gut zwanzig Minuten.

Mit der Helligkeit schienen auch meine Chancen zu schwinden, diesen Fall zu lösen.

Ich hatte den Gedanken bisher verdrängt, aber jetzt zwang ich mich, mir einzugestehen, warum sich der Unbekannte überhaupt auf diese Entführung eingelassen hatte. Ihm musste klar geworden sein, dass ich der Polizei nicht so leicht ins Netz ginge, wie er sich das gedacht hatte. Er brauchte ein neues Druckmittel. Und das bekam er nur, wenn er mir ein weiteres Verbrechen in die Schuhe schieben konnte.

Erst Krüger, dann Nevada-King. Und jetzt Jutta.

Eiseskälte breitete sich auf meiner Haut aus. Ich packte die Stäbe des Zauns und verpasste ihm einen wütenden Tritt, als ob ich bereits im Knast säße.

Er würde Jutta ermorden. Er würde Jutta ermorden, und er würde auch mich ermorden, wenn er mich beim nächsten Treffen zu fassen bekäme. In ... ich sah wieder auf die Uhr. In achtzehn Minuten, wenn er pünktlich war.

Er wird es so aussehen lassen, als wenn du den Mord an Jutta begangen hättest, dachte ich. Ganz toll. Du hast ihm alles schön ordentlich so hingelegt, dass er nur zuzugreifen braucht.

Ich schlug vor Wut nach dem Zaun, dass es nur so rasselte. Rott, was bist du blöd.

Ich lachte laut auf. So was Bescheuertes. Als ob ich Jutta jemals etwas antun könnte! Ich hätte gerne mal gewusst, welches Motiv er mir unterschieben würde. Wahrscheinlich würde er irgendetwas konstruieren: Jutta hatte festgestellt, dass ich tatsächlich der Schuldige war, dass ich tatsächlich Krüger ermordet hatte. Und sie wollte zur Polizei gehen, aber ich musste sie ja irgendwie daran hindern. Und so weiter und so weiter. Die Dorau würde sich darüber freuen. Die Beförderung war gesichert.

»Na, junger Mann, einsam?«

Ich wandte den Kopf. Es war ziemlich dunkel geworden. Die Gestalt, die vor mir stand, war schlecht zu erkennen; sie wurde von hinten von einer der Straßenlampen beleuchtet, die mittlerweile angegangen waren.

Eine Frau offenbar. Langes dunkles Haar. Helle Hose. Eins von diesen bauchfreien Hemdchen, die Teenies seit einigen Jahren so gerne trugen. Sie bewegte den Kopf, und die Lampe beleuchtete ihr Gesicht. Ein Schreck durchzuckte mich, als ich ihre durchfurchte Haut sah. Sie hätte die Schwester von Rath sein können. Eine Greisin, die sich als junges Mädchen verkleidete.

Ich musste wissen, wo dieser Kotten wohnte. Ja, das war es! Ich musste zu ihm ...

»Was hängst du hier rum? Du siehst ganz schön angespannt aus.« Die Frau zog eine Zigarette heraus. Als das Feuerzeug ansprang, beleuchtete die Flamme so tief eingegrabene schattige Falten, dass es mich gruselte.

Die Uhrzeit!

Noch fünf Minuten, bis ich eine neue Meldung bekam.

Meine Hand, die das Handy festhielt, zitterte.

»Was ist denn los?«, fragte die Frau wieder. »Was bist du so nervös?«

Ich machte nur eine abwehrende Bewegung. Auskunft, dachte ich. Die hatte Jutta vorhin schon mal angerufen. Die Wiederwahltaste.

Die Frau zog langsam an ihrer Zigarette. Eine Qualmwolke breitete sich aus.

»Bist du 'n Bulle?«

»Nein, ich muss nur schnell was rauskriegen.«

»Und was?«

Das Handy am Ohr. Die Frauenstimme meldete sich.

»Ich suche einen Kotten«, sagte ich. »In Wuppertal. Die Adresse.«

»Vorname?«

»Weiß ich leider nicht.«

»Martin«, sagte die qualmende Frau. »Meinst du Martin? Den Chef von der Baufirma hier?«

»Moment«, sagte ich ins Handy und drückte das Funktelefon an die Brust. »Kennen Sie ihn?«, fragte ich die Frau.

»Ich hab manchmal Ärger mit ihm wegen meinem Wagen.« Sie deutete hinter sich, und ich erkannte etwas Weißes, das hinter der Ecke des Zaunes herausragte. Offenbar stand dort ein Wohnmobil.

Vielleicht irrte ich mich auch, und es war ein Lkw. Und die Frau war eine Fernfahrerin.

Ich hatte im Moment kein Interesse, der Frage auf den Grund zu gehen.

»Weißt du, wo er wohnt?«

»Klar. Der hat hier in der Nähe ein Haus. Erbschlöer Straße. Gleich hier aus der Otto-Hahn-Straße raus, dann links. Eins der ersten Häuser.«

Ich steckte das Handy weg. »Danke«, rief ich, als ich in Richtung meines Golfs losrannte.

»Nicht dafür«, sagte sie, und jetzt bemerkte ich einen leichten Hamburger Akzent. Von der Reeperbahn nach Wuppertal. Was für eine Karriere.

Breiter, gepflegter Vorgarten. Perfekt geschnittene Büsche. Ordentlich gemähter Rasen. Ein Natursteinweg führte zum Eingang.

»Kotten« stand an dem großen Briefkasten. Hinter der Glastür war es dunkel, und das blieb auch so, als ich dreimal auf die Klingel gedrückt hatte.

Hinter mir rasselte etwas. Leise, metallisch. Ein Mann führte seinen Hund aus. Ein fetter Dackel. Ein fetter Mann. Der Bierbauch hing wie ein Sack über dem Gürtel. Das T-Shirt spannte sich bedenklich.

Er sah mich misstrauisch an. »Wollen Sie zu Kottens?«

»Ja, ich muss dringend etwas abgeben«, log ich. »Sie scheinen nicht zu Hause zu sein.« Da der Mann im Plural sprach, ging ich mal davon aus, dass Kotten Familie hatte und dass alle zusammen hier wohnten.

»Da haben Sie Pech. Die sind doch in Urlaub gefahren.«

»Was? Aber ich habe doch noch heute Mittag mit Herrn Kotten gesprochen.«

Der Mann sah zu, wie sein Dackel an der Mauer des Grundstücks das Bein hob.

»Heute Mittag ist nicht jetzt. Ich hab genau gesehen, wie die vorhin das Auto gepackt haben. Vor einer Stunde oder so.«

Die Stimme des Unbekannten hämmerte plötzlich in meinem Kopf.

»In kürzester Zeit bin ich weit weg. Sehr weit.«

»Die ganze Familie?«, fragte ich. »Richtig weg?«

»Domrep«, sagte der Mann und nickte. »Hat er jedenfalls gesagt. Versteh ich gar nicht, bei der Hitze hier. Aber manche Leute haben einfach zu viel Geld. Komm, Rocky, wir gehen nach Hause.«

Auch nett von dem Mann, dachte ich. Erzählt jedem Dahergelaufenen, dass die Bewohner im Urlaub sind. Es gab Leute, die lebten davon, Infos darüber zu sammeln, wer wann weg war, um beim Einbruch leichtes Spiel zu haben.

Der Mann drehte sich um und zog an der Leine. Offenbar war das Kotten'sche Haus das Ziel des regelmäßigen abendlichen Spaziergangs. Und die Mauer Rockys Klo.

»So ein Mist«, schimpfte ich. »Dabei müssen diese Unterlagen heute noch bei ihm sein. Es geht um Baupläne, verstehen Sie? Und es geht praktisch um Leben und Tod!«

Anscheinend fiel dem Dicken nicht auf, dass ich keinen Umschlag oder Ähnliches in der Hand hielt.

»Was mach ich denn jetzt nur? Ich werde einen Mordsärger kriegen. Jetzt fällt mir's auch ein. Herr Kotten hat gesagt, dass er in die Dominikanische Republik reisen will. Und er wollte diese Pläne unbedingt mitnehmen. Wenn das nicht klappt, bin ich meinen Job los.«

»Sie fliegen vom Flughafen Düsseldorf, hat er gesagt. Fahren Sie doch hin. Vielleicht haben Sie Glück. Die können einen ja ausrufen oder so.«

»In kürzester Zeit bin ich weit weg. Sehr weit.«

Ich bedankte mich, und wieder rannte ich zum Auto.

Als ich in Vohwinkel endlich auf die Autobahn fuhr, fiel mir auf, dass sich der Unbekannte immer noch nicht gemeldet hatte.

Was war mit Jutta?

Was sollte ich seiner Meinung nach tun?

Hatte er mitbekommen, dass ich ihm hart auf den Fersen war?

Und wenn Kotten der Täter war – wie organisierte er die Entführung, während er in die Domrep aufbrach?

Die blauen Autobahnschilder am Kreuz Hilden kamen in Sicht. Ich drückte aufs Gaspedal.

27

Der Tower des Flughafens schickte im Sekundentakt Blitze in die Nacht.

Ich folgte der Beschilderung »Abflug« und parkte im Parkhaus am Terminal. Der Weg in die Abflughalle zog sich. Obwohl es schon später Abend war, musste ich mich durch Ansammlungen von Fluggästen drängen. Offensichtlich waren hier viele auf dem Sprung in den Urlaub.

Dominikanische Republik, dachte ich. Wohin genau fliegt man da eigentlich?

Ich konnte mir so was nicht leisten. Jutta schon eher. Und sie hätte mir die Antwort sofort geben können.

Meine Augen scannten die Abflugtafel.

Und fanden einen Flug um 23 Uhr 54 nach Santo Domingo.

Das war es!

In der riesigen Halle suchte ich nach einer Orientierung. Der Flugsteig war angegeben. Ich folgte wieder einer Beschilderung, vorbei an gigantischen Werbeflächen. Meine Schritte klapperten auf dem grauen glänzenden Fußboden.

Wenn die Familie Kotten schon durch die Schleuse war, hatte ich schlechte Karten. Da kam ich ohne Ticket nicht hin.

Ich erreichte den Durchgang. Eine Absperrung. Uniformierte.

Verstohlen zog ich das Jackett enger um mich. Wenn hier jemand die Pistole sah, war ich geliefert.

Ein Strom aus Reisenden floss an dem Kontrollpunkt vorbei. Niemand sah nach Kotten aus.

Vielleicht hatten sie noch gar nicht eingecheckt?

Ich prüfte auf einer Anzeigetafel, welche Gesellschaft die deutschlandmüden Touris ins Paradies fliegen würde, und suchte den Schalter.

Lange Schlangen aus Menschen und schwer beladenen Gepäckwagen zogen sich durch die Halle. Die meisten der Touristen waren gekleidet, als wären sie schon am Ziel. Ich sah Hemden mit Blumenmustern, bunte Käppis. Ein paar Kinder tollten herum, ein kleiner Junge hatte einen Fischkescher in der Hand und wedelte damit durch die Luft. Das Ding streifte mein Knie, und als ich überrascht aufschrie, wurde einer der Erwachsenen aufmerksam. Offenbar die Mutter.

»Arne, kommst du jetzt hierher!« Sie lächelte mich gequält an und entschuldigte sich.

»Er will eben jetzt schon Fische fangen«, sagte ich und bemerkte einen Sicherheitsmann in blauem Hemd. Er war ein Stück weit entfernt, aber er hatte mich genau im Auge.

Ich wich seinem Blick aus und überprüfte die Anzeige über dem Schalter. Der Flug stimmte, das Ziel stimmte. Alles stimmte. Nur Kottens waren nicht da.

Es ist zu spät, dachte ich. Oder er hat das alles doch getürkt. Es gibt keine Reise. Sie fahren nicht weg. Sie haben die Nachbarn getäuscht, und er hat irgendwas anderes vor.

Aber warum das alles?

Keine Ahnung. Ich war im Moment nicht in der Lage, einen klaren Gedanken zu fassen. Ich wusste nur eins: Ich war auf diesem Scheißflughafen eindeutig falsch.

Mach, dass du wegkommst!, schrie es in mir. Bevor dich jemand vom Sicherheitspersonal erkennt.

Ich ließ meinen Blick noch einmal über die Schlange der Reisenden gleiten, denen nun ein schöner Urlaub bevorstand. Wo lag die Domrep überhaupt? In der Karibik? In der Südsee? Keine Ahnung. Es war auch egal. Ich würde dort ohnehin nie hinkommen.

Immer noch keine Kottens in Sicht.

Zurück zum Wagen, befahl ich mir.

Ich wandte mich in Richtung Ausgang, der in der Mitte der Halle lag.

Und da sah ich sie.

Kotten im quietschgelben T-Shirt. Vor ihm eine alt aussehende Frau. Zwei Kinder, höchstens zehn Jahre alt. Sie saßen am Tisch eines Mitteldings aus Schnellrestaurant und Café und hatten offenbar gerade etwas gegessen. Noch mal deutsche Nahrung zu sich nehmen, ehe es auf die große Reise ging.

Ich sah mich um. Keiner der Blauhemden war in der Nähe. Ich

drückte mich an einer der riesigen Palmen vorbei, die in der Halle den Eindruck von Urlaub schon vor der Abreise vermitteln sollten, und schoss aus einem Winkel auf die Familie zu, aus dem mich Kotten nicht kommen sah.

Ich quetschte mich an den Tisch.

Kotten war so baff, dass er mich nur anstarrte.

Seine Frau reagierte schneller.

»Was soll das denn, Sie Flegel?«

Sie presste ihre Lippen aufeinander, sodass ihr Gesicht unten noch faltiger wurde, und mimte ganz die entrüstete Unternehmergattin. Die Kinder sahen mich mit großen Augen an und schwiegen. Erst jetzt erkannte ich, dass die beiden Mädchen Zwillinge sein mussten.

»Verzeihen Sie vielmals«, sagte ich. »Ich habe beruflich mit Ihrem Mann zu tun. Wir müssen etwas besprechen.«

»Wir haben Urlaub«, keifte sie und sah ihren Mann und dann wieder mich an.

»Lass mal, Hanna«, sagte Kotten. Und dann zu mir: »Ich kann mich nicht erinnern, Sie jemals gesehen zu haben.«

»Wir hatten heute auf der Baustelle das Vergnügen. Ich denke, Sie erinnern sich.«

Damit war sein ganzer Widerstand verpufft. Ihm blieb nur noch zu schweigen. Doch dann hatte er die Doofheit, mich zu fragen: »So ein Zufall. Fahren Sie auch in Urlaub?«

»Mal sehen«, sagte ich. »Der Appetit kommt beim Essen. Und wenn man hier so unter Urlaubern ist, könnte man schon Lust zum Verreisen kriegen.«

»Martin, wer ist das?«, schaltete sich Kottens Frau ein.

Auf der Stirn des Bauunternehmers erschienen Schweißtropfen. Er wich meinem Blick aus. Eins von den Kindern fragte: »Wie heißt du?«

»Remi«, sagte ich. »Ich heiße Remi.«

Kottens Frau starrte zu ihrem Ehemann hinüber – mit einem Gesichtsausdruck, als wolle sie ihm gleich die bevorstehende Scheidung mitteilen. Hinter ihrem maskenhaften Gesicht arbeitete es, und schließlich war sie es, die die Flucht nach vorn antrat.

»Wir müssen dann mal zum Flieger, Herr … Remi.« Sie versuchte aufzustehen, aber ich legte sanft meine Hand auf ihre Schulter.

»Sie haben noch Zeit«, erklärte ich lächelnd.

Der entrüstete Gesichtsausdruck war in Sekundenschnelle wieder da, und jetzt sah sie erneut ihren Mann an. »Martin, jetzt sag doch was. Wer ist dieser Mensch?«

Endlich raffte sich Kotten auf, etwas Konstruktives zu sagen. »Was wollen Sie? Sie sind Journalist, oder?«

»Eher oder«, sagte ich.

»Was soll das alles heißen?«, keifte die Frau. Ganz der Hausdrache.

»Könnten Sie bitte mal aufhören, dazwischenzuquaken?«, fuhr ich sie an. Sie schwieg pikiert. »Und jetzt die Antwort: Das soll heißen, dass Sie heute nicht in Ferien fahren. Zumindest Ihr Mann nicht.«

»Martin, was heißt das? Was sagt der Mann da?«

»Klappe«, rief ich.

»Keine Ahnung«, behauptete Kotten, aber es war ihm deutlich anzusehen, dass er log. Er strengte sich an, seiner Stimme etwas Autorität zu geben. »Und Sie machen sich jetzt vom Acker, ist das klar? Ich hole sonst die Polizei.« Als ob er mir auch mit seinen Gesten drohen wollte, sah er sich hektisch um.

»Also gut«, sagte ich. »Da Sie ja behaupten, Sie hätten keine Ahnung, worum es hier geht, kläre ich Sie auf. Zuerst mal: Mein Name ist Rott, und ich ermittle in einem Mordfall, von dem Sie sicher gehört haben. Es geht um den toten Polizeikommissar aus dem Neandertal. Die Spur führt genau auf Ihre Baustelle, Herr Kotten. Frau Schroffbach ist die Exfrau des Kommissars.«

Er runzelte die Stirn und sah dabei den vollgekrümelten Teller an. »Na und?«, rief er. »Was habe ich damit zu tun?«

»Irgendwas ist mit der Baustelle nicht in Ordnung, Herr Kotten. Und irgendjemand ruft mich andauernd an und stellt mir Ultimaten. Irgendjemand hat meine Partnerin entführt. Und seltsamerweise hören die Anrufe auf, seit ich weiß, dass Sie hier auf dem Flughafen herumhängen und wegfliegen wollen und ich hinter Ihnen her bin. Und noch seltsamer: Der Unbekannte, der auch garantiert der Mörder des Kommissars ist, hat mir das sogar am Telefon angekündigt. ›Ich bin bald sehr weit weg‹, hat er gesagt. Und nun sehe ich Sie hier kurz vor einem Abflug in die Domrep. Was soll ich denn davon halten?«

»Lass dir das nicht gefallen, Martin. Der Mann bedroht dich. Hol die Polizei. Hier laufen jede Menge Beamte herum.«

Ja, dachte ich. Hol doch die Polizei. Warum tust du es nicht?

»Hören Sie auf Ihre Frau, Kotten. Holen Sie einen von den Bullen. Aber seien Sie sicher, dass dann alles rauskommt. Und jetzt sagen Sie mir: Wo haben Sie Jutta hingebracht?«

»Jutta?«, sagte er, und es sollte harmlos klingen. Doch man roch zehn Kilometer gegen den Wind, dass der Mann etwas zu verbergen hatte. »Verdammt noch mal, was wollen Sie von mir?« Seine Stimme klang heulend. »Ich bin doch kein Mörder. Ich habe mich heute erst entschlossen, in Urlaub zu fahren. Last Minute. Das kann ich beweisen. Also, was soll das alles?«

»Warum wollen Sie so schnell weg?«

Juttas Handy brummte. Ich zog es schnell heraus, dabei fiel Frau Kottens Blick auf meine Pistole, und ihr Gesicht wurde einen Tick blasser. Während ich die Kurznachricht checkte, flüsterte sie ihrem Mann etwas zu.

Verzögerung, las ich. *Weitere Nachrichten folgen.*

Kotten hatte recht. Er war zumindest nicht der Mann, der mich immerzu anrief. Er war nicht der Mann, der mir gerade eine Nachricht geschickt hatte. Und wahrscheinlich war er auch nicht der Mann, der Jutta entführt hatte. Aber er war der Mann, der mir sagen konnte, wer es war. Er musste es einfach sein.

Als ich das Telefon wieder eingesteckt hatte, stand Kotten auf. Die Frau ebenfalls. Sie nahm die Kinder an die Hand. Alle vier drängten sich aus den engen Sitzen und marschierten einfach los – in die Weite der Abflughalle hinein, in Richtung der Schleuse. Wenn sie die hinter sich hatten, war alles zu spät.

Ich holte auf, und als ich auf gleicher Höhe war, versuchte ich so wenig aufsehenerregend wie möglich auf Kotten einzureden. »Sie können nicht einfach wegfliegen. Wie lange wollen Sie denn da unten bleiben? Bis das Geld ausgeht? Wenn Sie zurückkommen, wird man Sie festnehmen. Sie haben jetzt die Chance, alles in Ordnung zu bringen, indem Sie mir helfen.« Wir kamen an der Schleuse an.

Das Sicherheitspersonal musterte uns eingehend. Frau Kotten drehte sich nicht zu uns um, als sie mit den Kindern an der Hand hindurchging.

Eine der Damen registrierte nickend ihre Bordkarte. Eines der Mädchen sah mit großen Augen zurück – mir entgegen. Doch dann wurde mir klar, dass es nicht zu mir, sondern zu seinem Vater sah, der neben mir stehen geblieben war.

Er schüttelte den Kopf und wollte gehen. Mir blieb nichts anderes übrig, als ihn harsch am Arm zu packen.

»Wenn Sie da durchgehen, schlage ich Alarm.«

Ein reiner Bluff. Er hatte nichts zu befürchten. Man würde sich erst mal mit mir beschäftigen. Aber ihm ging offenbar so die Flatter, dass er keinen klaren Gedanken fassen konnte.

Die Wachmänner sahen herüber, blieben aber stocksteif stehen.

»Ich warne Sie«, zischte ich.

Frau und Kinder waren weiter hinten ebenfalls stehen geblieben. Sie musterten uns.

»Wenn das hier vorbei ist, können Sie ihnen hinterherfliegen. Wahrscheinlich morgen schon.« Falls man ihn lässt, dachte ich.

»Was soll ich tun?«

»Mich nicht zwingen, hier am Flughafen die Waffe zu ziehen, und einfach mitkommen. Wir haben es eilig.«

Ein paar Sekunden vergingen, in denen Kotten immer noch seine Chancen abzuwägen schien.

Dann nickte er kurz. Wie auf Kommando drehte sich seine Familie jenseits der Absperrung um und ging langsam davon.

Wir drängten uns an den Schlangen von Urlaubern vorbei in Richtung Ausgang. Draußen dröhnte die Sommernacht, wie sie nur in der Nähe einer Autobahn dröhnen konnte. Die Wärme war noch so stark, dass man sich ohne Weiteres einbilden konnte, gerade in Santo Domingo angekommen zu sein.

Kotten keuchte. Das schnelle Gehen strengte ihn an.

»Wo steht Ihr Wagen?«, fragte ich. »Sagen Sie bloß, Ihre Frau hat den Schlüssel?«

»Nein, nein, ich habe ihn.«

Wir betraten das Langzeit-Parkhaus. Es ging an einer schier endlosen Autoreihe vorbei, und endlich blieb Kotten vor einem schwarzen Volvo-Kombi stehen.

Ich checkte die Umgebung. Wir waren allein auf weiter Flur.

»Nun steigen Sie schon ein«, kommandierte ich.

»Was haben Sie überhaupt vor?« Wieder war da dieser weinerliche Ton in seiner Stimme. »Wollen Sie mich entführen?«

»Wir reden nur ein bisschen. Los, einsteigen.«

Er brachte seinen massigen Körper auf dem Fahrersitz unter. Ich setzte mich neben ihn.

»Stecken Sie den Schlüssel ins Schloss.«

Er gehorchte, dann lehnte er sich zurück. Sein Gesicht wirkte wie das eines beleidigten Riesenbabys.

»Ich habe nicht gesagt, dass Sie sich ausruhen sollen. Reden sollen Sie.«

»Worüber?«

»Machen wir da weiter, wo wir stehen geblieben sind. Warum verlassen Sie Hals über Kopf das Land?«

»Weil mir heute Mittag klar geworden ist, dass ich Urlaub gebrauchen kann. Ich bin der Chef. Ich kann selbst bestimmen, was ich tue.«

»Und die Baustelle? Gibt's da nicht genug zu tun?«

»Darum kümmern sich andere. Ich habe Stellvertreter.«

»Und haben Sie auch einen Stellvertreter, der mir andauernd diese Nachrichten schickt?«

»Ich weiß nicht, was Sie meinen.«

»Was ist auf der Baustelle passiert? Was ist dort los?«

»Nichts. Nur dass wir ein bisschen in Verzug sind. Aber das ist normal. Das holen wir wieder ein.«

»Haben Sie Probleme mit den Behörden? Mit Anwohnern, die sich über den Bau beschweren? Wie sind Ihre Auftraggeber an die Baugenehmigung gekommen?«

»Weiß ich doch nicht.«

Beweise, Rott! Du brauchst Beweise!

Ich überlegte und überlegte, die Zeit verging, und da kam mir wieder die Theorie in den Sinn, die ich mir nach dem Besuch bei Rath zurechtgezimmert hatte, die mir aber jetzt ziemlich unrealistisch vorkam. Egal.

»Haben Sie auf dem Grundstück etwas gefunden?«

Kotten schwieg.

»Sie haben dort etwas gefunden, geben Sie es zu. Irgendetwas, das den Bau verhindern kann. Oder zumindest verzögern.«

Ich wurde abgelenkt, als Leute vorbeikamen. Ein schleifendes Geräusch von einem Koffer mit Rollen. Ein Mann mit Rucksack, eine Frau, die ihr Gepäck hinter sich herzog. Ich beobachtete sie im Rückspiegel des Wagens. Sie bemerkten uns nicht. Ihre Unterhaltung klang gedämpft.

Und da nutzte Kotten seine Chance. Schneller, als ich es ihm zugetraut hätte, riss er die Tür auf und rannte los. Ich war im Nachteil, weil ich auf der anderen Seite aussteigen und den Wagen umrunden musste. Im Abstand von zehn, fünfzehn Metern liefen wir an den verdutzten Urlaubern vorbei.

Ich erreichte Kotten am Eingang zum Hauptgebäude und packte ihn am Arm. Er wehrte sich, und fast wäre er mir wieder entwischt. Seine Haut war schweißig und glitschig.

Ich zog die P1, verdeckte sie so gut es ging mit dem Jackett und rammte Kotten den Lauf in den Leib. Mir blieb nichts anderes übrig. Ich nahm in Kauf, dass uns ein paar Leute zusahen.

Kotten stand stocksteif da und bewegte sich nicht.

»Das ist eine geladene Pistole«, klärte ich ihn auf. »Zurück zum Wagen, und zwar plötzlich, sonst drücke ich ab.«

»Ich habe damit doch nichts zu tun«, jammerte Kotten. Noch mehr Leute guckten herüber. Einige blieben sogar stehen und schüttelten den Kopf.

»Kein Wort mehr.« Wir gingen los. Eng aneinander.

»Lächeln«, flüsterte ich und grinste unser Publikum an. Ich bohrte den Lauf zwei Zentimeter weiter in Kottens Fleisch, und wie auf Kommando verzerrte er das Gesicht. Endlich waren wir wieder am Wagen.

Kotten ließ sich wie ein erschöpfter Boxer in den Sitz fallen. Hinten am Eingang sprachen einige der Leute, die uns bemerkt hatten, mit einem Sicherheitsmann. Jetzt deutete jemand in unsere Richtung.

»Losfahren!«, schrie ich.

Der Schlüssel steckte noch. Kotten griff zu, träge wie ein müder Bär.

»Nun mach schon!«

Er ließ das Auto an und setzte langsam zurück. Der Sicherheitsbeamte näherte sich in Geschwindmarsch.

»Geht das auch ein bisschen flotter?«

Endlich hatte Kotten das Fahrzeug auf die Gerade gebracht.

»Gas geben! Zum Ausgang!«

Wir gewannen Tempo und rasten an dem Uniformierten vorbei. Es ging um einige Kurven. Dann bremste Kotten hart vor der Schranke.

»Was jetzt? Meine Frau hat die Karte. Und wir haben gar nicht bezahlt.«

»Verdammte Scheiße!«, brüllte ich. »Gib halt Gas!«

»Aber … aber …«, stammelte er.

Ich zog die P1 heraus und hielt sie Kotten ans Kinn.

»Rückwärtsgang. Fünf Meter Anlauf. Und ab die Post!«

Kotten ließ den Wagen zurückrollen.

»Los!«, schrie ich.

Er zögerte einen Moment und drückte den ersten Gang ins Getriebe.

Ich hatte so was immer nur im Fernsehen gesehen. Funktionierte es auch in Wirklichkeit? Wie viel PS hatte so ein Wagen? Hundertsechzig? Hundertsiebzig? Zweihundert? Würden sie reichen, um auf so kurze Distanz durch die Schranke zu brettern?

Kotten gab brutal Gas, der Wagen ruckte nach vorn. Es knallte und knirschte hässlich. Der Stab war in Sekundenschnelle verschwunden. Im Rückspiegel sah ich Leute, die wahrscheinlich gerade die Nummer von Kottens Wagen notierten. Doch dann schossen wir aus dem Parkhaus hinaus. Kotten folgte der engen Straße. Schilder tauchten auf.

»Wohin?«, fragte er.

»Auf die Autobahn. Egal, welche Richtung.«

»Die Polizei kriegt uns doch.«

»Sie kriegt vor allem dich. Wenn du nicht etwas Feuer unterm Hintern machst.«

Kotten raste auf die nächtliche Autobahn. Es herrschte wenig Verkehr. Die Ausschilderung zur Düsseldorfer Messe näherte sich. Ich hielt immer noch die Pistole in Richtung Fahrersitz. Mit der linken Hand griff ich ins Lenkrad. Der Wagen schlingerte bedenklich, doch dann ließ ich wieder los und Kotten fing die Bewegung ab.

»He, was soll das?«

»Hier fahren wir wieder raus.«

Wir kurvten in die Ausfahrt.

»Hier einbiegen«, befahl ich.

Es war die Einfahrt zum Messeparkplatz. Straßenlampen beleuchteten die Szenerie.

»Anhalten. Lass den Motor an.«

Kotten bremste. Der Wagen rollte aus und brummte im Leerlauf.

»Und jetzt?« Angst keimte in seiner Stimme auf.

Er glaubt, ich will ihn umlegen, dachte ich.

»Ich zähle jetzt bis drei, und bis dahin sagst du mir, was auf der Baustelle los ist.«

Er schluckte hörbar.

»Schau dir noch mal genau an, was du vor dir siehst«, sagte ich. »Ein schöner einsamer Parkplatz.«

»Ich kann doch nichts dafür.« Ängstliches Jammern. Er stand kurz vor dem Heulen.

»Eins.«

»Ich habe damit nichts zu tun!«

»Zwei. Womit hast du nichts zu tun? Sprich dich aus.«

»Das kann ich nicht sagen.«

»Das glaube ich aber schon. Drei.«

Was sollte ich tun? Einen Warnschuss abgeben? Dann würden wir noch mehr auffallen.

Ich lud die Waffe durch. Ein unschönes Ratschen. Vielleicht brachte das Geräusch Kotten dazu, vernünftig zu sein.

»Da war etwas«, gab er endlich bekannt.

»Dreieinhalb. Du machst es wirklich spannend.«

»Ich saß auf dem Bagger.«

»Und weiter?«

Es war kein Schweiß, was im fahlen Licht auf seinem Gesicht glänzte. Es waren Tränen.

»Knochen. Von Menschen.«

»Was heißt das? Bitte sprich in ganzen Sätzen.«

»Ich wusste nicht, was ich tun sollte. Ich hab sofort Herrn Schroffbach informiert. Der kennt sich mit so was aus.«

»Wer ist Schroffbach?«

»Der Mann von Alexandra Schroffbach. Er wickelt den Hotelbau ab.«

»Wieso kennt er sich mit Leichen aus?«

Kotten wischte sich über das Gesicht.

»Lass dir nicht alles aus der Nase ziehen!«

»Ich hatte Angst. Wir können keine Polizei auf dem Bau gebrauchen. Wir müssen den Termin einhalten. Herr Schroffbach hat einen Blick auf die Knochen geworfen. Ich sollte sie wegbringen. Und ich sollte zu keinem was sagen.«

»Und da fahren Sie in Urlaub?«

»Schroffbach hat darauf bestanden, dass ich wegfahre. Er hat mir sogar Geld gegeben.«

Das machte Sinn. So war der einzige Zeuge aus der Schusslinie.

»Ist Schroffbach der Typ in dem schwarzen Wagen, den ich heute mit Ihnen auf der Baustelle gesehen habe?«

Kotten nickte und wischte über seine Augen.

»Was hast du mit den Knochen gemacht?«

»Herr Schroffbach wollte, dass ich sie wegbringe. In unser Lager. Jetzt habe ich diesen Mist am Hals. Wenn die einer findet, bin ich dran.«

Bei mir fiel ein weiterer Groschen. Es war offenbar Schroffbachs Art, anderen die Dinge in die Schuhe zu schieben. Mir die Morde. Kotten den Fund und die Unterschlagung des Toten. Und Juttas Entführung? Wem würde er die anhängen?

»Vielleicht ist das ja auch ein Mordopfer, das wir da gefunden haben«, fuhr Kotten fort. »Oder ein altes Grab. Jedenfalls wird es eine Menge Verzögerung geben, wenn die Behörden das erfahren. Schroffbach hat gesagt, er regelt alles, während ich weg bin.«

Eine Weile war nur das Schnurren des Motors im Leerlauf zu hören.

Schroffbach hat Jutta entführt, dachte ich. Er hat Kotten weggeschickt. Wo hat er sie versteckt? Bei jemandem, der über solche Verstecke verfügt. Und das war Kotten.

»Wo ist das Lager?«, fragte ich.

»In Wuppertal. In der Nähe von unserem Firmengelände.«

»Fahr hin. So schnell du kannst.«

Kotten wollte den ersten Gang einlegen und Gas geben, da machte der Wagen einen Satz nach vorn. Abgewürgt.

Ich rammte ihm noch mal die Pistole in die Seite, um ihn daran zu erinnern, wie man Auto fuhr.

Endlich gelang es ihm, die Karre in Gang zu bringen und loszufahren.

28

Als wir hinter Ratingen auf die A3 fuhren, hatte ich immer noch keine Verfolger bemerkt. Wir waren unter uns. Eine schöne Gelegenheit, mit Kotten weiterzuplaudern.

»Was sollte das vorhin heißen – Schroffbach kennt sich mit Leichen aus?«

Kotten umklammerte das Lenkrad mit beiden Händen und behielt krampfhaft die Straße im Auge, die von den Scheinwerfern beleuchtet auf uns zuflog. Meine Pistole war nach wie vor auf ihn gerichtet.

»Na, er war doch früher bei der Polizei. Er hat gesagt, er könnte das mit der Leiche schon irgendwie einrenken. Damit es keinen Baustopp geben muss ... Er hat gesagt, er kennt Leute bei den Ämtern und so.«

Wieder rollte ein Groschen auf den Abgrund zu, bereit zum freien Fall.

Ich nahm mein Handy und suchte die Nummer von Zech heraus. Ich sah auf die Uhr. Kurz nach elf. Als wir das erste Mal miteinander sprachen, hatte er mir angeboten, ihn auch abends zu besuchen. Er habe Zeit.

Als sich der Journalist im Ruhestand endlich meldete, hatte es mindestens zehnmal geklingelt.

»Hier ist Rott«, sagte ich.

»Guten Abend. Immer noch unterwegs? Es klingt, als seien Sie im Auto.«

»Allerdings.«

»Haben Sie Licht in diese Sache gebracht, die Sie aufklären wollten?«

»Sagt Ihnen der Name Schroffbach etwas?«

»In welchem Zusammenhang?«

»In der Sache, über die wir sprachen. Korruption im Glücksspielmilieu vor einigen Jahren.«

»Wer soll das sein?«

»Ein ehemaliger Polizist. Mittlerweile ist er aus dem Beamtendasein ausgestiegen und mit der Chefin einer Hotelkette verheiratet. Sie war vorher die Ehefrau von Kommissar Krüger, der vor einigen Tagen im Neandertal ermordet wurde.«

»Schroffbach ... sagt mir tatsächlich etwas.«

Er wirkte müde. Wahrscheinlich hatte er Medikamente genommen. Oder Rotwein getrunken.

»Es könnte der Beamte gewesen sein, aus dessen Pistole die Kugel stammte. Es ist ihm damals gelungen, glaubhaft zu machen, die Waffe sei ihm gestohlen worden.«

»War er auch im Glücksspieldezernat?«

»Wahrscheinlich.«

»Danke, Herr Zech. Das bringt Licht in die Sache.«

Ich verabschiedete mich und legte auf.

Der Groschen rollte über die Rampe und geriet in freien Fall.

»Gibt es noch jemanden, der von der Leiche weiß?«, fragte ich Kotten. »Ich meine, außer Schroffbach und dir?«

»Das habe ich Herrn Schroffbach auch gefragt. Er hat behauptet, dass wir die Einzigen sind. Aber ich glaube ihm nicht.«

»Warum?«

»Er hat es bestimmt seiner Frau erzählt. Aber das ist noch nicht alles.«

»Spuck's aus.«

»Ich bin einmal abends noch in sein Büro gefahren, weil ich etwas mit ihm durchsprechen musste. Er hatte Besuch. Frau Schroffbach war auch dabei. Ich habe einen Teil des Gesprächs mitbekommen. Sie redeten auf den Mann ein, als wollten sie ihn von irgendetwas überzeugen. Ich habe deutlich gehört, wie er das Amt für Boden- und Denkmalpflege erwähnte. Und er wollte die Behörde informieren.«

»Bodendenkmäler? Ich denke, in der Baugrube lag eine Leiche? Holt man da nicht die Polizei?«

Ein weiterer Groschen machte sich zum Absprung bereit. Krüger war die Polizei!

»Das hat mich auch gewundert. Als ich mich der Bürotür näherte, stürmte ein Mann heraus. Ich habe die Schroffbachs gefragt, ob sein Besuch etwas mit dem Skelettfund zu tun hätte, aber Herr Schroffbach sagte nur, ich soll mir darüber keine Sorgen machen.«

»Wie sah der Mann aus?«

»Er war so Mitte fünfzig. Blaue Augen.«

»Das war so genau zu erkennen?«

»Als er rauskam, sah er mich an, als wollte er sagen: Ich lasse die ganze Bude hier hochgehen, und du hängst auch mit drin. Stahlblaue Augen, da bin ich ganz sicher.«

Besser hätte man Krügers Blick nicht beschreiben können.

Die Scheinwerfer tasteten über den Zaun an Kottens Baufirma. Ich sah mich um und suchte das Fahrzeug der alten Frau. Es war verschwunden. Umso besser. Wir würden keine Zeugen gebrauchen können.

»Das Lager ist auf der anderen Seite«, sagte Kotten. »Wir müssen das Tor aufschließen und rübergehen.«

»Wie weit ist das?«

»Auf der anderen Seite des Hauptgebäudes. Schon ein ganzes Stück.«

»Gut. Wir fahren auf das Gelände. Dann Licht und Motor aus.«

»Ich muss aussteigen, um das Tor aufzumachen.«

»Dann los. Danach kommst du sofort zurück. Die Pistole verfolgt dich, klar?«

»Ich muss den Autoschlüssel mitnehmen. Da ist auch der Schlüssel für das Tor dran.«

»In Ordnung. Lass das Standlicht brennen.«

Er nickte, verließ den Wagen und blieb im Scheinwerferkegel, als er das Tor öffnete. Er kam sofort zurück.

Wir fuhren an das Gebäude heran, direkt vor den Eingang zum Büro.

»Sitzen bleiben«, sagte ich.

Ich stieg aus, die Pistole in der Hand. Im Kofferraum des Wagens fand ich, was ich suchte. Ein Abschleppseil.

»Rauskommen.«

Kotten wuchtete sich aus dem Wagen. Ich überlegte, ob ich das Richtige vorhatte. Aber es ging nicht anders. Ich konnte ihn dahinten nicht gebrauchen.

Neben der Bürotür ragte ein Stahlrohr aus dem Boden, das ein kleines Vordach trug.

»Setz dich hier hin.«

Kotten verstand nicht, was ich meinte. Ich schob ihn in die richtige Position.

»Los. Hinsetzen.«

Er ließ sich an dem Stab hinuntergleiten, und ich band mit dem Abschleppseil seine Arme fest.

»Was soll das?«, jammerte er.

»Du bleibst hier.«

»Ich kann um Hilfe rufen, wenn ich will.«

»Und ich kann dir noch was über den Mund kleben.«

Mir war klar, dass ich das nicht tun würde. In Krimis kam so etwas dauernd vor, aber im realen Leben konnte das tödlich sein. Wenn jemand auch nur leichten Schnupfen hatte oder ihm vor Panik die Nasenschleimhäute anschwollen, erstickte er qualvoll.

»Du wirst hier ruhig warten. Wenn nicht, gibt's eine Menge Ärger. Ich kenne die leitende Kommissarin. Die ist alles andere als sympathisch.«

Vorsichtig umrundete ich den Hauptbau. Ich bemühte mich, im Schatten der Hauswand zu bleiben – immer die Pistole im Anschlag. Auf der Rückseite des Gebäudes gähnte ein schwarzes Loch. Es sah aus, als hätte sich der schwarze Nachthimmel ein Stück herabgesenkt.

Dort musste das Lager liegen.

Ich näherte mich der Dunkelheit und riss die Augen auf, um jedes Quäntchen Licht auszunutzen. Ich hatte mal irgendwo gelesen, dass das half, sich im Dunkeln besser zu orientieren.

In vagen Umrissen zeichnete sich ein Betonblock vor mir ab. Auf der Vorderseite sah ich drei Quadrate, daneben noch ein Rechteck. Die Quadrate mussten Garagentore sein, das Rechteck eine Tür.

Ich tastete mich vor. Alles wirkte einsam und verlassen. Mit einem Mal überkamen mich Zweifel.

Was, wenn ich da drin tatsächlich nichts anderes finden würde als eine Leiche? Bei jedem Schritt wuchs das Gebäude vor mir langsam, wie in Zeitlupe. Der Beton schimmerte.

Ich blieb stehen und lauschte.

Nichts.

Verdammt, ich bin hier falsch, dachte ich. Jutta ist wahrscheinlich längst tot. Und Schroffbach wird mich bald in eine neue Falle locken, um auch mich umzubringen.

Ich stand da, blickte das Gebäude an und überlegte, ob ich nicht tatsächlich die Polizei holen sollte. Kotten war ein veritabler Zeuge. Ich musste keine weiteren Ermittlungen durchführen, um meine Unschuld zu beweisen. Oder doch?

Aber Jutta, hämmerte es in meinem Kopf.

Jede Sekunde zählt.

Jutta ist längst tot, sagte eine andere Stimme.

Durch meine deprimierenden Gedanken drang ein Geräusch. Ein rhythmisches Hupen. Es klang wie der permanent wiederholte Angstschrei eines fernen Dinosauriers.

Kottens Wagen!

Es musste dem Bauunternehmer irgendwie gelungen sein, die Alarmanlage in Gang zu setzen.

Noch bevor ich mir darüber klar werden konnte, was ich unternehmen sollte, wurde die Tür des Lagers aufgerissen, und eine Gestalt stürmte heraus.

Sie blieb neben mir stehen, schien zu lauschen. Trotz der Dunkelheit wusste ich, wer das war: Schroffbach. Er hatte mich nicht bemerkt. Ich nutzte meine Chance.

Ich stürzte mich von hinten auf ihn und war mir sicher, ihn damit zu Fall zu bringen. Aber ich kam mir vor wie ein Eichhörnchen, das sich an einem Mammutbaum festkrallt. Nicht dass Schroffbach besonders groß gewesen wäre, aber unter seinem schwarzen Anzug steckten jahrelang trainierte Muskeln. Fest und kompakt.

»He«, rief er überrascht und schüttelte mich ab, dass ich schmerzhaft mit dem Steißbein auf den Beton knallte. Er starrte zu mir herunter, während immer noch das ferne Gehupe durch die Nacht pulsierte.

Es dauerte ein paar Sekunden, bis er mich erkannte.

»Der Journalist von der Baustelle«, rief er, machte einen Schritt nach vorn und stellte den Fuß so schwer auf mein Bein, dass ich wie festgenagelt war.

»Sie wissen ganz genau, wer ich bin«, ächzte ich.

»Ja! Jemand, der sich unerlaubterweise hier auf dem Gelände herumtreibt. Wo wolltest du hin? Ins Büro einbrechen?« Er verstärkte den Druck.

»Hören Sie auf mit dem Theater. Wo ist Jutta?«

Er bückte sich und riss mich hoch, als wäre ich so leicht wie eine Fliege. Im selben Moment hatte er etwas hervorgezogen. Ein silberner Lauf glänzte matt. Er zeigte in meine Richtung.

»Da rein. Mach schon.«

Ich setzte mich in Bewegung. So langsam wie möglich.

»Schneller.«

Es hupte, hupte und hupte. Wie lange lief so eine Alarmanlage eigentlich?

Wir erreichten die Tür. »Aufmachen.« Schroffbach rammte mir den Lauf der Pistole in den Rücken.

Ich drückte die Klinke hinunter und zog. Vor mir klaffte eine finstere Öffnung. Schroffbach trat mir mit aller Kraft in den Rücken, sodass ich nach vorn fiel, mitten in ein Chaos aus Müll und Erde. Die Tür schlug zu. Ein Schlüssel wurde herumgedreht. Es roch nach Dreck und Schimmel.

Ich tastete meine Umgebung ab. Etwas Scharfkantiges, Hartes. Steine, so groß wie Fäuste. Glatte längliche Dinge, die sich anfühlten wie Äste oder unregelmäßig geformte Holzstücke …

Gab es hier kein Licht?

»Hallo?«

Ich zuckte vor Schreck zusammen. Juttas Stimme – ganz nah.

»Ich bin's«, sagte ich.

»Remi!«

»Bist du okay?«

»Ja, bin ich.«

»Wie kann man denn hier Licht machen?« Mühsam rappelte ich mich hoch. Jetzt stand ich immerhin aufrecht.

»Ich glaube, hier gibt's keins«, sagte sie. »Was ist passiert? Er hat dich also auch erwischt …«

Ich erzählte in die Dunkelheit hinein, was ich seit ihrer Entführung unternommen hatte und wie ich hierhergekommen war.

»Und du glaubst, hier in diesem Lager befinden sich Knochen?«, fragte Jutta. »Das kann doch nicht sein.«

»Vielleicht hat ja Rath sogar recht gehabt, und es sind Reste eines Neandertalers.«

»Quatsch!«

»Warum hätte Kotten mich anlügen sollen? Und wenn es in dem Gespräch, das er mitbekommen hat, wirklich um das Boden- und Denkmalamt ging ...«

»Und wo sollen die Knochen sein?«

»Hast du den Raum nicht bei Tageslicht gesehen? Als er dich hergebracht hat?«

»Hier gibt's kein Fenster.«

»Aber er war doch eben hier drin. Da muss es doch Licht gegeben haben.«

»Er hat mich hier reingebracht, und seitdem ist es dunkel.«

»Ist er die ganze Zeit hier gewesen?«

»Nein, er ist eben wiedergekommen. Und dann hat er draußen was gehört.«

»Warte mal«, unterbrach ich.

»Was ist?«

Ich lauschte. Die Alarmanlage des Wagens war nicht mehr zu hören.

»Taste dich mal in meine Richtung vor«, sagte ich.

»Geht nicht. Ich bin gefesselt.«

Ich streckte die Hand aus und bewegte sie in Richtung des Dreckhaufens. Es dauerte ein wenig, aber dann berührten meine Finger wieder die seltsamen länglichen Dinge, die sich anfühlten wie Äste, die aber auch Knochen sein konnten.

Mir kam eine Idee. Ich tastete in meiner Tasche nach dem Handy. Ein matter Schein aus dem Display erhellte die Umgebung. Der Haufen Dreck war ein Haufen Dreck. Die länglichen Gegenstände waren Holzlatten. Weiter hinten saß Jutta auf dem Boden. Ihr Gesicht wirkte in dem fahlen Licht bläulich.

»Kannst du die Arme bewegen?«, fragte ich.

Sie schüttelte den Kopf. Schroffbach hatte ihr die Hände auf den Rücken gebunden. Die Knoten waren fest. Nach endlosen Versuchen gelang es mir endlich, sie aufzuknüpfen.

Keine Sekunde zu früh.

Schritte näherten sich.

Ich zog die Pistole. Sie war seit dem Flughafen durchgeladen, und ich musste sie nur noch entsichern.

Schroffbach hatte dasselbe Problem wie wir – die Dunkelheit. Er würde uns nicht sofort sehen können, wenn er die Tür öffnete, aber er würde für uns sichtbar sein. Vielleicht leuchtete er aber auch einfach mit einer Taschenlampe herein.

»Ich werde schießen«, raunte ich Jutta zu. »Sieh du zu, dass du nicht im Weg bist.«

Die Tür ging auf.

Ich schoss sofort.

Jemand schrie und stürzte zu Boden.

Am Boden vor der Tür lag jemand. Der Weg nach draußen war frei. Neben mir arbeitete sich Jutta in die Höhe. Sie kann nicht wegrennen, dachte ich. Ihre Beine sind nach der langen Zeit hier sicher wie gelähmt.

Die Gestalt auf der Türschwelle war zu dick, um Schroffbach zu sein. Kotten. Er stöhnte.

Jutta war mir nachgekommen und wollte hinaus. Ich zog sie zurück in den dunklen Raum.

»Was ist los?«, rief sie.

Wieder keine Sekunde zu früh. Ein Schuss von draußen.

»Schroffbach hat Kotten hier reingeschickt«, sagte ich. »Er ist verletzt. Und Schroffbach schießt jetzt auf uns.«

In mir zog sich alles zusammen. Als hätte ein Krampf meinen Oberkörper gepackt. Ich hatte nicht auf einen Unschuldigen schießen wollen!

»Ich muss hier raus, Hilfe holen«, rief ich.

»Damit alles wieder von vorn losgeht? Remi, der will uns umbringen! Gib mir das Handy.«

Ich gab Jutta ihr Funktelefon, und sie fing an zu tippen. Alles war ruhig, nur Kotten stöhnte leise. Wie viele Patronen waren noch im Magazin? Ich rechnete nach und kam auf sechs.

»Hallo, Polizei?«, rief Jutta. »Es hat eine Schießerei gegeben. Mit einem Verletzten ... Remi, sie fragen, wo wir sind.«

Ich erklärte es ihr, und sie gab es weiter.

»Kotten, können Sie mich hören?«, fragte ich in Richtung des Schemens an der Tür.

Nur ein Stöhnen.

Jutta hatte das Telefonat beendet und bewegte sich neben mir. Sie wollte zu ihm.

»Bleib hier«, rief ich. »Schroffbach wird auf dich schießen.«

Jutta ließ sich nicht beirren. Sie kroch langsam in Richtung des hellen Rechtecks der Türöffnung. Ihr schmaler Schatten verschmolz langsam mit dem von Kotten. Sie unterhielten sich leise. Wahrscheinlich beruhigte Jutta ihn.

Ich erwartete jeden Moment, dass Schroffbach schoss. Aber nichts geschah.

Irgendwann zog sich Jutta wieder in meine Richtung zurück. Und da tönten aus der Ferne die Sirenen. Sie kamen rasch näher. Und mit ihnen näherte sich die Stunde der Wahrheit.

29

»Sie ziehen ja geradezu eine Blutspur durchs Bergische Land.«

Hauptkommissarin Dorau saß mir in einem Vernehmungsraum gegenüber, der die Gemütlichkeit eines jeden Vernehmungsraumes aufwies. Neonbeleuchtung. Eine Wandfarbe irgendwo zwischen Kotze und Schimmel. Resopaltische.

Ich legte meine Hände, die mit Handschellen gefesselt waren, auf den Tisch und sah Kommissarin Dorau an. Sie nahm gerade einen besonders tiefen Zug aus ihrer filterlosen Zigarette, und als sie ausatmete, schien sich der ganze Raum mit Rauch zu füllen. Zum ersten Mal in meinem Leben begriff ich, was Nichtraucher an der Tabaksucht so widerlich fanden.

»Sie haben eine ausgesprochen blumige Ausdrucksweise«, sagte ich.

»Anders kann man das ja wohl nicht bezeichnen. Zwei Tote und ein Halbtoter in drei Tagen.«

»Ich habe Ihnen alles erklärt«, sagte ich ruhig. Meine Stimme war etwas kratzig, denn ich saß bereits gefühlte acht Stunden hier. Keine Ahnung, wie spät es war. Wahrscheinlich ging draußen längst die Sonne auf.

Die Hauptkommissarin stand auf und lief im Raum auf und ab. Die Rauchfahne folgte ihr wie ein treues Hündchen.

»Sie wollen uns also weismachen«, sagte sie, »Eberhard Krüger und Schroffbach seien vor Jahren Kollegen gewesen …«

»Waren sie. Da mache ich Ihnen gar nichts weis. Das ist nachprüfbar.«

»Unterbrechen Sie mich nicht … Sie seien also Kollegen gewesen, und in dieser Zeit sei es zu dem Korruptionsfall gekommen.«

»Mit Nevada-King, genau. Übrigens zur selben Zeit, als im Glücksspielmilieu ein Mord geschah. Der Mörder hatte eine Polizeipistole. Es war die von Schroffbach.«

Ein böser Blick wegen der Unterbrechung.

»Später hatte sich dann Eberhards Frau scheiden lassen. Sie hat Schroffbach kennengelernt und ihn dann geheiratet.«

»Lauter nachprüfbare Fakten.«

»Lassen Sie mich ausreden, verdammt! Alexandra Schroffbach ist die Inhaberin einer Hotelkette und baut momentan eins ihrer Hotels auf dem ehemaligen Grundstück von ...«, sie sah in ihre Notizen, »Friedolin Rath, derzeit wohnhaft in einem Pflegeheim in Solingen.«

Derzeit! Was sollte das denn heißen? Wenn der Mann jemals wieder umzog, dann bestenfalls auf den Friedhof.

»Jetzt kommt das Entscheidende.« Die Dorau drückte mit großer Geste ihre Kippe aus. Der Aschenbecher quoll schon über. »Sie behaupten, auf dem Grundstück sei etwas entdeckt worden, das für die Bodendenkmalpflege interessant wäre.«

»Knochen«, sagte ich. »Das hat Herr Kotten mir gesagt. Er hat sie selbst gefunden.«

»Herr Kotten ist nicht ansprechbar. Und er ist der Einzige, auf den Sie sich stützen können.«

Auch das wusste ich schon. Und ich wusste auch, dass noch lange nicht klar war, ob er durchkam.

»Sie behaupten weiterhin, es habe daraufhin eine Erpressung stattgefunden. Eberhard habe von dem Fund erfahren, und er habe versucht, seiner Frau eins auszuwischen. Vielleicht brauchte er aber auch nur Geld.«

Nur?, dachte ich.

»Herr Schroffbach hingegen war im Besitz des Fotos, auf dem Eberhard im Nevada-King Geld entgegennimmt, und so entstand gewissermaßen eine Pattsituation ... Und nun behaupten Sie, Herr Schroffbach habe sich zum Mord an Hauptkommissar Krüger entschlossen, um ihn mundtot zu machen, weil er die Macht hatte, mit seinem Wissen den lukrativen Hotelbau zum Erliegen zu bringen. Und er habe versucht, Ihnen den Mord anzuhängen, indem er Sie an den Tatort lockte.«

Sie machte eine Pause, weshalb ich es nicht als Unterbrechung auffasste, wenn ich jetzt etwas sagte. »Sie haben das vollkommen richtig verstanden. Wenn Sie mir jetzt vielleicht die Fesseln lösen könnten ...«

Sie setzte sich wieder hin, zog eine neue Zigarette hervor und zündete sie an. Ihrem glatten, kleinen Gesicht entflutschte ein Grinsen.

»Das hätten Sie wohl gerne. Aber so einfach ist das nicht. Wir brauchen Beweise, Herr Rott. Und ich glaube kaum, dass sich eine so fantastische Geschichte beweisen lässt. Denn sie ist – wie schon gesagt – Fantasie.«

»Was wollen Sie denn für Beweise? Fragen Sie Schroffbach. Fragen Sie seine Frau.«

»Herr Schroffbach ist nicht zu erreichen. Seine Frau sitzt nebenan. Sie behauptet, von nichts zu wissen. Sie war am Abend von Eberhards Tod nicht in der Gegend. Wir können sie nicht weiterbefragen, sie hat ihren Anwalt dabei. Sie wissen ja, wie diese Geschäftsleute sind. Immer ein guter Draht zu Advokaten. Apropos, ich muss Sie mal eben allein lassen.« Wieder ein Grinsen. »Laufen Sie nicht wieder weg.« Sie stand auf und verließ den Raum. Die Rauchfahne zog hinter ihr her.

Einen guten Draht zu Advokaten.

Wo blieb eigentlich Jutta?

Es war ihr gelungen, der Dorau klarzumachen, dass sie ein Entführungsopfer war. Aber dass Schroffbach sie entführt hatte, glaubte die Kommissarin offenbar nicht, auch in diesem Fall stand ich wieder als der Schuldige da. Jutta war jedenfalls noch auf dem Gelände von Kottens Baufirma in einen Streifenwagen gestiegen, und die Dorau hatte persönlich den Befehl gegeben, sie nach Hause zu fahren.

Und ich saß hier.

Ohne Beistand.

Ohne Herrn Dr. Heimlich.

Die Tür ging auf, doch niemand kam herein. Ich sah nur Kommissarin Doraus Pranke auf der Klinke. Sie sprach mit jemandem auf dem Flur.

Der Weg war praktisch frei. Aber ich wusste, dass ich nicht weit kommen würde.

Jemand ging draußen vorbei und blieb einen Moment stehen – genau vor der Türöffnung. Ich erkannte die Frau sofort. Alexandra Schroffbach. Krügers Ex.

Etwas faltiger als auf dem Foto im Internet. Die Haare immer noch makellos dunkel, aber so gleichmäßig, dass man leicht draufkam, dass sie gefärbt sein mussten. Sie warf mir einen unmissverständlichen Blick zu.

Du hast keine Chance, sagte er. Vergiss es. Gib einfach auf.

Neben ihr erschien ein blonder Mann in grauem Anzug. In der einen Hand trug er eine Aktentasche, mit der anderen fasste er Alexandra Schroffbach an der Schulter, und dann verschwanden sie. In die Freiheit.

Die Dorau kam herein, knallte die Tür zu und setzte sich.

»Wo waren wir stehen geblieben?«

»Ich wollte ein Geständnis ablegen«, sagte ich.

»Was?« Ein ganz neuer Gesichtsausdruck. Begeisterung, Überraschung. Alles zusammen. Und der freudige Griff nach einer neuen Zigarette.

»Also gut, Rott, dann mal los.« Sie zündete die Zigarette an. »Sprechen Sie.«

»Es war nur ein Witz.«

Einen Moment lang war sie fassungslos, dann knallte sie die Faust auf den Tisch, und es klang wie ein Pistolenschuss.

»So kommen wir nicht weiter. Wie es jetzt aussieht, haben Sie all diese Morde begangen. Die Indizien sind klar. Sie haben erst Eberhard ermordet, weil er hart geblieben ist, als Sie ihn mit dem alten Foto erpressen wollten. Dann waren Sie auf der Flucht und haben sich bei Nevada-King, bei dem das Foto aufgenommen wurde, Geld beschafft.«

Mir platzte der Kragen. »So ein Unsinn!«, brüllte ich. »Welches Geld?«

»Wir haben fünfzehnhundert Euro in Ihrer Tasche gefunden. Wo sollten die denn herkommen, wenn nicht von Herrn Müller? Dass Sie dort waren – übrigens ganz nebenbei zu der Zeit, als er erschossen wurde –, wissen wir von Zeugen. Und eine Pistole hatten Sie auch dabei.«

»Ich war bei Nevada-King, um der Spur des Fotos nachzugehen. Ich habe ihn nicht erschossen.«

Sie nickte. »Noch haben wir die Waffe, mit der Herr Müller alias Nevada-King erschossen wurde, nicht mit Ihnen in Verbindung gebracht. Aber das wird uns schon noch gelingen.«

»Da bin ich gespannt.«

»Jedenfalls waren Sie dann im Bergischen Land auf der Flucht, und Sie haben sich Frau Ahrens anvertraut, die ja Ihre Verwandte ist. Ihre Cousine?«

»Meine Tante.«

»Sieh an, dann ist sie ja älter als Sie.«

»Tanten können auch jünger sein als ihre Neffen.«

Sie sah in die Unterlagen. »Ich lese hier, dass sie fünfundfünfzig ist. Meine Herren, dafür hat sie sich aber gut gehalten ... Jedenfalls hat die Frau einiges mitgemacht. Sie wollte sicher zur Polizei gehen, und da gerieten Sie wieder in einen Konflikt. Sie konnten ihre arme attraktive Tante nicht so einfach ermorden, aber Sie konnten auch nicht zulassen, dass sie zur Polizei ging. Also mussten Sie sie einsperren. In dem Lager auf dem Gelände der Baufirma. Das wiederum hat aber Herr Kotten, dem das Grundstück gehört, bemerkt. Und so kam es zur Fortsetzung der grässlichen Blutspur durch das Bergische Land.« Sie sah mich an, mit hartem Gesichtsaudruck. »Rott, Sie sind ein Mörder, geben Sie es zu. Jetzt haben Sie die Möglichkeit, auszusagen. Ein Geständnis abzulegen. Es würde sich vielleicht strafmildernd auswirken. Aber wenn Sie sich um alle Chancen bringen wollen ...«

»Haben Sie das Lager durchsucht? Dort finden Sie die Knochen des Skeletts. Sie sind auf der Baustelle gefunden worden. Ich weiß, dass sie da sind.«

»Haben Sie sie gesehen?«

Ich schüttelte den Kopf.

Die Dorau lachte – und das so schmetternd, dass ihr Gelächter in einen Hustenanfall überging. Es dauerte mindestens eine Minute, bis sie sich wieder gefangen hatte. Ich dachte schon, sie würde ersticken, und diesen Todesfall würde man mir dann auch noch anhängen.

»Mensch, Rott. Eberhard hat mir ja oft erzählt, dass Sie ein Spinner sind, aber dass es so schlimm ist ... In dem Raum, wo wir Sie geschnappt haben, war nichts als ein Haufen altes Bauholz. Dazwischen ein paar Reste von Zementsäcken.«

»Haben Sie genau nachgeschaut?«

Sie beugte sich vor. »Wenn wir von der Polizei etwas können, Rott, dann ist es, irgendwo genau nachzuschauen. Ganz genau. Seriöse Polizeiarbeit. Verstehen Sie?«

Ich verstand.

»Wenn wir dort Knochen gefunden hätten, dann wäre das wirklich ein Indiz gewesen, das Sie entlasten könnte. Und wenn sich dann auch noch zeigen würde, dass sie von der Baustelle stammen, sowieso. Im Allgemeinen kann man so was ganz gut nachweisen. Aber das ist ja ein Märchen, das Sie uns hier auftischen. Was für Knochen sollen das denn überhaupt gewesen sein? Von einem weiteren Ermordeten? Oder aus einem Grab?«

»Von einem Neandertaler«, sagte ich und sah mich nun der geballten Wucht von Frau Doraus Spott ausgesetzt.

Wieder Lachen, ein gewitterartiger Hustenanfall. Dazwischen immer wieder der Versuch, das Wort Neandertaler zu artikulieren.

Es hörte einfach nicht auf, und mit jeder Sekunde, die es länger dauerte, wurde mir klarer, dass ich geliefert war.

Heute beginnt der Rest deines Lebens, Rott. Und heute stellt sich die Weiche, wie du diesen Rest deines Lebens verbringst. Im Knast, lebenslänglich.

Eventuelle Entlassung mit Mitte siebzig.

Nie wieder im Golf über die Höhen des Bergischen Landes brettern, auf der Suche nach Zeugen und Beweisen. Kein Besuch mehr im Restaurant mit dem großen M.

Ich saß da wie ein armes Sünderlein und wartete darauf, dass man mich in eine Zelle brachte. Ich war müde. So furchtbar müde. Sollten sie mit mir machen, was sie wollten – Hauptsache, sie ließen mich schlafen. Und wenn es auf einer harten Pritsche war.

Plötzlich veränderte sich etwas. Leute drängten in den Raum.

Selbst die Dorau war überrascht, doch dann legte sie ein balzendes Lächeln auf, als sie unter den Ankömmlingen Jutta erblickte. Dabei sah meine Tante im Moment nicht gerade attraktiv aus. Ihre helle Jeans war von Flecken übersät, und ihre Frisur war ziemlich aus dem Leim. Im Schlepptau hatte sie zwei ältere Herren. Einen sehr schlanken Loriot-Verschnitt und einen kleinen Dicken, der gerade gähnte, ohne die Hand vor den Mund zu halten. Na ja, es war ja auch spät. Oder früh, wie man's nahm.

Was die wohl wollten?

Egal, es ging mich nichts mehr an. Ich war schon nicht mehr von dieser Welt. Ich trug bereits den gestreiften Sträflingsanzug, man sah ihn nur noch nicht.

»Frau Ahrens?«, hörte ich die Dorau zuckersüß sagen. »Haben Sie sich schon erholt? Wie kommen Sie hierher?«

»Durch die Tür«, sagte Jutta, und erst jetzt bemerkte ich, dass sie eine Plastiktüte in den Händen hielt. Ein grünes Werbelogo war darauf zu sehen: Galeria Kaufhof. »Und ich glaube, wir haben keine Zeit zu verlieren.«

»Was soll das heißen?«, fragte die Dorau.

Jutta antwortete nicht. Stattdessen kippte sie die Tüte um, und der Inhalt prasselte auf die Resopalplatte, dass es nur so staubte. Die Kommissarin konnte gerade noch ihre Akte in Sicherheit bringen.

»He, Moment mal ...«, fing sie an zu protestieren, doch dann schwieg sie.

Was in der Tüte gewesen war und nun auf dem Tisch einen großen Haufen bildete, war nichts anderes als eine Ansammlung von bräunlich verfärbten Knochen – darunter auch die Reste eines Schädels.

»Was ist das denn?«, fragte die Dorau.

Einer der Männer, die Jutta mitgebracht hatte, trat vor. Der kleine Dicke.

»Das kann ich Ihnen genau sagen. Aber ich möchte mich erst kurz vorstellen. Mein Name ist Dr. Wennemann-Buchner, Professor für Anthropologie ...«

»Für was?«, rief die Dorau.

Der Professor warf ihr einen tadelnden Blick zu. Wahrscheinlich wurde auch er ungern unterbrochen.

»Menschliche Entwicklungsgeschichte. Und Sie sind ...?«

»Hauptkommissarin Dorau.«

»Sehr schön, Frau Dorau. Also, wie Sie an diesen Knochen deutlich sehen können, handelt es sich um Überreste eines menschlichen Wesens. Auf den ersten Blick könnte man glauben, es mit den Knochen eines Homo sapiens zu tun zu haben oder auch eines Primaten, aber das täuscht. Wenn Sie sich zum Beispiel die sogenannte Schädelkalotte ansehen ...«, er wies auf den Totenkopf, der zwischen den Knochentrümmern lag; es war die Oberseite des Schädels ohne Unterkiefer, über den Augenhöhlen war der Knochen besonders wulstig, »... dann sehen Sie sofort, dass es sich um eine

Menschenart handeln muss, aber mit größter Wahrscheinlichkeit nicht um einen Homo sapiens, und zwar …«

Es knallte, dass die Knochen zitterten. Nicht nur die auf dem Tisch. Die Kommissarin hatte wieder auf die Tischplatte geschlagen.

»Ruhe!«, schrie sie. »Sagen Sie mir jetzt, was los ist. Und zwar in wenigen Worten. Sie stören eine Vernehmung.«

Jetzt meldete sich Loriot zu Wort. »Mein Name ist Dr. Heimlich. Ich bin der Anwalt von Herrn Rott lege hiermit gegen diese Vernehmung Einspruch ein. Hier auf dem Tisch sehen Sie ein eindeutiges Indiz dafür, dass die Angaben meines Mandanten der Wahrheit entsprechen. Wir haben eigens Herrn Professor Wennemann-Buchner als Experten hinzugezogen, um …«

»Seien Sie still«, jammerte die Dorau. Sie war in ihrem Stuhl zusammengesunken und hielt sich die Hand vor die Stirn.

Der Gelehrte und der Advokat gehorchten.

»Ich stelle jetzt ein paar eindeutige Fragen, klar? Und ich bitte um kurze Antworten. Herr Professor, ich frage Sie: Halten Sie das hier etwa für ein Neandertaler-Skelett?«

»In Anbetracht der Schädelkalotten und der Proportionen der …«

»Ja oder nein?«

»Ja.«

»Frau Ahrens: Wo haben Sie das Skelett her?«

»Aus der Garage von Frau Schroffbach.«

»Was soll das heißen?«

»Was ist daran so schwer zu verstehen?«

»Sie sind in die Garage von Frau Schroffbach eingebrochen und haben die Knochen gestohlen?«

»Es war Gefahr im Verzug. Das Risiko war hoch, dass Frau Schroffbach es wegbringt. Wie der Herr Professor mir erklärt hat, ist so ein Skelett wertvoll. Vor allem, wenn es gut erhalten ist. Es gibt für so was einen richtigen Schwarzmarkt. Auf dem Grundstück, wo das Hotel gebaut wird, gibt es Lehmboden, und im Lehm halten sich die Knochen besonders gut. Umso wertvoller sind die Überreste.«

»Das war auch bei dem berühmten Fund von 1856 der Fall«, warf der Professor ein, und er sah den Knochenhaufen auf dem

Tisch gierig an. Es war klar, dass er ihn am liebsten sofort in ein Labor getragen hätte.

»Wer hat Ihnen denn gesagt, dass sich das Skelett in der Garage befand?«, fragte die Dorau.

»Herr Kotten.«

»Unmöglich. Der liegt im Krankenhaus und ist nicht bei Bewusstsein.«

»Er hat es mir gesagt, bevor die Polizei in den Lagerraum kam. Ich habe mich noch kurz mit ihm unterhalten können, als er verletzt am Boden lag.«

Ich erinnerte mich. Jutta hatte sich über Kotten gebeugt. Sie hatten leise miteinander gesprochen.

»Aber das ist ein Widerspruch«, rief die Kommissarin. »Herr Rott behauptet, Herr Kotten habe ihn zu der Hütte auf dem Baugelände geführt, um ihm die Knochen zu zeigen.«

»Kotten wollte bei Schroffbach Hilfe holen.«

»Weil er sich in der Hand dieses Entführers befand.« Die Dorau warf mir einen Blick zu.

»Herr Rott wollte nur seine Unschuld beweisen«, sagte der Anwalt.

»Und wie beweisen Sie, dass dieses Zeug hier wirklich aus der Garage von Frau Schroffbach stammt?«

Jutta ergriff wieder das Wort. »Da niemand in der Lage ist, ein echtes Neandertaler-Skelett auf die Schnelle herbeizuzaubern, dachte ich, dass Sie mir das einfach so glauben. Aber wenn Sie eine Hausdurchsuchung beantragen, werden Sie selbst noch Reste davon finden. Sie sollten sich aber wirklich beeilen, denn Frau Schroffbach wird merken, dass der größte Teil der Knochen nicht mehr da ist, und die Spuren verwischen.«

Die Dorau sah Jutta eine Sekunde lang an, sprang auf und verließ den Raum.

Ich sah zu Jutta und den beiden älteren Herren. Alle strahlten mich an. Meine Vision von der Sträflingskleidung löste sich in Luft auf.

»Danke«, sagte ich.

»Kein Problem«, sagte Jutta.

Ich hob die Hände, die immer noch in Handschellen steckten.

»Die hätte mir die Dorau wenigstens abnehmen können, ehe sie sich um den Durchsuchungsbeschluss kümmert.«

Dr. Heimlich legte mir die Hand auf die Schulter.

»Keine Sorge. Halten Sie noch ein paar Minuten durch. Wir klagen dann auf Schmerzensgeld.«

30

Vierundzwanzig Stunden später verließ ich ausgeruht und geduscht Juttas Gästeetablissement und ging im Bademantel in die Küche, wo ein luxuriöses Frühstück auf mich wartete.

»Na, haben der Herr sein Schlafdefizit endlich abgebaut?«

Ich setzte mich an den Tisch. Jutta legte mir einen Stapel Papier neben den Teller.

»Du bist mal wieder die Sensation in Tüten«, sagte sie. »Der Fall geht jetzt im Sommerloch durch alle Zeitungen.«

»Das ist auch gut so. Ich habe Werbung nötig.«

»Und Herr Kotten ist zum Glück über den Berg. Ich habe mit Frau Dorau telefoniert. Du kannst ihn besuchen, wenn du willst.«

Ich nickte. »Das werde ich machen.«

»Dann wird er dir sicher auch erklären, warum er dich zu dem Lager gebracht hat, obwohl er wusste, dass das Skelett dort nicht mehr war.«

»Vielleicht ahnte er, dass Schroffbach dich dort gefangen hält.«

»Wer die Tat bereut / dem schlägt die Stunde zu spät / Sein Feind ist die Zeit.«

Ich wandte mich ab und goss mir Kaffee ein.

Jutta grinste. »Jetzt darf ich doch wieder, oder?«

Eine halbe Stunde später schaltete ich mein Handy an. Einhundertachtundzwanzig Anrufe in Abwesenheit.

Es dauerte eine Weile, bis ich alle gelöscht hatte.

Dann rief ich Kleiber an.

»Ah, Herr Rott … Rott. Nett, dass Sie sich noch mal melden … melden.«

»Warum sollte ich nicht? Ich war ein paar Tage unterwegs.«

»Ich habe es im Radio gehört … gehört.«

»Jetzt arbeite ich aber wieder an Ihrem Fall weiter.«

»Entschuldigen Sie, aber das ist nicht mehr nötig … nötig.«

»Haben Sie die Sache selbst in die Hand genommen?«

»Nein, aber ich habe mit meiner Frau gesprochen. Es war nur

ein Missverständnis. Da war so ein komischer Typ hinter ihr her … her. Ich habe sogar rausgekriegt, wie er heißt.«

»Manfred Hecking?«

»Woher wissen Sie das?«

»Ich bin Detektiv, Herr Kleiber.«

»Hm – nicht schlecht … schlecht. Stimmt schon, was die Zeitungen über Sie schreiben … schreiben.«

In mir wollte ein Gefühl des Stolzes wachsen, aber es kam nicht so ganz in die Höhe.

»Jedenfalls hatte sie nichts mit ihm … ihm. Es ist alles in Ordnung.« Es klang etwas traurig.

»Umso besser.«

Ich verabschiedete mich.

Gut, dass ich so einen Mist nicht mehr nötig hatte.

Zurück in der Küche, nahm ich mir noch einen Kaffee.

»Ich frage mich, wie du die beiden Herren dazu gebracht hast, in aller Herrgottsfrühe bei der Polizei zu erscheinen. Bitte antworte nicht in Haikus«, flehte ich.

»Die beiden Herren sind alte Freunde, und sie würden mir immer einen Gefallen tun. Außerdem unterstütze ich Herrn Wennemann-Buchners Forschungsprojekte, und Herr Dr. Heimlich erhält dafür, dass er dich vertritt, sein normales Honorar.«

»Neandertaler«, sagte ich nachdenklich. »Es geht also doch immer ums Geld.«

»Apropos Geld. Schau dir das mal an.«

Jutta führte mich in den lichtdurchfluteten Raum mit den riesigen Scheiben, den sie Arbeitszimmer nannte. Ihr Notebook war aufgeklappt, und die gesamte Fläche des Bildschirms nahm ein Foto ein. Die Szene, die ich bereits kannte. Da war Krüger zu sehen, der die Scheine entgegennahm.

»Herr Dr. Heimlich hat das Bild im Zuge der Akteneinsicht bekommen«, erklärte Jutta. »Und jetzt pass mal auf.«

Sie klickte, dann war das gleiche Foto zu sehen – mit dem Unterschied, dass diesmal nicht Krüger, sondern jemand anders das Geld bekam.

Der Privatdetektiv Remigius Rott.

»Nette Montage, oder?«

»Was soll die Spielerei?«

»Das ist doch wohl klar. Das Foto war gefälscht. Krüger war genauso wenig in einen Korruptionsskandal verwickelt wie du. Schroffbach hat das selbst gebastelt. Wahrscheinlich war er selbst auf der Originalversion des Fotos. Und dass er mit Computern umgehen kann, wissen wir durch die Sache mit den vorgetäuschten Kurznachrichten auf deinem Handy. Übrigens hat die Polizei mittlerweile so ein Computerprogramm, mit denen man solche SMS verschicken kann, auf seinem PC gefunden. Da hat er auch den Anruf geschnitten, der auf deinem AB war.«

Ich ging zurück in das Gästezimmer und zog mich an.

Ich wollte so schnell wie möglich zu Kotten.

Beschwingt legte ich die vierundfünfzig Stufen zurück. Die Sonne schien. Es war ein herrlicher Sommertag.

Unten stand mein Golf. Ich öffnete die Tür und ließ ein paar Minuten lang die Hitze heraus.

Ich setzte mich hinein und fuhr los.

Erst ins Krankenhaus, dachte ich.

Und dann ins Schwimmbad.

Ich danke folgenden Personen, die mir bei den Recherchearbeiten für diesen Krimi geholfen haben: Heidrun Weibrecht, die mir als Kennerin des Neanderthal Museums und als Vorsitzende des R4-Clubs Viersen gleich in mehrerlei Hinsicht behilflich war. Michael Pier von der Firma inch-media GmbH für interessante Informationen aus der Computerwelt. Weiterer Dank gilt wie immer dem Team vom Emons Verlag – vor allem Stefanie Rahnfeld und Christel Steinmetz, denen ich immer völlig unvermittelt mit neuen Krimi-Ideen kommen darf. Außerdem Claire Saliège für die Hilfe bei den letzten, meiner Frau Claudia für die Hilfe bei den allerletzten Korrekturen!

O.B.

DER BERGISCHE KRIMI

Oliver Buslau
DIE TOTE VOM JOHANNISBERG
Broschur, 200 Seiten
ISBN 978-3-89705-169-9

»Flott, eingängig und humorig erzählt Oliver Buslau seine Geschichte. Ständig passiert etwas.« Westdeutsche Zeitung

Oliver Buslau
ROTT SIEHT ROT
Broschur, 240 Seiten
ISBN 978-3-89705-258-1

»Die Geschichte zieht den Leser schnell in den Bann. Spannend ist die Story bis zur letzten Seite. ›Rott sieht Rot‹ ist zweifelsohne Buslaus Bester.«
Kölner Stadt-Anzeiger, Rhein-Berg

www.emons-verlag.de

Oliver Buslau
BERGISCH SAMBA
Broschur, 256 Seiten
ISBN 978-3-89705-326-7

»Spannend, solide und sauber geschrieben. Zu empfehlen.«
Westdeutsche Zeitung

Oliver Buslau
BEI INTERVIEW MORD
Broschur, 304 Seiten
ISBN 978-3-89705-397-7

»Buslau entwickelt und verwebt geschickt Handlungsfäden, verschleiert raffiniert Naheliegendes, ohne auf falsche Fährten zu führen und zeichnet griffige, erstmals auch real existierende Charaktere. Der Roman liest sich fesselnd und flüssig, man klappt ihn am Ende befriedigt zu und fragt etwas ungeduldig: Und – wo bleibt der nächste ›Rott‹?« General-Anzeiger

www.emons-verlag.de